老书记

宗利华　晓晓／著

献给那些在艰难岁月里战天斗地
自力更生的前辈们！

山东人民出版社·济南
国家一级出版社　全国百佳图书出版单位

图书在版编目（CIP）数据

老书记/宗利华，晓晓著.--济南：山东人民出版社，2022.1（2024.1重印）
ISBN 978-7-209-13640-2

Ⅰ.①老… Ⅱ.①宗… ②晓… Ⅲ.①长篇小说—中国—当代 Ⅳ.①I247.5

中国版本图书馆CIP数据核字(2022)第014155号

老书记
LAO SHUJI
宗利华 晓 晓 著

主管单位 山东出版传媒股份有限公司
出版发行 山东人民出版社
出 版 人 胡长青
社　　址 济南市市中区舜耕路517号
邮　　编 250003
电　　话 总编室（0531）82098914
　　　　 市场部（0531）82098027
网　　址 http://www.sd-book.com.cn
印　　装 山东华立印务有限公司
经　　销 新华书店

规　　格 16开（169mm×239mm）
印　　张 20.5
字　　数 260千字
版　　次 2022年1月第1版
印　　次 2024年1月第2次
ISBN 978-7-209-13640-2
定　　价 58.00元

目　录

邱　家

①

“是年，天大旱，县内许多村庄颗粒无收。”

《淄城县志》上的这几个字儿，异常简洁。仅凭“颗粒无收”这词儿，当然还感觉不深“天大旱”能旱到啥程度，究竟有多恶劣！或者说，你没设身处地，就没有那种事关细枝末节的、深入骨髓的切身体验。这体验，是人们抖动着干裂的嘴唇，张着空洞的双眼，长久地立于地头，仰望苍穹；是泉眼旁边儿蔓延的漫长队伍，在等待那几乎是一滴一滴的泉水；是几条沟内的小水库干涸见底，污泥裂成龟背，干草嘶嘶作响。

这一年，在淄城县有个巨大工程正轰轰烈烈推进！

红旗漫卷，锣鼓喧天。县境内，一座储量巨大的水库——川河水库，其大坝修筑工程已见雏形！如此年景下，此消息当然鼓舞人心。

然而，如此巨大的工程，绝非一日之功，远水难解近渴啊。

对淄城县罗庄公社邱家大队新任书记邱大海来说，一系列难题已在眼前，几乎火烧眉毛！

刚开春，开始抢水。前一个无雪的冬季，一条条小河道的颜色，化作乌蒙蒙一线。风沿着河道旋转而起，尘土飞扬。村里唯一的泉眼，往年雨水多的时候，咕嘟咕嘟往外冒水，且泉水甘洌，能供一村人用。这一年，那细溜溜的一绺子水，简直如同小孩儿撒尿。吃的水都供不上，更不必说种地。

公社开会研究，决定几个村儿合用就近一座水库的水。于是，邱大海走在最前头，身后跟着全村劳力，甚至妇女孩童，一人挑一担水桶，摆开长长的队伍，开始去抢水！那真是抢！尽管人们健步如飞，简直就像是在小跑，但依然抢不过别的大队——很不幸，邱家离那座小水库最远，四五里路呢！他们来回跑一趟，人家能跑两趟，甚至三四趟。那座小水库里的水，一夜之间就见了底！期间，为抢水，还发生一起群体打斗事件，两个大队的社员搅成一锅粥。当天被送到煤矿医院五个，被派出所关进去三个。

一瓢水浇进地里，“呲啦”一声，不见踪迹。前一天种下的地瓜苗，第二天被烈日晒成半干。

邱大海把两只脚戳在地里，皱着眉头，看着远处。

“奶奶的，好人还能让尿憋死?”好半天后，他骂出一声。随即，撂下水桶，撒开双脚奔向罗庄煤矿。他想到矿上的那口机井。他得去请求支援。

结果，只争取到一天的时间。

“一天！我只能给你一天！”矿领导说得斩钉截铁。他也为难呀，周边村子里都缺水，都来求援，都眼巴巴地盯着那口井里的水救命，得排号！

当天下午，邱家庄浩浩荡荡的挑水队伍，奔向罗庄煤矿。

苗勉勉强强种上，但天不下雨，地瓜苗干成一根细棒棒，迎风而立。花生芽儿冒不出来，种子烂在地里。麦苗面黄肌瘦，稀稀拉拉，不见抽穗。

即便地里没多少粮食可收，到收获季节，依然还要抢。

这一次，不是跟人抢，是跟麻雀儿。这一年，遍地是成群结队的麻雀。地里的小麦呀，谷子呀，高粱呀，你要不跟麻雀去抢，那架势，真是要颗粒不剩！无奈，邱大海组织起一支队伍，人手一根杆子，杆子顶端挑一片塑料布，白天黑夜守在地头，挥舞着杆子，连喊带叫地赶麻雀。

第二年，还没缓过劲儿来，蝗虫来了！

“是年，蝗灾。”县志上关于这个年景的叙述，字数照样不多，就四个字。

一个喜欢翻阅志书的人，一定会对“蝗灾”这两个字儿记忆格外深刻。自古至今，蝗灾发生频频。尤其前一年出现大旱，次年往往飞蝗紧随而来。因为蝗虫喜欢干旱，其产卵、孵化都要借助干燥土地。查资料可知，这一带的蝗虫，有一个学名，叫做“东亚飞蝗”。

“迁飞性强，生殖力强，发育期短，适应性强，食性广，食量大，不挑食，特爱吃禾本科作物，专优先吃小麦、玉米、水稻等重要粮食作物，和人抢饭吃。”有篇文章里如此介绍。

和人抢饭吃！反过来讲，人要和蝗虫抢饭吃！

千百年来，科技尚不发达时期，人类跟这种飞虫做斗争，能够采取的战术，无非就是人工驱逐、捕杀。即使是此时已经有可杀灭蝗虫的农药，但喷洒农药灭蝗，也不是首选。飞蝗嘛，说明这些小家伙飞行移动速度非常之快，农药狭小的覆盖面，杀伤力毕竟有限。用飞机喷洒？笑话！想都甭想！哪有飞机可用？在罗庄，见过飞机的人都屈指可数。当然，如果真是那种百年难遇的蝗灾，即便人工驱逐，捕杀，也根本不起作用。这些小飞虫，一旦遮云蔽日起来，只一个蝗群，便蔓延数十公里！面对这成百上千亿的蝗虫，人类几乎就是目瞪口呆，无计可施。眼睁睁看着蝗虫肆虐而过，片甲不留。好在，这一次虽说也有些严重，但不是百年难遇。换句话说，下大力气去跟蝗虫抢，是能抢下点儿粮食的。

邱大海带着全村人马，开始对蝗虫进行围追、堵截、捕杀！

许多年后，酒桌上，邱大海端详着面前一盘炸得焦黄脆酥的蚂蚱，说起当年战蝗虫情景来，仍不禁感慨万千！

“这么好的东西，咋不炸着吃呢？”一个年轻人随口就问。

邱大海一愣，眯着眼睛，微笑半天：“小子，要把你放在那个年代，你也不吃！放开肚子，能吃几只？再说，这熊玩意儿能当饭吃啊？”

那日，邱家村的人正在玉米地里，跟蝗虫做激烈搏斗，邱家桥另一头，突然冒出个骑自行车的男子。

此时，一个人能骑上自行车，已证明其身份不一般。整个邱家，之前只有两辆自行车。一辆是邱大海从罗庄煤矿上淘换的旧货，除了铃铛没动静，哪里都哗啦哗啦响。另一辆，属于前任大队书记。虽是二手货，比邱大海那辆也好不了多少。可那是名牌大金鹿，且前书记比现任书记仔细，有空没空拿一个抹布擦，擦得车子铮亮，车架上还缠一圈儿红塑料皮，显得很门面，很上档次。现如今，村里只剩邱大海那一辆。前书记犯了事儿，被派出所抓去，自行车也被没收。

中年男子头戴六角苇笠，脖子上系一条白毛巾，上身白色圆领老头衫，下身黑色粗布裤子，脚上穿一双千层底布鞋。自行车的车把上，挂一个蓝灰色大布包。后座上则捆一个塑料布包裹的大包，鼓鼓囊囊，像是被褥。

这时节，各大队的社员都在跟蝗虫战斗，哪有闲着的人？这人把车子放在桥头这边停下，不紧不慢爬上坡来，显然不是去邱家村，或就近的竹西村。反正，邱家以前没见过这号人物。

此人究竟干啥的呢？邱大海正在那里琢磨，男子已经朝着这边地里干活的人群快步走来。渐渐的，看清一张乌黑乌黑的脸，他确定是不认识。那人也不多话，抓起地头一根棍子，三步两步，就钻进玉米地里，挥舞棍子，跟邱家村的人一起扑杀蝗虫。

邱大海没太多心，心想，干吧，多一个人，多一份力量嘛！一会儿，俩人在地头上碰面。邱大海一瞧，那人身上脸上到处附着小仔蝗，看起来挺狼狈，他伸手帮着扑打几下，顺口问："老哥，你哪里人啊？来我们大队学雷锋啊?"

"正好路过，过来凑个热闹。"那人眯眼一笑。

就在那一瞬间，邱大海突然捕捉到这人眼里透出的精光！

咦？他顿时就感觉，此人跟普通人明显不大一样。邱大海走过南闯过北的，对人的第一判断，有自己独到的眼光。而且听口音也像是外地人！他好奇心或警惕心顿起，加上喜欢结交四海宾朋的脾性又起作用，忙招呼道："来，歇一歇。这漫天漫地的蝗虫，一时半会儿也灭不完。"

俩人在地头上蹲下，邱大海掏出布烟袋，抽出一张纸条，掏点旱烟末撒上，卷一根小喇叭烟，先递过去。那人也不客气，接在手上，邱大海擦根火柴给他点上，然后才卷他自己的。

俩人抽着烟，眼睛还是往地里瞅着。

"我叫邱大海，这个大队的书记。"邱大海自我介绍。

"这么巧！"那人一笑，"我就想扎进头来瞧一眼，没想到碰到邱书记。"

"听老哥你这口音，不大像本地人啊?"

"嗯，你耳朵挺好使。我老家是博城县的。"

"哦？那你到我们这边儿来做啥?"

邱大海脑子里想的跟普通百姓毕竟多一些。年代特殊嘛，他是党员，又是大队书记，之前还在煤矿当过矿工，曾参加过几次矿上、公社里组织的积极分子学习班。脑子里多着一根弦，实属正常。就在一年前，远山矿上突然挖出一个潜伏数年的国民党特务。那人就在矿上的工会，邱大海曾跟他打过几次照面。平日里，安安静静，待人还算和善。此事儿一出，方圆一带，哗然一片！我的个天！谁能料到，新中国成立这么多年，我们身边儿竟然还有敌人！再者说，这时节，除公派到外面做工的，基本没闲人会到处乱逛。一个是人员管理严格，基本不大流动。大队社员每天都要出工，点名，记工分。再一个，从老百姓角度讲，没什么很特殊的事儿，也没由头出去瞎转悠。腰包里没钱，出去转悠个啥？那些爱赶集上店的娘们儿，尤其拾掇得利利索索，平日还喜欢往脸上搽雪花膏的娘们儿，都被视为不过日子，败家的货。当然，还有那么一些人生性好吃懒做，下不了苦力气，到处乱窜，当货郎啦，卖老鼠药啦，抽签算卦啦，等等。当地管这种人叫二流子。不过，二流子的装束及言谈举止，一瞧可知。这个人，倒是怎么端详也不像。

男子一句话，让邱大海“呼”的一声站起来！

“我叫李清泉，县里安排我到罗庄来干书记，头一天来报到，还没到公社呢！”

邱大海盯看着这个黑脸大汉，半天没说话。心道，一个堂堂公社书记，咋这模样？跟个老农民差不多？要不是骑辆自行车，还真是不显身份。而且，人家还二话不说，扔下自行车就跑到地里帮着杀蝗虫。

“你真是李清泉？”这名字，邱大海倒是听说过。淄城县管庄公社这位社长，很出名的，上过市里报纸。

“咋啦？不像啊？”

“不大像。”邱大海忍不住抓抓头皮，“你这架势，直接不像个当官儿的。”

“我那包里有任命文件。要不，我去拿给你看？”

“不用，不用，”邱大海连连摆手，“你瞅着也不像坏人。”

“好人坏人，能写脸上啊？你觉着当官儿的长成啥模样？是不是个个都肥头大脸？再说啦，一个公社书记，算哪门子的官儿？”

“咦，在我们老百姓眼里，公社书记就是好大的官儿，比县长、市长还威风。关键是县长、市长咱见不到啊。”

“你个邱大海呀，嘴皮子倒利索。”李清泉哼一声，“你这些话有巴结领导的嫌疑。我听说的邱大海，不像是这种人。”

邱大海一抓头皮：“您听说过我？”

“你是孙书记从煤矿上硬拖回来的，对不对？”

“连这事儿你都知道？”

“孙书记跟我说过。再说，你们这个邱家，多出名啊？大队班子被一窝端掉。”李清泉一拍地面，“你坐下，坐下。我和你说，这个蝗虫，就这么个斗法，我觉得不大行啊。乌泱乌泱，满天满地都是，太阳一出来，到处乱飞。光靠人来打，治标不治本啊。”

“还能有啥好办法？”邱大海坐下，伸手一指，“你看，不赶走它，就把庄稼连叶子带杆儿啃个一干二净。去年旱，地里没多少收成，要今年再保不住，怕明年得挨饿啊！”

“老百姓家里的粮食咋样？”

“好歹有一点儿存货吧，可也撑不了多久。要是连着这样下去，不用多，再一年，就相当危险，得出现饥荒！”

“得想办法呀！不能光指望老天爷。”李清泉叹口气，皱起眉头，看着前方，“按说，你们大队有条件把旱田变水田呀。”

“我这不也在琢磨嘛，去年天旱的时候我就想打眼机井，不打不行啦！”

“对呀！另外，关于这个蝗虫，我查过些资料，也专门找专家咨询过。

要长期来对付它们，还是要垦荒，整田，造林。这蝗虫能生长的地方，是地势比较低的洼地，一旦逢着干旱，就会出现。那些树林子里，山坡上，就比较少。所以，得在这些低洼地垦荒呀。垦荒过程中，本身也能杀灭一些虫卵。还有就是，也得种些绿豆啦、豌豆啦，这些蝗虫不吃的东西。今年这茬子蝗虫，还不算厉害的，一旦碰上百年难遇的那种蝗灾，那才叫要命！要不备下点儿口粮，来年还真是要挨饿。”

“嗯，您说得有道理。”邱大海暗暗佩服，连连点头。

“不是我说的，专家说的。古书上也有记载。”李清泉说着，指指河边儿，“你看，那里，还有那边儿一大片，要是全都整出来，就是好地。还有啊，邱书记，庄稼不能再这个种法啦，稀稀拉拉的。我看，你们那边儿的几块地，耩麦子的时候用的还是老传统的八寸耧，太浪费地！头脑要转变，要信科学啊。现在好多地方都换上六寸耧，适当密植，会增加粮食产量的。”

这人果然是个行家啊！邱大海越来越惊讶。

“李书记你说得对，再耩谷子耩麦子的时候，我们也全用新式耧。那几块地，都是山坡的旱田，没引起我们足够重视。”

“咦，”李清泉一摆手，“喊书记现在还有点儿早。”

“你不是说有任命文件嘛。”邱大海一愣。

“那也得走组织程序，还没开党员代表大会呢。”李清泉呵呵一笑。

“咳，程序程序，不就走个过场嘛？”邱大海恍然大悟。

“那怎么能叫走过场？”李清泉连连摆手，“这是最起码的组织原则啊！”

“是啊！我说错啦！”邱大海又是一抓头皮，“李书记，赶得早不如赶得巧。我要是改天专门去请您，您还不一定有时间呢。走走走，咱家去坐坐，喝点儿小酒，我先给你接接风。主要是听君一席话，胜读十年书，我要向你好好请教请教。”

“今天真不行，我得赶紧去报到。孙书记还在公社等我。你这场酒，我先记在脑子里。我估计，很快咱们就能再见面儿。”

李清泉说着，就站起身，挥挥手，快步走向自行车。等他走出大老远，邱大海还站在那里看着，心想，这个人，有点儿意思。以前，还真没见过这样的。

“那人干啥的？”一个社员凑过来问。

“干啥的？说出来吓你一跳，那是咱公社新来的书记！”

“俺那个天哎！”那个人一脸惊讶，“这么大官儿，跑地里来帮咱们扑蚂蚱？”

2

邱大海本是一介农民，为啥在煤矿当过工人呢？

这得先说说罗庄公社以及周边一带丰富的地下资源——煤炭。按当地老百姓说法儿，整个公社，除了东边儿和南边儿的山旮旯，绝大多数地方，稍微往地下一挖，就能挖出煤来。

此地采煤史，可以追溯至唐宋时期。《淄城县志》里有这么一句话：“相传，自宋朝，即有用煤炭下层之土，制粗罐瓦盆，以供乡人需用者。”到元代，统治者严禁开矿，不允许民间采挖，遂处于衰败之势。明万历年间，随着重工业发展，当地煤田开采业又逐渐开始兴盛。那时的淄城县，以及相邻的博城县一带，已经成为制作陶瓷的中心，当然跟当地丰富的煤炭资源有关系。当地煤炭开采历史中，一直是官办、民营共生共存，只不过官办的煤矿更具规模。至清光绪年间，德国人跟清政府签订租借条约，先驻扎到这里，强占开采权。再后来，日本人又来，进驻煤矿，并在周边增设据点。其目的，无非也就是强占煤炭资源，输往本国。这种状况一直延续到他们放下武器，举手投降。在某个历史时期，这里悄然燃起一簇红色火苗，随即星火燎原，掀起轰轰烈烈的工人运动。

方圆一带最大的矿，叫做远山矿。后来在它基础上，成立起远山矿务局，为市属企业。罗庄矿，是当地人叫法。实际上是远山矿的附属矿之一。更精确的称呼，应该叫“远山煤矿第七立井”。这矿就在罗庄公社驻地的南边儿不远处，五六里路，离邱家也近。虽是市属，不过主矿区地处淄城，用人，用水，用地，用电等，当然不可避免要跟当地发生关系。因历朝历代不断开采，对当地自然环境产生较大的影响。比如说，地下水位明显下降。有些区域甚至出现地裂或地面塌陷。如此一来，矿上和地方的矛盾，一直不断。尤其出现旱灾的时候，周边村子都缺水，煤矿里头打有机井，于是都去求援。而煤矿里面的机井，一时之下也供应不足，人家还要保障矿上的需求呢。因此，摩擦不断，甚至有抢水事件发生。有一年，几个村子的人堵住煤矿大门，一度造成停工停产。人群数日不散，惊动一级一级的领导。市、县、公社各级领导，跟矿上领导汇聚一起，召开紧急会议。最终商讨出个解决方案——“矿地联合”。

也就是说，远山矿的子矿罗庄矿和其所在地的罗庄公社，实行一套班子，统一管理。设一个总的党委书记，其中一名副书记兼任罗庄公社党委书记，一名副书记兼任罗庄煤矿矿长。煤矿招地方农民当工人，同时全力支持公社开展其他工副业生产。而公社这边儿，则负责解决煤矿用地、用水、用电、用人等诸多事项。当然，首当其冲要解决地矿之间的矛盾冲突。

邱大海去煤矿要早一些。

那是一九六二年。他自己主动报名去的。那年罗庄矿招工，没想到，报名的不是很积极。照普遍想法，去煤矿当个工人，总比在农村当农民挣死工分强吧？为啥当地人不愿意去？因时代背景比较特殊。三年艰难时期正值尾声。不管县里、公社的公职人员，工人，还是农民，都刚刚度过一段饥饿时期。外出讨饭、水肿病，甚至饿死，成为一代人内心深处永远都抹不掉的苦难记忆。那样的年代里，当个工人，还不如一个农民来得实惠。当时社会上流行一句话："七级工，八级工，不如三畦子萝卜两沟葱。"就是这意思。物资匮乏，到处缺粮。农民在房前屋后偷着撒一点儿种子，有一点点粮食存下来，就能活命。可在外头做工的，就是手上有钱，有粮票，也没地方买粮食。好多当工人的，当老师的，都悄悄回乡下，漫山遍野地去挖野菜、采树叶子，到后来，这些糊口的东西也难寻。甚至，好多人在接受农村老家人的救济。当然，还有另一个原因，当煤矿工人，说起来好听，实际上不就是个下煤窑的吗？煤黑子煤黑子嘛，在地下弓着腰身不见天日，出井口浑身上下乌黑，瞧不出本来面目。旧社会，煤井下设备简单，塌方、透水事故频频发生，早上下井，晚上说不定就把命丢里头。要不是实在逼急眼没办法，谁家把孩子往煤井下面送？此时是新社会，井下条件稍好，但提起下煤井的，名头上还是不大好听。

当时，邱大海已经入了党。凭他的资质，即便在村里发展下去，也能施展手脚。可他自己很坚决，一定要走出去！倒不是完全不考虑挖煤的脏、累、险，而是年轻人心里有想法，想去闯一闯，看一看。还有个因素，似乎不能摆在明面儿上。那就是，邱家大队领导班子非常复杂，其中一些人的做派，跟这个小伙子的理想严重不符。他看在眼里，急在心上，却无力改变。一想到自己一辈子要困在这样一个小村子里，他感到有一些绝望。

一句话，他想离开村子的念头非常强烈。

后来，邱大海成为矿上的先进人物。宣传报道里这么写的，"国家需要多出煤炭，加快发展，邱大海意识到自己是一名党员，要积极响应国家号召。

于是，不顾亲人阻拦，村里领导规劝，毅然报名成为一名煤矿工人。”

邱大海进煤矿，有近水楼台之便，也是自己积极主动把握时机。虽然说报名进煤矿当工人的不很踊跃，但门槛儿也是不低的，要经过必要的审查，成分不好、背景特殊的，就是积极争取，也去不成。邱大海进矿后，很快成为熟练工人。由于表现突出，被矿领导提拔为班组长。有一年，还作为模范代表，率队参加省煤炭局组织的“夺煤交流大会战传播队”，远赴河南平顶山。另一方面，邱大海这人性格豪爽，喜欢结交五湖四海的朋友。很多年后，还曾时不时有天南海北的朋友，给邱大海寄当地土特产。凭着做事儿八面玲珑，他确实也给本村、周边村乃至公社里，办过好多事儿。这些事儿，看似零打碎敲，不起眼儿，但挺复杂，一般人掌握不到窍门，根本摆弄不了。

因此，邱大海在乡下人眼里，就是个能人。

其影响力，不在大队书记之下。

在煤矿那些年，只要邱大海回村，家里就不断人。尤其秋冬农闲季节，家里几乎天天像是赶大集。经常出现的情况是，一大早，先来一个没事儿拉闲呱的，说着说着，邱大海扭头吩咐老婆：“上个菜，喝点儿酒吧？”

当地酒桌上的习俗很是讲究。人多的时候，特别是有重要客人来的时候，主陪，副陪，三陪，四陪，主客，副客，三客，四客，不管圆桌还是方桌，坐哪个位置都是要摆弄清楚的。酒局开始，哪一个先敬酒，敬几杯酒等等，也不能乱了套路，得按辈分，按资格。

有个段子流传甚广。说有一回，邱大海跟他爹，就爷俩儿，对着头喝酒。酒菜摆上，邱大海端起酒盅子，一本正经发言：“虽说今天人不多，但程序上绝不能乱套。你来我家，你就是客人。这样，我先敬你三个，按程序，你得再回敬我三个，接下来，咱爷俩儿再展开，捉对厮杀。”

爷俩喝酒也要展开，这个小笑话一直流传至今。

邱大海有个好朋友，叫王树义，家在邱家东南方山旮旯里的龙门村。他非常肯定，这笑话的源头，确实来自邱大海。对此，邱大海既不承认，也不否认，只是眯着眼睛笑。当然，这笑话针对的主角儿，后来随时发生变化。

大清早的，这边儿邱大海的老婆崔玉容拾掇三两个小菜儿摆到桌上，无非花生米、香椿咸菜之类，那边儿的俩人，已经打开酒坛子，倒进酒壶温上——邱大海有个习惯，不管五冬六夏，喝酒都要烫一下。一天的酒局，由此算是拉开序幕。俩人对着脑袋，喝下没两盅子，忽听门外头一声寒暄。好家伙，又来一个！来得早，不如来得巧。“坐下，坐下！”邱大海热情招呼，“加双筷子，加个酒盅子。”仨人喝酒更热闹，吹天啦地，斗斗嘴，划划拳，吆喝几嗓子，再兴奋起来，还唱上几段儿京剧、吕剧。没一会儿，队伍继续庞大，又来人啦！

最多的时候，据说一天能聚七八个人，一直喝到晚上。

“大海，我听说你家摆酒局，能从早晨起来一直摆到晚上？”王树义曾专门向他求证。

“嗯，有这事儿不假。”邱大海点头。

“就你个小身板儿，风一吹就能刮跑的样，倒是好酒量，要不还真撑不下来呢。”

邱大海眯着小眼睛，连连点头：“嗯，你老弟酒量确实不算小。”

你说就他这样子，哪个女人受得了？家里要攒下多少钱，才能容他如此挥霍？更何况，那年月，哪一家也不富裕，邱大海家也没多少余钱。按这一条分析起来，邱大海这性格养成，跟他老婆崔玉容，还真是不无关系。崔玉容的老家，是离此五六里路远的崔家庄。人长得好看，坡上家里的活路儿也样样拿手。尤其一点儿，脾气好。平日里软声软气，不笑不开口。对邱大海这般举止，竟是毫无一句怨言。

关于这个，王树义也曾百思不得其解。俩人熟了以后，说话丝毫不避讳。

“大海，你说你长得，不说歪瓜裂枣吧，也确实一般化。你再看人家弟妹玉容，论哪样都在你之上，可为啥就这么由着你性子作呢?”

“说到这个事儿，我认为这是个技巧活儿。按时下一个词儿来讲，叫做情商指数高。”邱大海故作深沉，“你看，两口子过日子，就好比守着一个大水袋子。你要摁摁这一头，另一头肯定鼓起来。你摁狠了，一不小心，哗啦一声，就破啦！所以，两口子谁也不能使劲摁！反正，我是尽量不摁它，还想方设法在外边儿加固。虽然说我喜欢张罗一帮子所谓狐朋狗友在家里喝酒，耍闹。可我喝得再醉，也不跟老婆耍脾气呀！我最瞧不起的，就是喝点儿酒，冲自家老婆使劲，骂老婆，打孩子，那样的男人，最没质量！树义哥，你是不知道啊，在没外人的时候，我是真疼老婆！”

“你夸起自己来，倒是不遗余力。”王树义冷笑一声。

不管咋样，邱大海的老婆脾气好，是公认的。

许多年以后，邱大海已经白发苍苍，膝下儿孙满堂，两口子依然还是卿卿我我，腻腻歪歪。这让很多老朋友真心羡慕、嫉妒、恨。后来，私下聊天，邱大海给王树义一个实在答案：“我这辈子，别的小错误犯过，可在两件事儿上从来不犯。一个是钱，一个是女人。”

3

那一年，邱大海突然面临一个重大选择。

这选择，也让他的人生发生大扭转。甚至好多年后，邱大海还问自己，假如当年不做出这个选择，会是啥样子?

一天上午，突然有人来找邱大海，说罗庄公社孙为政书记叫他到办公室去一趟。邱大海稍稍发愣。此前，他跟孙为政仅是见过几次面儿。矿地联合后，孙书记经常去矿上开会，但俩人没打过实际交道。于邱大海来说，感觉自己跟孙书记距离较远，人家是公社领导，还是矿上领导，自己就是一个矿工而已。不过，孙书记是知道邱大海的，这一点儿他也不怀疑。好几次，孙为政碰上他，都直接喊他名字。

这么大个领导，找一个煤矿工人谈事情，估计也不是小事儿。

邱大海的脑袋瓜子多灵活呀，已经猜出个七八分来。

邱家大队的领导班子，此前的一些做派，让邱大海甚为不满。这村子之所以叫邱家，就因为邱姓是大姓，是大家族。可以说，村里百分之七八十的人家都姓邱。村里的大队书记、大队长，都是邱大海的本家。按辈分，他还得喊那书记一声爷爷呢。当年，邱大海离开村子，就是想跳出漩涡，不跟他们玩儿了。离开后，按他那眼观六路、耳听八方的精明劲儿，村里有些事儿自然也很了解。就那本家爷爷，虽说对他挺客气，但在村里，却是霸气十足，一言九鼎。大队班子里几乎清一色，全是他嫡系部队。许多年来，形成一个盘根错节、根深蒂固的小集团。还没有分田到户开始单干的年代，村一级班子成员手上的权力是很大的。事关一个农民的最切身利益，比如，计算工分，分配钱粮，划分宅基地，推荐外出当工人、当兵，以及计划生育等等。紧紧围绕在老书记身边儿的，有几人成分还不怎么好。其中一条汉子，体壮如牛。据他自己吹嘘，跟罗庄村一位拳师学过几年功夫。他不把浑身力气用在生产上，却是打架斗殴，欺男霸女，偷鸡摸狗。大队书记的儿子，在村里几乎也混成一霸。看别人家自留地好，硬拿着山坡地跟人家交换。人家不答应，就打上门。他家就在街上的显要位置，临街建起个平房，房顶摆上桌子凳子，一帮子人喝酒划拳，半边儿村子的人都能听到。而且那平房直接占去街道一米多，街坊邻居出入不便，却敢怒不敢言。邱大海还听说，大队书记经常约公社一些人吃吃喝喝，影响恶劣。有段时间，公社有几个口上的人，都喜欢往邱家跑。一去那里，就会有小鸡炖上，好酒摆上。甚至，到年底大队杀猪宰羊，还能参与一份。

按说，一个村子里的干部，那年月能闹腾成这样的，也实属罕见。事出有因，一者，邱家村邱姓人居多，家族势力强大，本村的外姓人家根本不敢冒头。外村人乃至公社一些干部，对此也颇为怵头，能不招惹，尽量就不招惹。好官不惹地头蛇，此乃古训。长此以往，助长这些人的气焰。另外还有个更直接、更实际的原因，这大队书记妻姐的男人，也就是农村所说的连襟儿、一担儿挑，是干公安的，在县公安局当副局长呢。有这层关系罩着，这拨人胆子越来越大。

因此，邱大海深思熟虑一番，感觉跳出邱家，应是上策。他果断离开家门，在外面打拼出一番模样。

在农村，还有个观念，有家人或亲戚在公社、县城工作，往往就被视为外面有人。即便这人混得再不行，在外面的人，毕竟视野开阔，脑子活泛，路子广，不好欺负。像邱大海这样，朋友遍天下，大事小事都能解决，在乡下人眼里无疑就是能人，不可小觑。因此大队书记一帮人见到他，倒是颇为客气。

不过，最近一阵儿，邱大海听到些传言，说是县里、公社里下定决心，要清查邱家村问题。这节骨眼儿上，孙为政找他聊天，说不定跟此有关。是不是想了解村里的一些情况？会不会此时的孙为政办公室里，就有戴大盖帽的在那里坐着？不过，邱大海转念又一想，这可能性，倒也不大。要那样，应该是派出所的直接找我才对呀。

莫非，孙书记想让我回村里干？他想到这一层。

邱大海敲门而入，见孙为政自己一人坐在办公桌后。一见到他，笑着站起来打招呼。

“大海，别在煤矿干啦，回来吧？”寒暄几句，孙为政果然直接切入正题。

“孙书记，您让我回来干啥？”

“回你们大队，当书记。”

邱大海一愣！他的确往这个方向想过，可绝没想到，是要他回来当书记！这是要把一个村子，交到自己手上啊！

“咋啦？”孙为政抬头，直视邱大海，“有压力？”

“压力很大。”邱大海实话实说。

一路上，邱大海就这个问题，确实想过很多很多。实话说，他可不想回村里。邱家大队班子问题重重，导致好多个生产队的队长都不好选，都不愿意当。村里甚至流传一些顺口溜，比如，“拔了棉花柴，干部要下台，收了蓖麻秸，干部要换班儿。”比如，“春上是个红人，干上是个累人，秋后就变成罪人。”意思是，当个小干部，好事儿轮不着，受苦受累不说，到头来还要遭人骂娘。因此，小生产队长一茬一茬紧着换，走马灯一样。

“实话实说吧。我估计，你心里肯定也已经很清楚。你们邱家，不管是面子，还是里子，都彻底烂透啦！”看来，孙为政也不打算拐弯抹角，话里分明带着怒气。“不下狠心整治，直接不行！大队书记贪污、腐败，大队长带头打人，会计整出一堆烂账本子！什么年代啊现在？一家人勒紧裤腰带过苦日子，抓革命，促生产。这帮孙子倒好，大吃大喝，贿赂上级干部，把钱往自己腰包里掖！更恶劣的是，养一帮子恶棍，简直无恶不作！有人甚至还强奸妇女！这跟当年的地主恶霸、还乡团有啥两样？”

邱大海张大嘴巴！

孙为政所说的这些，让他感到很震惊！他没想到，事情已经如此恶劣！

“我确实也听到过一些传言。可没想到，有这么严重！那，这一次，是真要动他们？”他问得小心翼翼。

“那还有假？”孙为政一挥手，“你还不知道？昨天晚上，全都抓起来啦！这一回，肯定是彻头彻尾地查！所以，你不要有顾虑。”

我的个天！邱大海心说，一锅端啦？看来真应了那话，不是不报，时机未到啊。“不过，”惊愕片刻过后，邱大海抓抓头皮，“孙书记你让我回来当大队书记，我确实没有一点儿的心理准备。”

“你知道，我们怎么物色到你的？”孙为政激动的心情稍微平缓，露出微笑，“是你那个好朋友，龙门大队的书记王树义。他跟我说，你干大队书记，绝对没问题。”

好你个王树义啊！你这不害我吗？邱大海没吭声，心里却暗暗叫苦。

“当然，我们几个也是反复考虑，让谁来接这个烂摊子。实话说，不好弄！你们那个村儿，大部分人都姓邱，外来户没几家。要从公社派个人去，施展不开手脚！在你们本村物色呢，这些年，还真没出现能担当大任的。就这个局，一般的孬汉子根本不敢接招。因为这帮坏种，把你们村都搞乱啦，人心涣散。有好些人还是担心这帮人会卷土重来，所以有顾虑。而新的领导班子，必须得有魄力，有号召力！最后我们决定，请你出矿。”

邱大海急忙笑着摆手：“孙书记你这话说的，太重！我邱大海何德何能，承受不起呀。”

“一点儿也不重。”孙为政呵呵一笑，“刘备请诸葛亮还要三顾茅庐。你也不用马上回答我，先回家好好琢磨一下，跟你媳妇儿商议一下。你要实在不愿意干呢，放心，我孙为政也不能拿把枪顶着你脑袋，硬把你扯回来呀！但我跟你说实落话，我们考虑一大圈儿，还真是觉得你最合适。”

邱大海很快就把事情全都弄清楚。

这一回，邱家这个大疖子，再也撑不住啦！

就像多米诺骨牌，最先倒下的，是大队书记那连襟儿。此人也算个老革命，部队转业，当警察，侦破过好多大案要案，甚至奇案怪案，官至县公安局副局长，分管刑侦。没想到晚节不保，甚至可以说，身败名裂！至于他如何倒下的，传言纷纷，好几个版本。一个是他给一帮地痞流氓当保护伞，遭人举报，市里早就盯上他，一直在暗地里调查，趁着这次严打，把他办掉了。另一个版本，却是非常敏感的男女关系问题。说有个女人，被他欺负得实在没法活下去，于是设一个局，配合自己家男人，将他光溜溜地摁在床上。老百姓传说起这种事儿，会越传越活灵活现。甚至，还有夫妻俩下迷药、藏手枪等一些细微的、惊险的桥段。这个香艳无比的版本流传甚广。总之，先是市县公安机关会同纪检部门介入调查，没想到，老鼠拖木锨，大头在后面，竟扯出一大堆问题来。比如受贿，且数额巨大。其中的行贿人之一，就有他妹夫，邱家大队书记。再比如充当保护伞，纵容包庇地痞流氓，其中一项就是孙为政所说的那例强奸妇女的事儿。这桩性质十分恶劣的案件，就出自那习武的打手。一年前，此人在夜里趁着月色，将村里一个妇女拖进庄稼地里糟蹋。妇女回到家，找根绳子，把自己吊在房梁上，幸亏被及时发现，救了下来。没几天，竟跳了井！这次没人发现，人就没了。妇人的丈夫到派出所报案，派出所的人下来转一圈儿就回去了。给出的结论是，俩人早就相好，不能算强奸。这一次，旧案被重新翻出来，速审，速判。次年秋，那恶棍就被枪毙。派出所所长也因此受到牵连，被开除回老家。

邱大海回家跟媳妇儿把孙书记意思一说，果不出所料，崔玉容当即反对。

“大海，你以为这大队书记好当啊？这是把你放火上烤啊！村里乌七八糟这些事儿，你不知道啊？”

“嗯，我知道。”邱大海稀稀拉拉笑。

“你还笑？你以为这老一帮倒下，村里就干净啦？烂事儿多着呢，掰着手指头脚指头数，你都数不清楚。就书记大儿子盖得那间屋，你也知道，堵在个大路口上，你能拿他咋办？你给他拆了？”

“为啥不能拆？违规建筑嘛，该拆就得拆！”

“看把你能的！你拆人家房子，这仇口得有多大？咬人的狗不叫，人家现在倒了台，不会和你明面上理论，暗地里报复你咋办？还有，你掰着手指头数算一下，就咱这大队，哪个人不是老少爷们，哪一家不是拐弯抹角的亲戚？你能黑下脸来去得罪人？你好不容易熬过苦日子，在矿上扎下根来，放着好好的工人不当，回家来当农民？你那些罪还没受够是吧？咱这样过日子多好，你在外面挣着工资，我在家里里外外，老老少少给你照看着，人人看着眼红，你回来算是个啥呢？”

在邱大海印象里，老婆这么强烈地跟自己唱反调，破天荒的第一次！

按照他那一套水袋子理论，这一次他摁得有点儿急，有点儿狠，崔玉容那头突然鼓起来！

那个夜晚，邱大海走出家门，村里村外，转悠好久。有一段儿时间，他坐在场院旁边一个小山头上，眼前漆黑一片，但在心里，他把整个邱家村角角落落梳理一遍。

这当然还是个穷村儿！尽管，村子距离西北边的公社驻地不远。但村子和公社之间，隔着一道天然的河流。这条自南向北流淌的河，没有具体名称，河东边儿的邱家人，管它叫西大河，河西的人们，管它叫东大河。雨季的时候，洪水滚滚而下，能漫过桥头去。旱季的时候，河床上则是干涸见底，巨石裸露。去往公社的唯一通道，就是村西头河上那架石桥。返回头再看村子，东北一道岭，形成天然屏障，将这个村跟生产砚台的竹西村隔开。村里唯一能赚钱的，就是距离桥头不远处的那个小砖窑。由于大队的一帮人挥霍浪费，小砖窑非但不赚钱，据说还负债累累。

邱大海叹息一声，站起身，抬头看着星空。

突然有一种天将降大任于斯人的感觉。

这么说，孙为政书记跟你说那番话的时候，你已经动了回来的念头，对不对？他问自己。对！邱大海点头承认。孙书记刚提到这事儿，他的确是反对的。可当孙为政带着怒火，把先前大队班子的事儿一说，他就有点儿动摇。现在，在村子里转过一大圈儿，前思后想一番，其实已经完全做出了选择：回来！我要回来！

往大处说，为村里的老少爷们儿，你必须得回来！往小处说，为了自己，难道不应该回来吗？当年，离开村子去煤矿，就是想出去闯一下，开阔视野，增长见识。这些年来，你得到锻炼，思维开阔很多。在外人眼里，你有头脑，有魄力，足以应对这个复杂局面。而且农村这个舞台，不是更适合发挥运用你的头脑，展示你的魄力吗？

推门进屋时，崔玉容坐在灯下纳鞋底。

"想好啦？"她抬起头，先仔细端详邱大海一番，突然问。

邱大海舔舔嘴唇，没吭声。

老婆突然笑出声来："大海呀，你出去这一阵儿，我也没闲着，翻过来翻过去捉摸老半天。我想起你回来的时候那眼神儿。我觉着吧，你可能心里早就有谱。你刚才出去转悠这么老半天也不回来，我就想明白啦。好吧，你愿意回来，就回来吧！实话说，你回来，对我来说也不是坏事儿，省得你在外头的时候我在家里也不踏实。"

"咦？"邱大海突然感觉如释重负，"咋这么快就来个一百八十度大拐弯？"

实话说，他考虑一圈儿，觉得做出这个选择，最对不住的，就是老婆崔玉容。一个女人，嫁给个男人，图啥呢？还不是图一个安安稳稳、踏踏实实的日子？可你一旦做出这个选择，未来的日子里，不可避免总会出现波折。

“唉，我一个女人家，想拦，也拦不住啊。”崔玉容叹息一声，“谁叫我摊上你这么个男人！这么多年，你是个啥人，啥脾气，我还不了解？”

邱大海慢慢走近媳妇，突然捧过她脑袋，在她额角上亲一下。女人面带羞涩，伸手推他一把。

听说邱大海要回村当大队书记，村里人再一次炸锅！

几天前，炸过一次锅的。那天的阵势确实比较吓人！邱家村的人，从来没见过那等场面。那天晚上，一辆头顶上闪着警灯的车跑在最前面，后面跟着两辆偏三摩托，呼啦一下子，一群子人跳下车，在村口短暂集合。然后，跑步进行，又哗啦一下散开。先是有人发现这一情况，紧跟着，无数人开始在大门口、在墙头后面探头探脑。大队书记、大队长、会计等人，一个一个被押上警车的时候，街上却是出奇的安静。这些人里头，只有一个反抗的，就是那个光脑袋的汉子，一边被拖着走，一边拼死挣扎，连叫带喊，几个警察都按不住。又有几个人迅速跑过来，其中一个恶狠狠地骂一句，一拳打到他脸上，他就老实了许多。等车子驶离邱家，先是街上出现三五个人，随后人越来越多。大家叽叽喳喳，互相打听，听说是警察来抓人，而且一下子抓走五六个。大家围拢到一起，兴高采烈起来。

不一会儿，村口大场院那个方向，突然传来一阵鞭炮声！紧跟着，整个邱家此起彼伏，先后响起一阵又一阵鞭炮声！那个夜晚，邱家大街上，如同赶年集。孩子们最欢实，乱钻乱叫，打打闹闹。

数日后，邱家村改选。邱大海全票当选为大队书记。

他上任后的第一把火，先把前大队书记儿子的违规建房给拆了！

就在那天晚上，村里人又一次自发地放起鞭炮来。

这一次不是稀稀拉拉，此起彼伏。而是全村老少，几乎差不多全都聚集到邱大海家大门外那条街上。起初，邱大海躲在屋里，不想出门。后来，被几个小伙子硬扯出去，扯到大街上，扯到人群中间。邱大海还没反应过来，有人扯着他的腿，有人抱着他的肩膀，忽悠一下子，他被架到高处。那些人嘴里喊着号子，一下子把他扔向半空！

当邱大海静静地站在人群中，看着那一双双兴奋的眼睛时，他脸上再一次满是泪水！

他知道，这些老少爷们采取这样一种方式，来释放积郁已久的怨气。同样，也采取这样一种方式，来给他寄予厚望！

上 任

1

几天后，邱大海接到通知，到公社去开会。

公社驻地所在的地方，很早的时候就是个小镇，名字就叫罗庄。相传，这是隋朝名将罗成的故里。此地古迹甚多，历史悠久，文化底蕴颇为深厚。考古学家曾在小镇周边多处，发现大汶口文化、龙山文化遗存。

公社单独一个小院儿，两排平房。前一排是办公室，会议室。后面一排，是一间一间的小屋子，当做宿舍，小食堂，仓库等等。

邱大海刚在院子里支下自行车，忽听身后传来车把式吆喝牲口的声音，回头一瞅，一架驴车正停在大门口外边儿。只见他的老朋友，龙门大队书记王树义，身形利索，手抓一个黄布包从车上一跃而下。

“你个老王，真是腐败呀！我们都光棍子一人来，你还配个司机。”邱大海眯起眼睛，等王树义走近，方开起玩笑。

“你这叫标准的站着说话不腰疼。我要是有辆自行车骑着，还带个赶驴车的司机来臭显摆啥？我们山里人，出来一趟容易吗？来开个会，捎带着还要干好多事儿。”说着，王树义往里一努嘴，“今天是啥精神？”

“我哪知道？我又不是公社书记。”邱大海摆出一个深藏不露的架势。

“你近水楼台啊。再说天底下谁不知道，你邱大海，眼观六路，耳听八方。”

“既然表哥你这么说，”邱大海伸出右手，拇指中指一捻，“鄙人掐指一算，好像，咱们公社要来一位新领导啊。”

王树义探过头，压低声音：“兄弟，你可小心点儿！现如今就专门打击你这种装神弄鬼的。来，跟哥说说，是谁要来？来干啥的？”

恰在那时，李清泉胳膊底下夹着他那个蓝灰色布包，急匆匆走来。

王树义远远一瞧，有点儿发愣。

“哎哟，怪不得，早晨起来喜鹊老是叫，一下子碰到俩老熟人。”李清泉热情打招呼。

这下子，轮到邱大海摸不着头脑：“李书记，你跟这个王树义，咋认识的？”

王树义跟李清泉的相识，说起来也是缘分。

地处山旮旯里的龙门大队，在王树义担任书记之后，大刀阔斧开展整地改土，兴修水利，植树造林，同时逐步开始规划村办小企业。比如，豆腐坊，皮革坊等等。

那时候，随着山坡上羊的数量越来越多，王树义想要扩大一下熟皮子加工规模，却发现个问题，村里没有技术熟练的老皮匠。

以前大队里整的那些玩意儿，只能算作小打小闹。基本就是粗加工，烂制造，就是一些不加布料里子的皮帽子、皮筒子、大皮袄，当地人称“白板子”。平日里在乡下穿着还行。山沟沟里头一到冬天格外的冷，冷风能钻进骨头缝里。老棉裤、老棉袄、老皮件儿，用来御寒，自然是绰绰有余，可穿着出一趟远门儿，比方说去公社开个会，赶个集，上个店，看着就着实土里土气，直接不像样儿。

龙门村里有一老一小两个羊倌儿，一到冬天，就戴上羊皮帽子，穿上肥大臃肿的羊皮袄。爷俩儿常年在崮顶上放羊，一般不下趟山。山下的人偶尔碰见到他们，忍不住想哈哈大笑。人们参照电影《林海雪原》里的土匪，给这一老一小都起了外号，小的叫“小炉匠”，老的叫“老炉匠”。

为此，王树义去问计于上一任书记。姜还是老的辣，老书记给他提供个信息：据此地二十多里的博城县，有个七里寺村，几乎家家户户都出一个两个小皮匠。

一个区域，有一个区域的传统文化。说起制造大爆仗、小鞭炮，人们不约而同就会想到祝家庄；做年画的，印灶王爷、门神的，则是杏花村；打造砚台的，就是龙门西北的那个竹西村。当然，好长一段时期，有些题材的年画以及砚台等，几近绝迹。那些玩意儿，弥漫着浓郁的迷信色彩，属于“四旧”范畴，好长一段时间，没人敢鼓捣。祝家庄倒是还有人在做鞭炮，产量也很小。至于烟花，那时候更是极少极少，仅供市里、县里大型活动需要。普通老百姓家哪能买得起呀？

七里寺距离龙门，得有二十来里路。要是交通便利，这么一骨节路，倒也不远。可一者交通不行，再一个农村人口流动不频繁。别看区区一二十里山路，却分别属于两个县，这两头就变成两个封闭区域。人员之间，除了走亲串友，互相往来的极少。更何况，在山里可用的交通工具，基本就靠两根腿。乘坐驴车、牛车，已经比较高级啦。可驴车、牛车属于大队集体，一般人家哪里有？想坐你也坐不上。

王树义挥着鞭子，赶着大队的驴车，前往七里寺。

驴车上，还坐着一位本家婶子。

这位婶子的娘家，便是七里寺的。饥饿年代，山旮旯里的日子比山外好过些。这位婶子当时还是没嫁人的姑娘，一路逃荒而来，到龙门村口，饿得实在走不动，身子摇晃几下，轰然躺倒在地。恰好，王树义一个没出五服（不是直系，但血缘关系比较近）的叔叔经过，把她背回家。没想到，让他爹他娘好一顿骂，让他从哪里捡的再送回哪里去。那时节，哪一家也没更多粮食呀，多一个大人，就多一张嘴，多一分艰难。这个叔叔，背着姑娘往家走的时候，兴许也不完全是怜悯之心，内心恐怕也有点儿小想法。因为，他年纪已大，还是条老光棍！撬开嘴巴，灌进一点点儿地瓜糊糊，姑娘好不容易醒过来，把脸一擦干净，咦？这叔叔顿时眼睛一亮：姑娘看上去挺俊呀！他爹他娘一瞧之下，对视一眼，也动起心思来。等姑娘身体恢复过来，他娘曲里拐弯一打听，姑娘是没定过亲的！于是，把话头挑明，姑娘也觉得，龙门这地方还不错的，外面连榆树皮都刮下来吃光啦，山里居然还有地瓜秧子可以填饱肚子。干脆留下不走，嫁给救他回家的男人，成就一段佳话。

多年过去，这家孩子还问她娘："那么远，你咋跑到这山沟沟里来啦？"她娘只管笑，笑过后说："还不是你爹，心眼子不好使！他把我硬扛到你家来的。"

在婶子引荐下，王树义跟七里寺大队李书记顺利接头，聊得很是尽兴。

"去，抓只小鸡儿炖上！"李书记好客，几句话过后，扭头咋呼老婆。

常年见不到肉的年月，能杀鸡来招待客人，算是相当热情啦！王树义虽然做过准备，提一粗陶罐子散酒去，可心里觉得还是不大好意思。

几盅子酒下去，李书记一拍大腿："忘个事儿！我介绍个人给你认识认识。"扭头又喊老婆，"你去看看清泉走了没？他要没走，把他喊来，一块儿哈点儿酒!”

当地方言，管喝酒叫哈酒。

王树义没想到，这样一次机缘巧合，让他跟李清泉结识。

他更不可能想到，这个人，接下来将和他结缘大半生。他们会在一起摸爬滚打，一起喝酒，一起畅谈，一起共渡难关。

一直过去许多年，有一天，王树义的小儿子给他打来电话，哽咽着说：“俺李大爷，去世啦!”

那一刻，已是白发苍苍的王树义举着电话，呆愣良久，泪流满面。

事实上，后来很多个瞬间，王树义也都会想起在七里寺的那个夜晚，想起三个人头对着头，眼睛里闪着亮光，一起畅谈未来的那个场景。

李清泉来之前，李书记做简单介绍。此人的经历可谓跌宕起伏，相当精彩。小时候，读过几年私塾。十五岁就扛起枪，跟着民兵，上前线打鬼子。在一次战斗中落单，自己一个人钻进玉米地里往回跑。十八岁被调到区里，按他的话说，自己大字不识一箩筐，干的却是扫盲工作。接下来，相继担任博城县某区团委委员、某镇团委书记，等等，后来调任淄城县，任某乡党总支书记，成为掌舵二十多个山村五千多口人的一把手。那一年，人家才二十七岁！因为性格耿直，说话不拐弯儿，在区委会上直接提问题，批评不正之风，遭到排挤，官降一级，任了乡总支副书记。人民公社成立后，改任公社宣传委员。直到一九六零年，当选淄城区管庄公社社长。

“刚好，他这两天回老家来办点事儿。你俩认识一下，山不转水转啊，你俩一个县的，说不定，哪天他就到你们公社去当领导了呢?”

这不，李书记这句话，转眼竟变为现实。

当时，王树义一听这人是公社社长，又从李书记语气里，听出他对此人推崇有加。初步断定，这是个有魄力、有能耐的大人物。等李清泉一进门儿，却稍微有一点儿失望。此人不论穿着，还是长相，都普通极了。个子中等，不高也不算矮。皮肤跟上坡下地的老农民没啥两样，乌黑乌黑。

李清泉喊李书记叔，落座后，说话直截了当："叔啊，这个王树义，可是把好手。他哥哥王树仁，老革命，在部队上都当团长啦！这位王书记，也是扛过枪的，他要继续在部队上干，现如今，肯定也是个大干部。"

"哎哟，你比我了解的还多！"李书记很惊讶。

"他是个新闻人物啊，身上故事多着呢！前几年，为开垦荒地，兴修水利，他成立一支敢死队！整地的时候，连自己家祖坟都敢挖！"李清泉一边说，一边哈哈大笑，"听说，为这事儿，你还让一个本家兄弟抡一棍子，差点把脑袋开瓢？"

"没那么厉害！"王树义抿着嘴笑，"不过，头上缠着白布，包了一个多月。"

"你真的没追究打你的那人？"

"追究啥呀？都是自家的兄弟。我要是逮着不散伙，真能把他关进去！可那样一来，这仇口不就越结越大啦？"

"我还听说，你们家谱上，都把你名字给划掉啦？"李清泉继续不紧不慢问。

王树义摇头，面带微笑："名字还在家谱上。就是头一年过年，家族里头请家堂（祭祖），他们高低不让我参加。不过，现在好啦。"

"你厉害！佩服。"李清泉摇头，叹息一声，"唉，干点事儿，真不容易！"

"是啊！"王树义转移话题，"这不，我大老远的，跑这里取经来啦！"

三人说得投机，喝得尽兴。

说起做熟皮子，李书记全力支持，不但答应安排一个经验老到的老皮匠，跟着王树义到龙门传授技艺，而且还悄声告诉他，“你放开胆子做，销售渠道上，我也能帮上忙。我们做这个，已经积累丰富的经验!”之所以悄声，王树义完全能理解。

因为，此时做熟皮加工，拿出去卖，还是有些风险。

“叔，这个忙，你必须得帮!”李清泉笑，“王树义这人，绝对是能做事儿，也敢做事儿的。”如此简单一句话，让王树义心里一热。他立马认可了面前这个黑脸汉子，立刻感觉此人值得信赖。他举起酒盅，随后一连和李清泉喝掉三个。

“既然两位没拿我当外人，我就有话直说。我们龙门是啥地方，你们都了解，就是个山旮旯嘛，靠什么？都说靠山吃山，看起来山里头瓜果蔬菜的现在倒是不缺，可不顶饭吃啊。所以，我就琢磨着，必须得搞工副业。比如，我还想把龙门豆腐给做出去。我们有优势，好山好水嘛！我还想开一座砖窑。对于烧砖，我们倒是不缺技术人员，也不缺原料。”

“有想法就好办!”李清泉说，“山旮旯怎么啦？这正是你们的优势啊！山好，水好，空气好。只要理清思路，选择好发展方向，山旮旯就是金窝窝呀。”

“想法是有，可条件也确实不具备。你比如，我们的生产工具，还相当落后，还是镢头、锤头、镰刀那一套，打麦子还靠人工拉碾碌子，扬场还是靠老把式甩簸箕。至于交通运输工具，还是人拉地排子车，牛车、驴车都没多少。”

“想办法搞一台拖拉机呀！好多村里都有啦!”李清泉建议，“手扶拖拉机也行，耕地啦，运输啦，都能用。”

“拖拉机?”王树义眼睛一瞪，连连摆手，“想都不敢想!”

他心说，一台拖拉机，对龙门意味着什么？基本上意味着机械化，意味着先进生产力，再高调地说，意味着从原始传统的农耕时代，向新时代农业转型!

“胆子大一点儿嘛!”李清泉的袖子卷到胳膊肘那里，“你王树义是个拼命三郎！这谁不知道？胆子再大一点儿，之前不敢干不敢想的事儿，说不定，就能变成现实!”

王树义瞧着李清泉，半天没说话。

不过，他心里顿时冒出个大胆想法：对呀！我王树义，为啥就不能让龙门大队出现第一台拖拉机?

“问题是，现在主要靠分配呢，就是有钱，也轮不到我们这个山村。公社那几台，都分给那些有大片良田的大队。那里是全公社的粮仓嘛，当然加大投入。何况，我们现在缺的就是钱啊!”王树义苦笑一声。

“好人能让尿憋死吗？钱，可以想办法嘛！实在不行，先去借，赚钱以后再慢慢还。我给你提供个信息，往北，走出这片山，是一片大平原，你们知道那是啥地方?”

李书记摇头：“我最远就到过市里，还真没往北边儿走。”

“我也是从小到大就在这一带山里头打转儿。”王树义也笑，“打仗的时候，也没到北边儿更远的地方。据说，那里到处是盐碱地。从地图上看，再往前，就是渤海湾啦。”

“那是黄河下游，确实是大片大片的盐碱地。可那里有国营农场啊。”

“你的意思，说不定，他们有二手拖拉机要处理?”王树义眼睛一亮。

“你看，这个王树义，脑子就是活泛，一点就透。”李清泉点头，“你不去看看，怎么知道有没有啊?”

那天晚上，王树义喝个酩酊大醉。

第二天返程，车上多一位老人。老头子有意思，一张口，就是姐儿呀哥儿呀的小酸曲儿。行走一路，唱了一路，逗得王树义和那位婶子笑了一路。

这位方圆一带颇为知名的老皮匠，为龙门培养出第一批熟皮精细加工工人，让好长一段时间，罗庄公社的人们一提起羊皮衣服，都不约而同说到龙门。

又过去许多年，出入龙门村，已经换成宽敞的双车道柏油马路。一进村口儿，便能看到一片厂房，临山而建。大门口立有一块巨石，上面镌刻一位著名书法家的大字儿，“龙门制衣有限公司”。公司董事长，就是王树义的大儿子。这里做的皮衣，发往全国各地，一路打进港、澳、台，乃至韩国、日本、新加坡等国家。

可见，王树义此行，收获有多么大。

最为直接的收获，当属那个关于拖拉机的梦想。

此时，见到李清泉，王树义还是不免有点儿懵，心说，这李清泉，不是在管庄公社吗？咋跑这里来啦？自那一次在七里寺畅谈一番过后，俩人就再没见过面儿。莫非，还真叫七里寺那大队书记说准，此人被调到罗庄来啦？

他脑子转多快呀，顿时，恍然大悟！邱大海说的那人，莫不就是李清泉？

邱大海瞧他的神色，确信他不知内情，忙介绍说：“树义，李书记到咱们公社当书记啦！”

“这就叫，山不转水转。”李清泉哈哈一笑，“这样吧，改天抽个空，咱仨人好好聊一聊。有你俩在这里，我现在顿时感觉，心里底气十足。你们先去会议室，我得去和孙书记他们碰一下头。”

说着，李清泉急匆匆转身就走。

邱大海面对王树义，面带微笑：“老哥，你藏得真够深。你认识李书记这事儿，我可从没听你说过。”

“加上这一回，我和他就是第二回见面。再说啦，人家是大领导，之前在管庄当社长，跟咱也不一个公社，谁想到，他会来咱罗庄？”王树义压低声音，“我和这位新书记那次见面，聊过一个晚上。佩服得我，那叫个五体投地！此人可不是个善茬子！雷厉风行。我有一种预感，这一回，咱们罗庄要闹点儿大动静！”

“哦？”邱大海半信半疑，远远地又看一眼李清泉的背影。

虽说前几天第一次谋面，这位新书记也给他留下极深印象，但对此人的了解，仅限于零星的传说，以及报纸上的报道。就目前来看，还看不出这李清泉像是生有三头六臂的样子。

俩人一边说，一边往会议室走。

“你看我这脑子，光顾着拉呱，差点儿忘掉大事儿。”王树义突然停下，从布包里掏出一个纸袋，“这是一千块，剩下那一千，我很快就还你。”

“很快是啥意思？有个期限不？”邱大海没和他客气，顺手接过来，塞进挎包里，紧跟着问。

“明年年底，行不？”王树义悄声说。

邱大海伸手一拍他后背：“开玩笑的，你还当真啦！不就这俩钱儿嘛，啥时候手头活泛了，啥时候给我就行！”

“大海，我可不敢开玩笑。当年，你给我解了燃眉之急，我这一辈子也不能忘。再说，咱俩彼此彼此，现在差不多就是一对难兄难弟。你这书记当的，怕是也不容易，一摊子事儿要用钱，这我清楚。”

“难归难，兄弟归兄弟，这是两码事儿。不过说实话，真是难！你给我这钱，简直就是雪中送炭！所以，不跟你客气。”

2

李清泉关于购买拖拉机的建议，让王树义眼界大开。

也正因此，他跟邱大海有了交集。

尽管心潮澎湃，可一台拖拉机，对王树义来说，是天大的难题。当时，整个公社里的拖拉机，只有一台二十八马力，两台十二马力，十台八马力。一台八马力工农牌手扶拖拉机，需两千三百元！龙门大队里一个工分，才值一毛多钱。照这个换算法，一个整劳力，每天全额满十分工，一年三百六十五天全勤，额外的工分一分也不扣，额外的钱一分也不花，也要等五六年才能挣够一台手扶拖拉机钱！实际上，一个整劳力全年下来，扣除掉所有，也就能挣四五十块钱。甚至，有些年份，还根本拿不到这么多。两千三百块，虽说不是天文数字，分摊到各户，可能咬咬牙也能凑巴起来。可王树义心里清楚，他不能这么干！绝对不能！道理很简单，那时节，家家户户都穷。虽说暂时能吃饱肚子，可放眼看过去，哪一家的大人，穿的衣服不是补丁摞补丁？不能到过年的时候，连孩子都穿不上一件新鲜衣裳嘛。

可拖拉机一定要想办法买。

一台拖拉机，确实能解决好多事儿呢。

王树义想到去借钱。

可跟谁借，又是个大难题！

那年月，谁家能攒这么多钱？琢磨好几天，王树义想起个人来，便是邱大海。他老家在罗庄公社相邻管区的邱家。当时已在罗庄煤矿当工人。王树义没见过此人，但关于他的消息，倒是听过不少。说此人是个能人，脑子活泛，路子很宽，是个场面人。仔细论起来，王树义和邱大海，确实有点儿拐弯抹角的亲戚。王树义一个姨家的表姐，嫁给邱大海一个舅家的表哥。想起这一层关系，王树义不由得嘿地一乐。心道，凭这种八竿子才能够上的亲戚关系，人家会借给你钱？还一下子借这么多？可李清泉说得对呀，你不去试试，哪知道结果？

这一次，王树义没动用大队里的驴车。到邱大海那村儿，中间隔一道横着的大山梁子，外加错错落落无数道小山沟、小山岭。直线距离倒是不远，十来里山路。可如果走大路呢，则先要南辕北辙，要绕个大圈子。

这天早上，临出门儿前，王树义在外腰上别上一把镰刀——这是必备工具。因为你拿不准在山里头会遇到什么状况。有可能好大一段路，荆棘密布，根本就走不通。再一个，山里不缺狼呀、狐狸呀、獾呀、蛇呀之类动物，不定遇到什么山猫野兽，拿把镰刀，可以防身。他又提上一粗瓷罐子散酒——这也是必须的。就像去上次到七里寺一样，带点礼品，好开口求人。

天快晌午的时候，王树义才赶到邱家。

出现在村口的王树义，低头打量一眼自己，忍不住想笑。左手抓一把镰刀，右手提着个粗瓷罐子。左胳膊肘那儿划破一道口子，右腿上的裤子被刮开一道缝，露出里面的皮肤来。脸上呢，不用猜，也是五花八门。

他表姐站在大门口，费好半天功夫，才哎呀一声认出他来。

“俺那个老天，树义呀，你咋跟个逃荒的一样？”

洗一把脸，稍做歇息，王树义说明来意。

“你想跟大海借多少钱？”表姐问他。

“两千！”

表姐张开大嘴，半天没合拢上。待合上后，嘟囔一句：“树义，你最近脑子没毛病吧？”

确实，直到此刻，王树义心里还是一点儿底都没有。但事儿到了这一步，无论如何，你不能后退啦。表姐要去张罗午饭，王树义忙阻止她：“吃饭现在不重要，要不表姐你还是先去问问，邱大海他在没在家。”

不一会儿，表姐腾腾腾跑回来，带来的消息，让王树义既高兴，又紧张。

“真是赶得早，不如赶得巧呢，大海正好在家。”可表姐还是踌躇，“我可没跟他说你要来借钱，还一下子借那么多！还是你自己去说吧。反正，你俩也不大熟，有枣没枣的，先抡一杆子再说吧。唉，表弟呀，我觉着，你还是再掂量掂量，我那个老天！两千块！”

咦？见到邱大海那一瞬，王树义第一感觉，是此前的信息不对头。眼前这人，怎么会是邱大海呢？从此人名字推断，或按照印象，他应该五大三粗、膀大腰圆的才对。没想到，也就一米六多一点儿的个头，小眼睛，瘦瘦弱弱，活脱脱一个书生，或者走江湖的郎中。俩人一握手，王树义才从对方手上那股劲道反应过来，嗯，有一股子蛮劲儿，果然是下过煤井的。

邱大海一笑，眼睛更小，先问王树义多大年龄，然后，给俩人排顺序。

“那你就是哥啦！来，坐呀，赶紧坐下！”

跟七里寺李书记不太一样的是，还没等王树义坐下，邱大海就扭头安排老婆，“赶紧的！老亲戚来啦，弄俩好菜去！”

“别别别！弟妹你别忙，我说完事儿马上就走。”王树义把酒递过去，“初次见面，不成敬意。”

“你大老远儿来一趟，又正好晌午头，哪能让你不吃饭就走？媳妇儿，赶紧的！”邱大海说完这话，才回过头，一瞧酒坛子，再一瞅王树义，哈哈大笑起来，“表哥啊，你这翻山越岭的，裤子都划拉烂啦，这个酒坛子倒是保护得怪好。”

“那当然！就跟抱个地雷一样，滚到沟里也不敢撒手啊！”

见邱大海这么爽快，王树义也心下稍安。他心道，看起来也是个实在人。那不妨就在这里吃，喝点儿酒，也好壮壮胆子。不管咋说，这一回，人情算是欠下啦，以后再想办法弥补吧。

从那以后，王树义和邱大海曾一起喝过数不清次数的酒。差不多每一次，邱大海喝高之后，都要提到这个典故：“那一年，你王树义提着个烂酒坛子，站到我跟前，就跟要饭的一样。我第一眼看到你就断定，嗯，亲兄弟来啦！”

王树义后来也多次回忆起那一次跟邱大海见面的每一个细节。人这一辈子，有无数次酒局，但能让你记一辈子的，很有限。

这一次，他终生难忘。

借着喝了一点酒，王树义忐忑不安，说明来意。

“哥，先喝酒。钱的事儿，明天再说。”邱大海听完，一摆手。俩人边说边聊，越说越投机，越说酒喝得越酣畅。不知不觉间，俩人从下午一直喝到晚上，王树义提的那坛子酒，竟然让他俩全给喝光！

第二天一早，王树义醒过来，好半天都没弄明白自己睡在哪里。等他出了门，看到院子里正在喂鸡的邱大海老婆，这才哎哟一声，回过味儿来。而邱大海，那个时候已经骑着自行车到了矿上。

“大海说，让表哥在家里等着。”

王树义哪好意思在邱大海家等啊？他去了表姐家。半个上午，酒劲儿似乎还没下去。过了晌午，他站在院子，望望天，看看地，心想是不是该走啦？钱恐怕是借不到啦。当然，即便借不到，也不能埋怨人家邱大海。毕竟，两千块钱不是小数目。你俩此前又从没打过交道，哪能这么放心？可转念一想，直觉又告诉他，邱大海这人挺靠谱，既然让你等着，似乎你一走，就是对人家不信任。退一步讲，即便邱大海弄不到钱，总该给回个话。这念头，又让他再继续等下来。

傍晚时分，邱大海才急急火火进院子，伸手将一个纸包塞给他。

这举动，把王树义身后的表姐都惊呆了！

“你数数。”

王树义没数钱，把纸包接过来，低着头，端详老半天，嘴唇动好几下才说：“来，进屋，我给你打欠条。”

“滚蛋吧！打什么欠条？”

后来，王树义还真是问过邱大海："兄弟，你就不怕我拿着钱跑了？你连个欠条都不留。"

"老哥，你还记得当年到村里赊小鸡的吗？一般是头一年到村里挨家挨户赊小鸡，第二年才来收小鸡子钱，连个账本儿都不带。可你听说过有人第二年不认账的吗？"这个秀才样的邱大海，举例回答。

"嗯，还真是没有！那时候民风多淳朴啊！"王树义轻轻摇头，又问，"可我后来还是觉得奇怪。实话说吧，你当时也算不上什么大富翁。我借钱呢，是为公家的事儿。你借我的钱，却是私人欠债。你就一点儿都不担心？"

"还是那话，信义无价！别说我之前就对你有所了解，单凭那天我看到你第一眼，我就知道，你这人跟我一样，实在，中交，投脾气。再说，你就是卷着钱跑了，能跑哪里去？或者说，赖账不还，那说明啥呢？说明我邱大海瞎了狗眼，那就吃一堑长一智。再一个，就是你王树义名字里这个义，信义也好，道义也罢，就值两千块钱啊？"

自此以后，俩人成为铁打的好朋友。

此时，邱大海突然站住："咦，王树义，差点忘啦！我还没找你算账呢！"

"算啥账？"王树义迷惑不解，"我不就欠你这两千块钱吗？"

"对呀，两千块钱，当初你怎么说的？借钱干啥来？是不是你说的要去买拖拉机？可你拿着这钱去干啥啦？开了小砖窑，对不对？整个罗庄，就咱们两个村里有砖窑，方圆一带的用货市场，也就老娘们儿屁股这么大。你说，是不是和兄弟我抢买卖？你是不是狼心狗肺？"

"我不是没买到拖拉机吗？"王树义嘿嘿笑，"你不知道啊，为买辆二手货，我找了个会开拖拉机的陪着，俩人围着渤海湾，把腿都快跑断，没买到啊！再说，我盘算开窑的那会儿，你还在矿上呢，风风光光的。我哪寻思，你放着好工作不干，跑回家当土皇帝？"

“我咋当的书记，你不清楚吗？要不是你跟孙书记胡啰啰，我能从工人变成农民？”

“大海，你这就不讲兄弟感情啦！我可真是好心好意。你看，以前别人喊你，大海，大海啊！现在喊啥？邱书记，邱书记！这多有面儿呀！你得感谢我才是。咋啦，这书记不好干？试着屁股上热乎啦？”

“不光屁股底下热乎，浑身上下都燥热！跟俺老婆说的一样，简直就是把人架在火上烤啊！”

“我听说，你上来就先扒了人家的房子，来个下马威！现在不是全村人都拥护你吗？”

“那房子不扒能行？全村人都看着。”

“那现在还有捣蛋的？”

“表哥啊，哪一个大队，没有几个孬种？就拿你龙门来说，那就是世外桃源，民风淳朴？别好了伤疤忘了疼。我是怕你伤心不愿意说，早些年，你不是也被人抡起棍子往死里打吗？我们邱家啥情况，你又不是不知道。那种癞皮狗，打不行，骂不管用，不上纲，不上线，你说能咋办？”

“当大队书记，心狠不下来，绝对不行！”王树义悄声说，“一个人都不得罪的大队书记，那不是人，是神仙。”

“唉，一言难尽，不说这个，你那边儿的蝗灾啥情况？”

“山里头有这好处，相对封闭，外头的进去的少，零零星星有点儿，实话说，还不够我们炒着吃的，不至于毁坏太多粮食。”

“唉！看来李书记说得很对呀！垦田造林，是有大好处。老哥，我刚才说买点储备粮那事儿，确实是心里话。我先把话垫这里，这两年，地里不大出粮食。我是真的心慌，怕再出现那三年的光景。到时候，我们村揭不开锅，我真去你那里化缘。”

“放心吧兄弟，有我吃的，就有你们吃的。再说——”王树义压低声音，“那三年跟现在不一个情况，我估摸着，再闹饥荒，也到不了那程度。”

“古人云，居安思危，有备无患！还有，下一步，我还准备去你那里取取经，我们也成立敢死队！大干它一场！”

俩人边说边走进会议室，里面已经提前赶到好几个大队书记。

彼此熟悉，一通寒暄。

尽管一屋子全是大队书记、队长，但书记跟书记，队长跟队长，毕竟不大一样。有些个大队，像龙门、邱家这样的，底子太薄，日子过得挺紧巴。而有些大队，则完全不一样，要么紧挨着公社、县城，近水楼台先得月嘛。要么，遍地是良田，天然的粮仓。要么是社办小企业所在地，或者村办小企业红红火火，日子就很好过，大队书记说话的语气，就透着一股子骄傲和自豪。

比如竹西，别看也是个山旮旯的村子，可是人家地下有货。那货不是煤炭，而是一种学名叫“固石”“灰堂石”的石头，那是制作砚台的绝佳石料。淄城一带发掘打造砚台，由来已久，名叫淄砚，是鲁砚代表之一。曾和广东肇庆端砚、安徽歙县歙砚、甘肃洮州洮河砚一起，并列全国四大名砚。现尚存一方汉代古砚，就藏于故宫博物院。所以，后人有定论：淄砚“始于汉”。唐宋时期，渐至鼎盛。一直到北宋末年，金兵入侵，文化中心南移，之后二百年间，曾一度籍籍无名。明清以后，随着经济发展，才逐渐为人所知。做淄砚所用的石料，就是来自竹西村东一条大河沟内。据说，人们顺着石脉一路探寻，发现其源头，是一条细长的山谷，叫作洞子沟。沟内两岸颇多岩洞，最大的一个叫作仙石洞。洞深千余公尺。洞内的石壁分作十二层，就是以固石和灰堂石为主。因为固石有油性，经历数道工艺打磨后，温润如玉，手指抚摸上去，像是抚摸小婴儿的屁股。当然，要达到如此效果，是需要下很多功夫的。选好石料，雕刻完毕，还要放在水里浸泡数日，所以，为保证砚台温润如玉的效果，当地许多老艺人的制砚作坊都在地窖里。

小砚台厂恢复传统手工制作，并逐渐扩大规模，跟老书记孙为政不无关系。这个土生土长的罗庄人，出生地就在竹西村。其祖上，曾出过好多位制砚大师。从小到大，他曾无数次站立一侧，观看老人们手工打磨石料，雕刻花纹，亲眼看见一块顽石，如何变成一方精致玲珑的砚台。自小耳濡目染，当然对这种后来才称作“非物质文化遗产”的文玩情有独钟。

退休以后，他还一直致力于淄砚推广宣传。而且，退休后的他，终于有时间也有条件重拾昔日爱好，练练书法，画画花鸟，自得其乐。家里用的，珍藏的，自然以淄砚居多。在罗庄任职期间，正是在他倡导下，成立副业办公室，而且专门安排副业办党委书记魏海峰去主抓小砚台厂，挖掘、恢复传统制砚工艺。

那期间，所制砚台就曾作为国礼，流传海外。

此时，整个公社里的零散小企业，有小煤矿、小化肥厂、小陶瓷厂、小砚台厂等等。社办煤矿两个，分别在北刘、幸福，化肥厂在公社驻地的西北角，砚台厂就在竹西，陶瓷厂则是在刘泉。此时的陶瓷厂，工艺并不精湛，多以生产日用粗瓷为主，瓷缸啦，瓷罐啦，瓷盆瓷碗儿等等。因制作瓷坯要用手工，工人往往身上手上满是黄泥，因此，这地方的粗瓷，还有个民间称呼叫“掇货”，意思就是拿手拍打出来的意思。烧制瓷器还是以传统的馒头窑，因此又称为“窑货”。

3

孙为政打头走进来，李清泉紧随其后，再后面，紧跟县委组织部领导以及公社几位副书记、副社长，一伙人在主席台依次就座。

会议议程并不复杂，公社党委副书记、社长韩瑞强主持，县委组织部领导通报上级人事安排，孙为政书记调任县政协任副主席。管庄公社原社长李清泉，任罗庄公社党委书记。

孙为政先发言，回顾总结在罗庄公社的工作经历。说着说着，感慨万千，竟潸然泪下。

“参加工作以来，我几乎没离开过咱罗庄。从一个农民，到大队团支部书记，大队长，大队书记，公社副社长，社长，公社党委书记，就这么着，也算是一步一个脚印踩着走过来。虽然说，有荆棘密布的时候，也有坎坷不平的时候，但我自个儿认为，我还是能对得起自己良心的。当然，能力不够，这一点儿我心里也清楚。因为，罗庄的现状、事实，就摆在这里嘛！眼下，罗庄确实还很穷，有些山里头的老百姓，还吃不上饭，喝不上水，穿不上像样一点儿的衣裳！我不是唱高调，实话说，每次想到那些贫穷的人，我孙为政，就睡不着觉！内心有愧啊！我，我觉得，应该做出深刻检讨！”

他站起身来，冲着台下，缓缓鞠一躬。

台下先是一阵寂静，瞬间过后，响起一片掌声。

重又坐下，平复一下心情，孙为政伸手冲着李清泉：“坐在我旁边儿的这位，清泉书记，他是一位闷头苦干的好干部。在座有些人，可能已经对他很熟。在管庄，他抓过农业，抓过工副业。来到罗庄，是县领导经过综合考虑做出的决定。当然，也跟他个人工作能力是分不开的。组织上让他来罗庄，当然不是享清福，是挑重担子！是要他带领罗庄的老百姓，走上富裕道路！作为即将离任的老书记，我拜托大家，全力以赴，不附带任何条件，坚定不移地支持他工作！今天，我把一句话撂这里，不妨下去多少年，咱们回头再看。我坚信，这位清泉书记，会带着大家，让罗庄发生翻天覆地的变化！”

孙为政跟李清泉之间的关系，许多人其实不了解。管庄和罗庄，两个公社之间离得并不远，俩人都是公社领导，当然抬头不见低头见，互相认识，实属正常。可很少有人知道，这俩人关系非常亲密。

他们真正深入打交道，源于一次突发事故。

当时，李清泉在管庄担任社长。有个村子里的一位妇女，在途经罗庄矿的废旧煤矸石堆旁边儿时，灾祸突然降临！几块巨石滚落而来，撞在她身上，当场死亡！死者家属在大队书记陪同下，找矿上领导交涉。矿上答应马上研究，根据相关政策给予家属赔偿。死者家属都是农村人，老实憨厚，得到此承诺，回去后按乡间习俗，迅速将死者拉去火化，入土为安。不料，矿上兴许觉得死者已经入土，情势稍缓，居然开始推诿扯皮。关于死亡赔偿的事儿，非但没像此前说的尽快兑现，而且踢起了皮球。找得急了，相关领导干脆躲着不见面儿。村人毫没办法，无奈之下，跑去找李清泉，反映情况。

“这帮子混账东西！”李清泉一听，顿时怒火燃烧，一拍桌子，呼地一声站起来，“走！找他们去！”

说完，他立马出门，蹬上他那辆破自行车就走。那村的大队书记骑另一辆车子，带着死者家属。一前一后，赶到矿上。李清泉让人在外面等，他独自一人，直接闯进矿长办公室。当时屋里就俩人，一个是姓马的矿长。另一个，正是罗庄公社书记孙为政。

“怎么回事啊马矿长？老百姓的命，不叫命啊？”

李清泉不管三七二十一，气势汹汹，走上前去，一拍桌子！

马矿长当然认识李清泉，也明白他因何事而来，却故作不知：“怎么啦李社长？啥事儿呀？值当发这么大火？”

孙为政坐在一边儿，抿着嘴，不动声色地笑。

他当然也知道李清泉为啥发这么大火。而他此行，正为解决矿地之间的另一个纠纷而来。李清泉进来之前，俩人正在围绕这个事儿，展开太极推手。

“啥事儿你不知道呀？老马，是你太官僚，还是你把我李清泉当猴子耍？矿上出了死亡事故，砸死老百姓，都过去这么多天啦，我就不信你老马丝毫不知情！你要这么说，咱马上把分管这事儿的副矿长一起叫来，从头到尾掰扯掰扯。”

“哎呀，李社长你说的是那事儿啊，”马矿长一搔头皮，“我知道，我知道，我们正在研究解决方案。你也知道的，国营单位嘛，不是一个人说了算的，得集体研究决定。”

“研究个屁呀？这事儿，秃子头的虱子，明摆着，还研究个啥？这么多年，矿上发生多少事儿，你老马不清楚呀？光我李清泉参与解决的，就一大箩筐！以前都是按政策，按章程，该安抚安抚，该赔偿马上赔偿！怎么到这里，还要没完没了地集体研究？叫我说，你这当矿长的，第一时间就该出现在现场，去安抚人家死者家属！对不对？有什么事儿，能顶上人命大？为啥这些年地方跟矿上有这么多矛盾？就因为你们太官僚，不拿老百姓的事儿当事儿！人都死啦，还要再研究，拿研究当日子过吗？你们不就是仗着国营单位，欺负普通老百姓吗？不就欺负人家农村人老实吗？要是那女人的家里人坚持不火化，抬着尸体，堵你们大门口，能拖到现在吗？我跟你说，马矿长，你别以为我李清泉做不出那种事儿！今天，你要不给个合理解决，明天一早，我雇上几台拖拉机，把周围这些个村子的老百姓全都拉来！你信不信？”

李清泉在那里噼里啪啦一通发火，矿长一声不吭。等李清泉暂时停止，他一伸手，就抓起电话来，打给分管副矿长，先劈头盖脸一顿训：“撞死人那个事儿，怎么还不给人家解决？你马上给我过来！”

一个小时后，事情顺利解决。从头到尾，李清泉寸步不离地盯着，一直到财务室会计把钱交到死者家属手上。在院子里，那死者家属，一个大男人，扑通一声给李清泉跪下，号啕大哭起来！

“你给我起来，哪兴这个?”李清泉一把将他拉起来，“哭啥呢?问题这不解决了吗?”

村里的书记起初没吭声，此时仍是激动万分：“李社长，今天多亏了您，我必须请您喝酒！你放心，咱们在我家里喝，我让娘们儿炖上一只老母鸡！咱俩喝个一醉方休!”

“算啦算啦，你们赶紧回去，处理善后工作。酒嘛，留着以后喝。”

目送俩人离开，李清泉从兜里掏出一根烟点上，蹲在那里抽起来。

直到那时，他才长舒一口气。

“老李，我可真是佩服你!”身后传来孙为政的声音。李清泉回身一瞧，见他刚从里面走出来，忙站起来，笑着说：“孙书记啊，刚才没顾上和你打招呼。看来呀，跟这帮小子打交道，不玩横的还真不行。”

“走，咱俩边走边说。”孙为政笑。

于是，孙为政和李清泉一人推一辆自行车，并排着走出院子。俩人越聊越投机，孙为政提议道：“前面儿有个小馆子，是个矿工家属开的。我请你喝酒吧?”李清泉呵呵一笑：“我请你，你比我年龄大，比我官儿也大！我怎么好意思叫你请?”

“你别跟我抢！我请你，有原因的。刚才你这一闹腾，顺便帮我个大忙。我今天也是去协调事儿的。这不，你前脚走，我后脚一会儿功夫就把事儿谈妥啦。”

“哦?那你得请。改天，我再请你。”

这是俩人第一次坐到一起喝酒，彼此更多了了解。说起各自人生历程，包括其间苦辣酸甜，不免又惺惺相惜。

从那以后，孙为政和李清泉就成为无话不谈的好朋友。

因此，那一天，当李清泉提着个烂布包，慢悠悠走进孙为政办公室的时候，后者没说客套话，只是站起身，慢慢迎过去。随即，俩人紧紧拥抱一下。

“老伙计，你来罗庄，我心里就踏实啦！”

当晚，孙为政自己掏钱，从食堂打两份菜，又打发个人，去门市部买来一瓶酒。俩人就在办公室，一边喝酒，一边进行新旧两位书记的工作交接。孙为政把公社九个管区，三十二个大队，乃至三十二个大队的书记、大队长等等详细情况，一一向李清泉介绍。

李清泉越听越感动！

他发现，坐在对面这位鬓角已生华发的老书记，对辖区是真的熟悉，就像熟悉自己的十根手指头那样。

当李清泉这个身形不算魁梧甚至偏瘦弱的男子，身穿半新不旧的蓝布服，手里提着一个学生用的旧蓝灰色书包，不紧不慢走进屋子，坐到孙书记旁边儿的时候，根本没引起台下太多人的关注。大多数人还不认识他，不知道这位就是新来的书记。好些人猜测，这可能是县里哪位领导。等韩瑞强社长介绍出席会议人员，大家才不约而同去端详他。

实话说，还是有点儿不大在意。

一者，有孙为政这位前任书记的形象和影响力比着。换个说法儿，台下一帮大队书记，几乎个顶个对孙为政感情深厚。对他的继任者，自然而然，有一点儿陌生感，甚至心底还稍微有点儿抵触。再瞧这李清泉，委实其貌不扬。要不是那身旧中山装，简直普通到融进下地干活的老农民里头都分不出来。

没想到，李清泉一开口，即便身在屋子最偏远角落的人，也顿时一震。人的底气，从说话里就透出来。李清泉说话，干脆利索，不拖泥带水，像练气功的人说的那样气沉丹田，声似洪钟。

“孙书记，是我一向很尊敬的老领导，老大哥！俺俩很熟，相当熟！私底下，几乎无话不谈。这么多年来，我从孙书记身上，学到太多太多东西。最直接、最实用一条，那就是，怎么做个堂堂正正的大写的人！怎么当好一个基层干部！”

“清泉书记你太谦虚。”孙为政扭头插话，然后对着台下，“说实话，是我从他身上学到得更多。”

“您要再说，咱俩就变成互相吹捧啦！”李清泉笑，继续说道，“在座的各位同志，心里肯定都很清楚，孙书记为咱罗庄，那真是呕心沥血！现在，薪火相传，接力棒递到我李清泉手上啦。我话不多说，就表个态，七个字儿，少说，多干，看成绩！”

坐在这间会议室里的大队书记们，此时还想不到，这个李清泉，接下来真的在罗庄揭开轰轰烈烈一页。

多年后，这些大队书记，几乎个顶个都成为响当当的人物，有好几个走出村子，在公社、县里、市里，乃至省里，身居要职。有的则开办企业，甚至发展成上市公司。当然，更多的依然扎根基层，扎根村里，扎根于这片土地，真正带领老百姓发家致富。

会议结束，李清泉和公社党委一帮人簇拥着孙为政走在前头，各大队的书记跟在后面。大家都站到院子里，为孙书记送行。此时，整个公社仅有一辆北京牌载重轻型卡车。当初是县里分配给公社农科站的。尽管孙为政一再强调，他要骑自行车去县里报到，不用专门派车送，可李清泉很坚持。

“必须送！要不让人说咱们新旧书记不团结。”

惹得孙为政哈哈大笑。

司机叫董文博，一见会议散了，立马去发动汽车。关键时刻，却掉了链子：车子打不起火来！一帮人围一边儿等着。

“你瞧，这车闹罢工，它坚持让我骑自行车走。”孙为政扭过头，冲着李清泉笑道。

“孙书记理解有偏差。”李清泉不露声色，“这是罗庄人民不舍得让老书记离开这块土地!”

“听到了吗?”孙为政扭头面朝大伙儿，“咱们都得要向清泉同志学习啊，人家随口说句话，都充满智慧!”

一帮人呵呵笑起来。

周边有一圈人围着，司机董文博更紧张，脸上的汗都淌下来！可车子只是嗤嗤发声，就是起不来。李清泉忍不住，一挽袖子：“来，大伙一起推起来!”他第一个跑到车后，身后一帮人紧跟其上，车子被推得迅速前行，到大门口附近，轰的一声，打起火来。

孙书记上车，冲大家摆手告别。

车子离开，其他村书记也陆续散去，王树义和邱大海留到最后。他们想和李清泉再聊几句，知道他跟公社其他领导还有事儿，就站在院子里等。李清泉和几位公社领导说过几句，挥手招呼俩人。王树义、邱大海一前一后，走进李清泉办公室。

办公室还是孙为政那间，里面一张桌子，三把椅子，一个书橱，桌子旁边儿有一张床，所有这些，看上去都旧得不像样子。孙书记的东西一整理，整个屋子里更显得空荡荡的。

“来，坐下，坐下。”李清泉把布包往桌子上一放，一挥手。

对这间办公室，邱大海并不陌生。他来的次数多，王树义则来得少些。孙书记是罗庄人，家就安在公社里。在办公室摆一张床，是为了夜里加班休息。可李清泉不一样。邱大海心里嘀咕：莫非他来报到，就没带多少生活用品？李清泉接下来一句话，做了解释：“急急火火的，就带个包来。屋里现在还简单些。过几天，我再捯饬点儿东西来。”

“嫂子呢？她是不是过阵子一块搬过来？”王树义问。

“她来干啥？”李清泉一笑，一边从包里向外掏东西，头也没抬。

王树义和邱大海对视一眼，站在那里，突然之间，都没了话。

李清泉收拾一会儿，感觉屋子里有些异样，抬起头，见他俩仍站在那里，遂问：“咋啦？咋都站着不吭声？咋不坐下呢？”

俩人还是不说话。

“我知道你俩人咋想的。”李清泉伸手指点着他俩，“好家伙，以前咱们是朋友，现在，同一条战线上啦！我变成公社一把手，管着你俩啦，要跟我拉远点儿距离，对不对？少来这一套！坐下，坐下！”

俩人在桌子旁边两把椅子上坐下。

“对啦，树义，你那拖拉机的事儿咋样啦？买到了没？”

“别提啦！”王树义一摆手，“我们俩人转一大圈儿，到处都没卖的。就是旧的，不能用的，人家建设兵团也不卖！是不敢卖！”

“你脑子够活泛啦，敢去买拖拉机。这也说明，你们大队里有存货啊。”

“哪有存货？我去借的。”王树义一抓头皮。

“哦？”李清泉掏出一包烟，一人递一根过来，“一台手扶拖拉机，新的得两千多，就是台旧的，也得千数块吧？你跟谁借的？”

王树义看一眼邱大海，光笑不搭腔。

李清泉也看邱大海：“还有大海的事儿？”

“李书记，钱是我到煤矿上借的。那时候我还在矿上干嘛。其实，这几年我都没跟树义说，当年为了那钱的事儿，我真是费尽口舌。”

“还有这么一段儿？你借给王树义多少钱？”

“两千！”邱大海笑，一指王树义，“这家伙头一回跟我见面，论了论八杆子都打不着的亲戚，然后一开口，就借两千！”

“哦？”李清泉忍不住笑，“你也敢借给他？”

“那啥办法？他提来的酒都哈干了。”

“行，你是个人物！这年头，两千块钱，可真是难倒英雄汉啊。他还你了没？”

“今天刚给我一千，还欠一千。”

他俩说话，王树义光笑不搭腔，这时候才接口：“放心，我尽快还你！”

“现在我更放心啦，你要不还，我请李书记主持公道。”邱大海开起玩笑。

“这没问题，他要不还，我给你要！”李清泉面朝王树义，“玩笑归玩笑，说正经的。你们龙门，虽说离公社驻地远，在山沟里，但你在那里，我还是很踏实。你也放心，拖拉机的事儿我来想办法。”

“真的？”王树义兴奋起来，“咱可说话算话啊，我可是做梦都想要一台拖拉机！”

“我们也要啊！每一次看见公社那台十二马力拖拉机耕地，我就眼馋得不行啊。”邱大海插话。

“我给县里打报告。十二马力的可能不大好弄，不行咱先弄两台八马力手扶拖拉机也行。要能来一台，先给王树义。弄两台，你邱大海也有。”

“先给我们吧李书记，我们大队现在急需！而且你看，我们村吧，地还平整些，他王树义那里，到处都是山，你给他台拖拉机作用也不大。”

“你啥意思啊，邱大海？”王树义急了，“你还急需？我好几年前就急需！我们咋就不能爬山，十二马力拖拉机能有多沉？就是抬，我们也能抬上山去！”

“好啦，你俩可别打起来。丑话说前头，不是白送的，公社里可以给你们先垫一点儿，大头还是你们自己想办法。另外，好钢用在刀刃上，知道整来拖拉机干啥用的吗？”

“当然先耕地啊。”邱大海说。

“嗯，先耕地！但也不光是耕地，你们两个大队，不是都有小砖窑吗？”

“哟，书记这刚一到，就这么了解情况啊？”邱大海眯着眼睛笑。

聊一阵儿，王树义看天色不早，提出先走，他还得去购买一些农用物资。邱大海也想一起走，李清泉喊住他：“你先别走。有个事儿，咱俩先合计下。今年冬天，我想来一次整地大会战，准备把你们邱家当试点，你觉得咋样？”

王树义一听，顿时停住脚，扭回头来：“把试点放我们龙门好不好？”

“你赶紧走！我跟李书记聊正事儿。”邱大海伸出两只手，把王树义推到门外，“我警告你，以后你啥东西也不能和我抢。记住，你还欠我钱！”

王树义伸出手指指点他几下，没吭声，转身走了。

“太好啦！”邱大海满脸笑容，转回身来，“开会前，我还跟树义说，我们今年冬天要大干一场！”

“你过来瞧。”李清泉站起身，面对墙上的一张罗庄地形图。那是孙为政用过的，上面有密密麻麻的圈圈点点，有红墨水的，有黑墨水的。李清泉站在那里，稍作沉默。他眼前顿时浮现出孙为政披着那件破旧的军大衣，站在地图前苦思冥想的画面。李清泉不禁感叹一声，指着地图：“大海你看，你们村这一片儿，差不多就是你那天灭蝗虫的地方。一直到这边儿，沿河边儿，这一大溜儿，我看都一直荒着呢。要是连成一片，你觉得能出多少地？”

“总得有个小二十亩吧。”

“二十亩？”李清泉摇头，“不止！昨天我就估算过，这一片儿，再加上新增土地，至少能整出五十亩来。还有这里呢？要全都整完，你们村会新增土地面积一百多亩。”

“一百亩！”邱大海被惊呆，“这得花多长时间才能整完？”

“今年冬天，收完玉米，耩上麦子，咱们就动手。”

邱大海抓抓头皮：“我们大队的整劳力，全加起来也就四五百口子人。按我们平时上工速度，三年也弄不成。”

“今年不光是你们大队的人。我要从各村抽调几百名劳力，去支援你们。包括所有公社班子成员，所有驻社工作人员，除日常值班的，全到工地上去！当然，其他村儿也不能闲着，都得行动起来。”

邱大海好半天没说话。

他半信半疑。就这些人，天寒地冻的季节，完全靠人力，一个冬天整出一百亩地？从其他各村，调集主力部队，这也是此前几乎没有过的。再者说，公社里的好多人，都多少年不干农活了，你让他们到工地上去抡镢头，推小车？谁肯下这个力气？李清泉你一个外来干部，刚到没两天，脚根子还没站稳当，立马就开始做大动作，岂不是想一口吃个胖子？这把火，是不是烧得有点儿急啊！

“还有，大海啊，其实我早就对你很关注。我知道你脑子活泛。我个人还有个小算盘儿，你也要有心理准备，等你们村发展一段时间，我还是想让你到公社来。当然前提是，你得在邱家打一场漂亮的翻身仗！”

邱大海这次依然没表态。不过，他的确有点儿暗暗佩服这个李清泉。虽说这人刚来两天，看起来，他对公社里的情况，倒像是摸得很透，显然是做过大量调查的。

“为什么在你们大队搞试点？因为，你们情况比较特殊。前几年，出过大事儿，人心还有点儿涣散。恐怕有些问题，你邱大海短时间内根本解决不了。”

“李书记，你这真是帮我的忙呀。”邱大海恍然大悟。

“帮你的忙，就是帮我自己啊。说得更直接说，是帮全公社的老百姓。

你瞧瞧这条河的两岸，明明可以扩大口粮田，可到处是荒草野地，看着就心疼啊！咱们一起努力，真正把它变成粮仓。我给你定个目标，过几年，咱争取亩产量达一吨，好不好？”

“一吨？”邱大海皱起眉头，忍不住伸手去抓头皮。

短短这一会儿功夫，李清泉就接连放出几个卫星，让邱大海感觉，自己的头脑根本跟不上节奏。老天爷！亩产一吨？这是个啥概念？

龙 门

1

韩瑞强第一个走进公社大院儿。

此时天还没亮透，东边儿天空只是稍稍泛起鱼肚白。一进院子，韩瑞强却发现，李清泉办公室里的灯是亮着的。他敲敲门，推门而入。此时的后半夜已有些秋凉，李清泉披一件破旧的军用黄大衣，正坐在办公桌后面。他抬起头来瞧韩瑞强一眼，又看看窗外。

“哟，天亮了啊!”

“咋着？你一晚上都没睡呀?”

“上半夜迷糊一阵儿，睡不踏实，下半夜老早就醒了。”

韩瑞强心道，罗庄是个大公社，地域广，人口多，比管庄工作量大一倍还不止。新官上任嘛，睡不踏实，也是正常。他之所以来这么早，倒不是有什么急事儿。这是孙为政在任时，就已经形成的老习惯。孙为政起得更早。

他喜欢早早地到公社后院小花池子旁边儿打太极拳。偶尔，韩瑞强也跟他身后，一起比画一阵子。另一个因素是，于韩瑞强来说，新书记究竟是个啥样作风，仅仅是耳闻，不是很摸底，需要早早过来观察、碰撞一下。

俩人正聊着，副社长马长林、李世聪一前一后，也走进屋子。

“有早起习惯的人，现在基本到齐。”韩瑞强笑得很有内容。

“嗯，好习惯啊。早起的鸟儿有食吃嘛。”李清泉开句玩笑，抬头打量一下屋子里三个人。这仨人，那天晚上孙为政作为重点跟他介绍过的。几个人步调一致，作风扎实，值得信赖。有此做底，李清泉也不跟他们绕圈子，直截了当：“你们这一大清早，都是来探我虚实的，来瞧瞧这个姓李的是啥脾气，啥性格，对不对?”

三个人不露声色一笑。

“那就实话实说。我这个人，不喜欢玩儿虚的。咱们之间不需要，也没必要有什么磨合期。既然大伙儿都到齐啦，直接谈工作。我琢磨着，有个事儿已刻不容缓，必须尽快筹备召开党员代表大会，选举产生新一届领导班子。”

三个人互相对视一眼，然后一起瞧着李清泉，慢悠悠地眨着眼睛，都没吭声。

李清泉挨个看一圈儿，稍做停顿，继续说：“我知道你们心里头咋想。对我一个新上任的书记来说，上来就动人事，好像是犯大忌。动人的事儿嘛，牵扯方方面面，扯扯耳朵，腮帮子跟着动弹。盘根错节的，不好弄呀！一不小心，就掉进泥坑里，有人会骂娘。但不好弄，也必须得弄啦！罗庄要发展，首先班子必须得健全，必须一个萝卜一个坑，各负其责，还要全公社一盘棋，拧成一股绳，劲往一处使。咱们这火车头要是没劲儿，怎么拖着车厢跑?”

这也是那晚上孙为政跟李清泉喝酒时，聊得最彻底的一个话题。

“召开一次党员大会，的确迫在眉睫。”韩瑞强先开口，“可是，来一次大调整，建立全新的党委班子，确实有阻力。李书记，你以前也在公社任职，这里头的问题你肯定很明白。咱们公社，干部队伍庞大，人员复杂。以前，孙书记也不是没有综合考虑过。可实话实说，他是土生土长的本地人，遇到的阻力更大。按农村说法，有点儿榜不开茬子。搞大了，不可避免得罪父老乡亲。更何况，公社一级的干部，尤其党委委员，决定权在县里头，问题更复杂。”

“这我明白。但我觉着，不能再畏手畏脚，等待观望，让大好时机白白浪费啦！至于复杂，哪个地方动干部不复杂？难道因为这个，我们就不去榜茬子？农村有句俗话，怕兔子叫，还不耩豆子啦？当然，用人方面，咱们一定要把好关。按规定，按要求，任人唯贤，打破旧思想，旧观念，打破条条框框。好钢就该用到刀刃儿上。只要这人有能力，我们也要有魄力去打破常规。”李清泉起身关上灯，推开窗子，然后回身。“咱们打开天窗说亮话。领导找我谈话的时候，说得很明白。我李清泉，就是来挑重担子的。也可以说，我就是来吃螃蟹的。接下来，咱们就把罗庄，当作一块试验田来种，甩开膀子，大干一场！罗庄的发展，要靠大家，中间要出啥问题，由我李清泉扛！”

“李书记这是给咱们吃定心丸啊。”韩瑞强笑着冲向另外俩人。

马长林进屋后一直没怎么说话，此时开口道：“我分管的口是农业。李书记你说怎么干，咱就怎么干！”

“你这个口，最重要！我有个初步设想，咱几个先讨论下可行性。党员大会召开后，马上开展一次冬春整地改土大会战。有个口号，我准备在这次党员大会上提出来。那就是：大干三年！三年内，全公社整地改土，争取达到两万亩！”

“两万亩？”马长林瞪大眼睛。

韩瑞强、李世聪也咬咬嘴唇，没吭声。

“你们觉得是天方夜谭吗?”

三个人还是不说话。

“今年冬天，我们在邱家先做个试点，看看到底有多大潜力。”李清泉站起身来，走到那张地图前，一指龙门村的位置，“这个龙门，你们都比我熟悉，对吧?”

三个人也站起身，围在李清泉身边。

“嗯，王树义是个拼命三郎。”马长林连连点头。

“我早就听说过他的事迹。我看，咱们公社里，也必须要拿出那股成立敢死队的劲头儿来啦！我建议，大会战之前，新当选的党委班子，先到王树义那里去转一圈儿，听他介绍介绍，人家是怎么干的。”

“这建议好!”韩瑞强笑，“龙门还是一面红色旗帜呢。建国以前，那里就有个绰号，叫小延安。一个小村子，迄今为止，当兵打过仗的就有数百号人。每年征兵，这个大队的年轻人报名都很积极。”

“不管是啥时候，啥年代，榜样的力量，都是无穷的。我觉着，咱们是不是邀请一下市里的记者来，好好挖掘一下王树义的先进事迹。咱们现在需要这样的旗帜，需要这样的典型人物。”李清泉沉默片刻，“好吧，咱们顺着这条河往下看。我想过啦，咱们罗庄地域特征很明显。你们看，从南向北这条河，把整个公社一分为二。河东，一直到东南这一代，大部分是山区、丘陵。河西，一直到河下游，地势平缓，平原为主。目前我们的粮仓，集中在河下游两岸这一块儿。这一片，是必须切实保障的！我们未来的发展方向，是沿河向上，一直到这里，中上游，全部打造成粮仓！以此，来带动东部、东南部的山区。”

“目前最大的问题，是缺水。”马长林插话。

“对！马社长说到点子上！”李清泉连连点头，“所以，发动老百姓建旱池，挖方塘，打机井。当然，现在已经有个百年难遇的好机会啦!”

另三个人互相对视一眼。

“这儿!”李清泉伸手一指。

“川河水库啊?”这个地点，似乎并没引起韩瑞强的关注，“修建川河水库，是市县两级的大工程。不过，虽然说就在咱们边儿上，离得很近，咱们公社也派工程队过去。可据我了解，这水库就是建成，对咱们也没什么实际意义。因为不在一个流域，水淌不到咱这边儿呀。”

“是啊，”马长林也一脸惋惜，“眼瞅着，干着急。”

“这个结论，为时过早。”李清泉面带微笑，摇摇头。

“啥意思啊李书记?”李世聪也迷惑不解，“你是说，咱们罗庄，也能用上川河水库的水?”

“你们瞧，”李清泉指着地图，“川河水库一旦建成，如果引到咱们这一片儿，最大的障碍在哪儿？在这里，龙门大队东北角，这两座山。其中这一座，稍低一点儿，而这一道山梁，才是真正的一道天然屏障。”三人凑过去观看，依然迷惑不解。“可是，如果在这个地方，打开个通道呢?”

另三个人同时都把眼睛瞪大!

“这怎么可能?”马长林说，“那得多大工程量啊!”

“怎么不可能?”李清泉微笑，“红旗渠怎么建成的?”

马长林呵呵大笑：“李书记，你别吓唬我。人有多大胆，地有多大产，这口号我也一直喊。但毛主席说过，要实事求是。”

“好，那我就告诉你事实。现在，县里领导们正在研究的方案之一，就是要打通这座山。也就是说，打通一截主干渠，把水引进淄城来！为啥这么做呢？咱们分析一下，如果川河水库的水，从这个地方引出来，罗庄、管庄，包括赵家，这几个公社，整个一大片，缺水的问题就能全都解决！局面一下子就能盘活！”

三个人呆愣愣地站着，谁也不吭声。

“那我们罗庄这边儿，还有这座山隔着啊？”马长林伸手一指。

“同样的道理，挖一条万米山洞！”

“万米山洞！”马长林仍然觉得不可思议，像是自言自语，“我怎么觉得，有点儿像听天书啊？”

“看来，真得要成立一支敢死队啊！”好半天，韩瑞强也嘟囔道。

“你们都去川河工地瞧过，对不对？工程量的确巨大！硬是在两山之间，拉起一道拦河大坝。据说，水库一旦建成，储水量可达一点六亿个立方！伙计们，一点六亿啊！”李清泉一挽袖子，“想想吧，那是啥景观？再返回头来分析一下，储量这么大一座水库，就建在咱们县界内，就在咱家门口儿，眼皮子底下！长林刚才也说，眼瞅着，干着急！可如果不打通这山洞，那会怎样？”

“我反应过来啦。”李世聪笑，“如果那样，李书记说的这一个多亿立方水，就会输往下游，受益最大的，是北边儿那几个区县。”

“世聪你说得太对啦！市里也确实有把这个当饮用水源的意思。相当于，你眼睁睁地看着人家吃肉，咱连汤都喝不到啊！你们想，县上领导能不急眼？能不去积极争取吗？只要争取下来，哪怕困难比天大，也得全力以赴！事关子孙后代嘛！一旦方案确定下来，主干渠动工，万米山洞工程也会同时启动。咱们罗庄，肯定要参与一部分攻坚战。而且水道打通，怎么把水送到咱们公社的角角落落？必须提前做规划，得修建灌渠呀。县里当然要全盘部署，但我们公社，也要进行更细的规划。最起码，要建起东、西、中，三条主干渠。”

“李书记，这个，也在大干三年的规划内吗?”马长林笑着问。

“你觉着三年是根本不可能完成的，对不对?”李清泉反问，“如果加上这个，我还真不敢确定这个事儿。因为，大方案未定。可三年整地改土两万亩，这个目标，绝对不能变！我觉得，也绝对能实现！等方案确定，挖掘万米山洞开始启动，那咱们的灌渠，也必须同时启动!”

李世聪微笑：“我得马上紧盯着农机站，厉兵秣马，准备战斗!”

“今年冬天这次会战，你就得准备好。”李清泉又指着地图，“为什么要在邱家做试点？你们看，邱家这一段儿，正好处在河流中段，就是雨季，河水到了这里，也相对比较平缓。另外，我跟邱大海谈过，之所以选择邱家，也是在帮助他邱大海提升一下士气嘛。”

“这邱大海，运气也确实有点儿背。”韩瑞强点头，“一个烂摊子需要整治，一个村的人需要提升凝聚力战斗力，偏偏这两年，一年大旱，一年蝗灾。”

“所以，不能亏待老实人。听孙书记说，他从矿上回村的时候，心里是有顾虑的。咱们在那个村搞一次会战，也算帮他一把。”李清泉抱起胳膊，“何况，这一片儿，将来可是名副其实的粮仓。——对啦，这河叫什么？地图上好像也没有名字。”

“确实没名字。”韩瑞强摇头，“就是大清河的一个支流。但在我们公社，却是一条主干河流。”

“都琢磨一下，咱们给它起一个名字咋样?”

“这主意好啊!”韩瑞强鼓起掌来，“开天辟地!”

“你们再看，河两边儿，从龙门这里出来，邱家，隋家，南岩，一直到这个北刘，就光这河两岸，能开出不少地来呐!”

“那我来说说这条河吧，”马长林靠近，指着地图，“这条河，是典型的季节性河流。旱季的时候，下游这些河道里，基本上就是怪石林立。一到雨季，上游这几条小支流，迅速汇集。你瞧，这一支的源头，就从龙门出来的。到这里，马上来个很大的落差，等到下游这一带，水流越来越大。逢到连阴天，确实很可怕！这个拐弯儿的地方，河西岸有一座庙，叫青莲寺。有一年发大水，就把青莲寺东边儿这座桥给呼啦一下子冲垮，随后，下面北刘这座桥，被堵个严严实实！水漫到桥上。那一次，光房子就冲走好几间，死了三个人！我的意思是说，别看咱们整体上缺水。可真到暴雨来临，这条河，就变成一头猛兽！即便在河两边整出一点儿地来，还不够一场大水冲的。"

"所以，我们要下决心，彻底治理这条河，要控制住这只猛兽！"李清泉一挥拳头，"上游的小支流，我们可以考察一下，修建水库。好处是，即便是洪水来临，也可以多少缓解下游的压力。整地改土的重点，放在邱家往上这一段儿。因为地势平缓，水流稍微平稳一些。这一段儿，我们能不能挖掘一条宽阔点儿的渠道。渠道下面，流淌河水，渠道上面，建成良田！"

身边那三个人，又被这个大胆的设想吓到！

想想看吧，地下暗渠，地上良田！

按这个设想，两万亩土地，还真不叫天方夜谭！

"这个勘察规划工作，留待邱家大会战之后做。邱家会战，就是个样本，是一次演练。我们要积累数据，积累经验。而且这次大会战，我们要学习龙门大队的样本，抽调各大队社员，成立一支主力部队。现在有个事儿，倒真是火烧眉毛，就是马上要秋收秋种。"

"这个李书记你放心，我今天就带人下去。"马长林说，"秋收秋种这方面，我们还是有经验的。"

"我注意到，好多地方，现在还是老式种法，宽畦子，老式耧。"

"确实这样。"韩瑞强一抓头皮，"尤其河东边儿，山里头这十几个大队，老观念一时半会儿还真扭不过来。”

“扭不过来，也得扭！今年必须要一刀切！我建议，马上下发通知，整个公社，全部实现小麦播种畦田化。要求大家，平原山地一个样，大地小地一个样，旱地水浇地也要一个样。而且，一定精细化，争取把翻过的土，像面粉一样细，扶起的脊子像墨线一样直。不能再用老式耩子啦，一律改为六寸耧，适度密植！”

无疑，这个清晨几个人的一番谈话，意义相当重大。

于李清泉来说，他把自己未来的设想，开诚布公，毫无保留地展示给这几个孙书记视为左膀右臂的人。于另外三个人来说，短暂交流之后，这位新书记的长远目光，干劲儿，包括话里流露出来的所有信息，都让几个人暗自佩服。

接下来，新党委班子成员的讨论进程，不是很顺利。

这在李清泉意料之中。

他跟韩瑞强、马长林、李世聪他们几个，先碰过一下头，拿出了初步意见。然后，召开公社常委会研究讨论。李清泉把拟任用人员介绍一下，征求大家意见。同时强调：“只是个初步意见，现在要集思广益。大家觉着有合适人选，可不拘一格，继续推荐。”

“对魏海峰和刘根柱进党委班子，我持反对意见！”副社长潘新民当即提异议。

这个潘新民，是孙为政反复嘱咐李清泉要小心提防的。

“成事不足，败事有余。明里一套，暗里一套。”孙为政对此人，以十六个字做评价。

魏海峰原是公社副业办党支部书记，刘根柱呢，则是刘泉村大队书记兼社办小陶瓷厂厂长。建议让这俩人进党委班子，倾向性很明显，就是要强化工副业组织领导。

“两位同志都是抓工副业的，而我们当前主要任务，还是得抓农业生产。毛主席早就提出，以粮为纲。”潘新民看着李清泉。

李清泉不由得稍稍皱起眉头。

“以粮为纲的总路线绝对正确！但粮食产量怎么提高？”李世聪开口道，“很重要一条，提高生产技术嘛。我们的工副业，小煤窑、小砖瓦厂、小砚台厂等等，一直都围绕这个中心在进行。直说吧，咱们现在急需要钱，去购买生产工具，买拖拉机、打麦机、播种机等等这些大型的机械。不发展工副业，钱从哪里来？光靠种地怎么行？”

“我并没有否认发展工副业！”潘新民缓缓地扫视大家，“只是提醒大家，要搞清楚，目前全国上下是什么形势。开口闭口就是钱，我觉着不符合党中央要求。”

“当前的形势，确实很严峻。”李清泉果断开口，“可我说的这个严峻，是咱们罗庄的现状。我们其实具备有利条件的，最大的优势，就是紧挨着一座国营大煤矿！天时，地利，人和这三条，最起码，我们先占地利，对吧？我们完全可以以此为依托，大力发展工副业！可目前来看，我觉得是浪费了这个天然优势。咱们罗庄，大多数地方是山区，丘陵，绝大多数老百姓还是靠天吃饭，靠双手劳动。孙书记那天也说啦，好多人还吃不饱，更谈不上吃好。我们要发展农业，向土地要粮食，光靠天不行，光靠两条腿、两只胳膊也不行！得依靠机械化！也就是说，必须要转型，从传统的农耕时代向机械化种植转型。毛主席提出，以粮为纲。后面还有四个字儿，全面发展！《论十大关系》中，毛主席就提到，农业、轻工业的比例要加重一些。加重的结果，一可以更好地供给人民生活的需要，二可以更快地增加资本积累，因而可以更多更好地发展重工业。我们要深刻领会伟大领袖的讲话内涵，不能片面，不能断章取义，要立足我们的现状，实事求是。不要一提到发展工副业，发展经济，就要警惕资本主义露头。我认为这有本质上的区别，资本主义，本质是什么？剥削、压迫工人，榨取剩余价值。资本高度集中，为资本家服务。我们发展工副业落脚点是什么？是完成资本积累，紧紧围绕社会主义建设，为老百姓服务！”

潘新民张张嘴，欲言又止。

会议室出现短暂寂静。

韩瑞强他们几个暗暗佩服。李清泉这番话，不动声色，就对潘新民进行有力的反击和驳斥。潘新民不吭声，则是他分明感觉到，这一次挑战或试探，遭遇到前所未有的抵抗。潘新民当然也想试探一下李清泉，看看这位新书记到底什么路数？

从李清泉的语气里就能判断出，此人跟孙为政风格完全不一致。孙书记靠得是韧劲儿，绵里藏针，不显山，不露水，底线却牢牢地坚守，偏向于防守。而李清泉呢，很显然，霸气外露，面对挑战，直接采取组合拳进行还击，就是个进攻型选手！

潘新民顿时感觉到一股强大的压力。

关于魏、刘二人的讨论，就此为止。

“正是按照以粮为纲这个总路线方针，我才推荐王树义进党委班子。”李清泉不失时机，转移话题，“我推荐他，就是看中他不怕困难、战天斗地的精神，我们现在最需要的，就是这种精神！”

“王树义进党委班子，我没异议。”潘新民微笑，貌似稍稍后退，“不过，对魏海峰、刘根柱，我保留自己意见。”

不久，党员代表大会如期召开，新的党委班子诞生。李清泉任党委书记，韩瑞强任副书记、社长，新当选党委委员十五人。

魏海峰、刘根柱成功当选。

王树义当选为党委委员，第九管区书记，不光他自己没想到，好多人也都没想到。这意味着，罗庄历史上第一个农民身份的公社党委委员诞生！无疑，这是个开先河的举动。

接下来，好多举动证明，李清泉在用人方面，确实非常大胆，而且知人善任，不拘一格。

党员大会召开后第三天，公社几位党委委员、农业办主任、办公室主任等一行人，一大早就在公社集合，要赶往龙门。

这次所乘坐的车，正是欢送孙为政去县城报到的那辆。公社里的人，给这辆车起个外号，叫“小拖鞋”。带驾驶室的车，眼下全公社仅此一辆。不仅能够挡风遮雨，且发动机就在驾驶座下方。即便寒冬腊月，不一会儿，屁股底下就热起来，很舒服。方向盘前方，不仅有仪表盘，还配有一个很高级的装备——收音机。要知道，这时节家家户户极少有买得起收音机的，收听外界声音，主要依靠屋檐下挂的简易广播匣子。所以，能开着这样一辆车到处跑的司机董文博，几乎让全公社的人羡慕。而董文博对待这辆车，也真是上心，比他媳妇都稀罕。整天擦得像新车一样。一般人想坐在他身边儿神气一会儿，他还不让呢。

驾驶室里，除司机外，还能并排坐俩人。队伍集结起来后，韩瑞强想让李清泉坐中间。

没想到，李清泉端详一眼驾驶室，扭头就抓着车沿，爬上车斗。

“后面视野开阔！咱们一边看，一边聊，方便！”

这样一来，其他人哪好意思再往驾驶室里钻？车斗里面，董文博倒是先做好准备，摆上一堆小马扎儿。刚开始一段平整路还好，可出公社没多久，车子拐上进山的土路，地面开始坑洼不平，车上的人就稳不住啦，双手紧抓两边的挡板边沿儿，连蹦带跳，不一会儿颠得屁股生疼，不得不扶着车沿蹲着。

总算赶到龙门村口，见老书记和王树义以及另外几位大队长、副书记、副大队长们，早就等在老槐树底下。车上这一帮人，一刻也没停留，跳下车，就在王树义带领下，开始四处参观。

2

"出门就爬坡，种地刨窝窝。"

"路没三尺宽，地无半尺厚，人比猴子瘦。"

"吃粮要靠天，年年都不够。山上没树木，遍地是石头。"

这些歌谣，说的就是当年的龙门这个小山村。这村子四面儿都是山，远远望过去，沟壑纵横，层峦叠嶂。曾几何时，龙门通往山外唯一像样一点儿的路，不过就是那条仅可行走马车的土路。天旱的时候，大风一起，尘土飞扬，路人蓬头垢面。逢到连阴雨，人在上面走一遭儿，嚯！你就瞧吧，裤腿上，鞋子上，净是些泥巴。村子北面儿，沿着一道山梁往上走，一直走，越来越陡峭，突然一下子，面前是悬崖峭壁，再沿着一条羊肠小道攀上去，却又哗啦一下子，眼前展开一片平原。那是一座崮。不知啥时候，也叫了龙门崮。

崮，是这一带特有的地貌。顶部开阔，平整，四周围却是悬崖峭壁，唯有崎岖蜿蜒的羊肠小道可通上下。地质学家告诉我们，这地方原是一片汪洋大海。自距今约五亿年前的古生代寒武纪，到距今六千七百万年的新生代第三纪期间，地壳不断地起伏，沉积，抬升，又经过漫长一段时期的侵蚀、风化，就化作现在这模样。

龙　门

龙门崮顶上，靠南侧的地方，沿着犬牙交错的边沿儿，蔓延着一道青石砌成的围墙。围墙里头，撒落着好多间石头屋子。不过，屋顶早已全无，四面的石墙倒依然还坚强地迎风而立。墙壁里里外外，早已生出乱蓬蓬的荆棘、枣树、野桑树等。当地人把这座依稀可辨的石头寨子，叫“围子”。其始建年代不详，据老人们说，自民国以来，躲避战乱的老百姓啦，啸聚窝藏在此、不断下山打家劫舍的土匪啦，打一枪换个地方的游击队啦等等，一拨又一拨人，来了又去，去了又来，见证着此地的风云变幻。

当年，摆在刚刚上任的大队书记王树义面前的，是一盘千疮百孔的残棋。

有天清晨，浓雾尚未完全散去，王树义就像一座雕塑一般，蹲在村口那棵老槐树下，嘴里叼着一根旱烟袋，紧皱眉头，将目光投向远处。

那棵老槐树，显然已有些年头，得三四个人环抱才能合围。树干上四处爆裂，内心却是空的。要是玩藏猫猫，完全可以钻进去一个小娃娃。树干自离地三米左右的地方往上，苍老衰败的树皮却忽地一下紧紧合拢，突然有了生机，有了活力。由此再向上，兵分三路，蓬蓬勃勃，散枝开叶。从远处看，便俨然是一把巨伞。这伞下，就成为村人聚集的好去处。拄杖的老人，怀捧针线笸箩的老娘们儿，举着大碗、把稀粥都能喝惊天动地声响的光脊梁汉子，都喜欢往这树底下来凑热闹。国事，家事，天下事，都可以拿来聊一聊。村里的人都把这棵树视为神树。众所周知，一棵老槐树嘛，就是一个村子的胎记。它证明这个村里的人，是许多年前一次大迁徙中的一支。他们的出发地，是遥远的山西一个叫洪洞的地方。

那天清晨，应是王树义刚过四十岁生日不久。

年龄不算大、脸上却写满沧桑的这个男子，貌似眉头使劲皱着看向远处，实际上他什么都没看在眼里。他在想心事儿呢。脑子里好像在放电影。人虽然蹲在那里，思维却已经飘飘忽忽，仿佛自己站到龙门崮边沿探出一大截的一块岩石上。他的目光以山下这个村子为圆心，沿顺时针方向走起，桑树沟，花椒峪，台子地，乌鸦岭，野狼窝，这一个个祖祖辈辈流传下来的名字，伴着实地惨淡的光景，在这条汉子眼前摇呀晃呀，都让他有点儿眼晕。随后，贫瘠的土地呀，几乎四季干涸的小河呀，隐没在杂草丛中的山路呀——，这一系列的问题，让他乌黑的脸上的皱纹更深。

跟那些歌谣里唱的一样，在这山沟沟里，你要去找一大片一大片肥得冒油的水浇地，简直就是痴心妄想。四面坡上虽说也有地，地瓜干子一样，一片一片撒在上面。可那都是些什么地？仅是薄薄的一层土而已，一镢头下去，哧溜一道火星子紧跟着窜出来！站在这样的所谓的土地上种庄稼，让人心里不由自主会泛起一股子慌张、悲伤，甚至苍凉、绝望的情绪。你会仰天长叹："命运啊，怎么会如此不济？老天啊，怎么对我如此不公？"你会疑心，是否投胎投错地方。好不容易地瓜啦、花生啦、高粱啦、谷子啦，这些作物种进地里。接下来，你就得直起腰身，仰面向天，暗暗祈求老天爷："赏个脸吧，这一年的雨水充足些吧，再充足些吧！"当然啦，如果充足过头，连日暴雨，四面山沟沟里的洪水滚滚而下，转瞬之间，那就化为另一场灾难！四面山上的地，会一整片一整片往下滑，甚至，一座小山头明明刚才还挺在那里，眨眼间，哗啦啦一声，全出溜下来！当地人用摊煎饼时用的一句土话来比喻这个，叫"抹鏊子"，或"擦油褡子"。

有一年，春夏之交，连续三天大雨，王树义爬到山上观察灾情，曾亲眼看见一个场景。

一个白发苍苍，上身赤裸，胸膛上瘦骨嶙峋的老头儿，正站在洪水中，目视远处，呆立良久。突然，他一弯腰，抓起一把被水冲下来的地瓜秧子，恶狠狠地使劲往地上摔！一边摔，嘴里一边像狼一样吼叫，呐喊，叫骂！最后，仰天发出一声哀号，双手向前高举，戳在泥水里，好久好久，一动不动！

一想起那个镜头，王树义心生苍凉，泪流满面！

多数的年月是缺水，是地面上裂开清晰可见的缝隙。尤其开春播种时节，本来该是春暖花开呀，四面山上的小河沟里，却清澈见底。往年那些在溪水里畅游的小鱼呀，蹦跳的小虾米呀，丝毫不见其踪影。村口离老槐树不远处那眼老井，井绳越放越长，直到井底传来水桶碰石头发出“哐啷”一响。人们不得不肩挑水桶，翻山越岭，去找有水的地方。

当然，还有路。那些隐藏在四面山上、沟底里荆棘丛中的路哟，哪还能叫作路呀？没有硬化过的山路，在山里头，简直就是不堪一击。要么很快被杂草、荆棘湮没，要么被水冲垮被巨石拦挡。坡是陡的，人说是沿着路走，其实是在爬坡，后面人一抬头，看到的是前面人的脚后跟儿以及小腿肚子上绷紧的血管。

“狗日的，必须要来一场硬的啦！”王树义忍不住嘟囔出这么一句话。

他不怕打仗。那种实打实的硬仗，枪林弹雨的那一种，他是打过的。四十岁之前的那一段经历，不能说相当精彩，但也算跌宕起伏，可书可写。其实，村子里像他这个年纪的男子，好多人经历都差不多。一出生就见证苦难，见证饥饿，见证战火以及流血、死亡。许多热血沸腾的男孩子，尚未成年，就扛起枪奔赴战场。这个小山村，一代又一代人血液里，似乎都流淌着革命传统。

就在王树义蹲在老槐树下苦思冥想的这时节，村里头在外面当兵的差不多还有上百号人呢。

王树义没赶上打日本鬼子。可他小的时候当过交通员。真正成为战士那一年，日本人已经准备举手投降。为此，他曾后悔过好一阵子，后悔自己晚出生几年。参军后，他被编入附近一支队伍——淄城独立营。去当兵打仗，是他自己做出的选择。当然，启蒙也非常关键——他是受大哥大嫂潜移默化的影响。

王树义的大哥，叫王树仁，早就参加抗日队伍。夫唱妇随，嫂子不甘落后，紧跟着投身其中。这两口子，虽说是正儿八经拜过天地，但住到一起的日子，根本就没几天。所以，俩人连个后代都没留下。大哥在明处，在硝烟弥漫的地方。大嫂在暗，在敌后，在隐蔽战线上。有一年夏天，跟日本人火拼，大哥在掩护伤员撤退的途中被抓。自此，很长一段时间杳无音讯。大嫂呢，真是不幸！打县城那一年出了事儿。据说，被一颗子弹直接打中头部，当场牺牲！一想到这俩有点儿神秘感的人，年轻的王树义莫名其妙会热血沸腾。

没赶上打日本鬼子，这是一个遗憾，但王树义很快投入跟国民党的那场战争。加入淄城独立营第三年秋，他也不幸被捕，关进牢房，被打得遍体鳞伤。所幸的是，当年冬天，有一支队伍悄然攻破牢房，将所有关押的人悉数救出。自此，他辗转战斗，后被编入华野七纵，打潍县，打莱芜。

那时的他，不过是个刚刚十八岁的小伙子。

又过去好几年，大哥王树仁突然传来消息说，他已在解放军某部，当了团长！当年被抓后，王树仁被日本人塞进一辆闷罐车，“哐当哐当”，一路长途跋涉，给运到吉林，当了劳工。同行的战友还有俩人，都死啦！都死在王树仁的眼前！一个被日本人活活折磨死的。另一个，想趁机逃跑，没想到触到电网上，当场被电倒。王树仁侥幸脱逃，而且能活到解放后，真是算他命大。后来，他就地参加东北抗联，辗转各地，一直到战局平稳，在东北安定下来，才写信给家人。那时节，王树义则放下枪，脱下军装，复员回到老家。

至于继续留在部队，还是回老家，这是个艰难选择。王树义经过反复掂量，最后选择由他来尽孝。老家还有两个白发老人，正望眼欲穿呢。

再向前推一个多月的一天，罗庄公社的老书记孙为政，骑着一辆哗啦哗啦响的自行车，风尘仆仆赶到龙门。在大队里的老书记陪同下，跟王树义进行一番长谈。主要意思是，要他接任龙门大队书记。当时，王树义踌躇满志，没觉着特别有压力。从部队回农村扑下身子干农活儿，也已经好多年啦。这好多年里，他从一个普通社员，干到生产小队长，再干到大队长。早已是老书记的左膀右臂。此时，村里的老书记心虽有余，力却不足。老头儿在生过一场大病后，腿脚不灵活，走道一瘸一拐，出门上山，得拄一根拐棍儿。他极力推荐王树义来接他的班，从哪条线上说，都顺理成章。

可在这一天，王树义蹲在老槐树下谋划未来时，压力扑面而来。

龙门大队下有八个小生产队，全村将近两千口子人！接下来，吃喝拉撒，就要看你王树义的。的确，这是一场硬仗！这个战场，跟硝烟弥漫的那些个战场，完全不一样。

接下来，王树义用差不多十年，来开展这场看不到硝烟的战役。

首先，要解决吃饭这件大事儿。要确保大雪纷飞的季节，那条通往山外的小路上不再出现外出讨饭的人，无非做好两条：一是尽量多打些粮食，让人填饱肚子，让家家户户有点儿余粮。再就是，增加土地面积，增加口粮田的面积。提高产量的事儿，此时节，很大成分上，仍然看老天爷的脸色。因此，重点应放在后头，那就是必须垦荒，填沟，造田，把种地瓜、谷子、花生的山地、旱田，变成种小麦、玉米、高粱的口粮地、水浇地，晒地瓜干子一样散落的小地、土窝窝，连接成大片大片的良田。这些活儿，不能等到春暖花开、万物复苏的时候干，那可是播种季，时间贵如油。更不能等到收获季节动工，道理再简单不过，眼看要归仓的粮食耽误收，那是一种罪过？什么时候干呢？只能在农闲时节，种粮收粮间隙，夏秋之交，年前年后。

这就意味着，龙门村的男女劳力，一整年，乃至接下来无数年，都要全天候、满负荷劳作。而且你不要幻想有什么机械化，能使用的农具，无非就是老传统的镢头、洋镐、锤子、钎子、镰刀等等，再就是人力，人的双手双脚。

说白了，就是要靠人的坚强意志!

王树义正蹲在那里苦思冥想，身后传来一阵“嗒嗒”声响。

不用回头，他也知道，肯定是身披羊皮袄、拄着拐棍的老书记。

论起来，这位老书记，还是王树义的本家大伯。曾经在无数个夜晚，这一老一小，坐在油灯下，脑袋对着脑袋，抽着旱烟袋，绞尽脑汁想各种办法，来改变小山村面貌。王树义没起身，只是扭头瞧老书记一眼。俩人在一起谋事良久，已相当默契，不需寒暄，无须废话。有时候，一个眼神儿递过来，彼此都能心照不宣。老头儿把拐棍儿往老槐树身上一靠，坐下来，慢慢悠悠地掏出烟包、烟袋杆儿，将烟袋杆儿伸进烟包，捏捏索索好一会儿，才递进嘴里。这一边儿，王树义早已掏出火柴来候着，“嗤啦”一声划着，慢慢凑过去，给老头点上。老头儿腮帮子一陷，吸进一大口，却带出一串咳嗽来。

曾经的大队书记和大队长，如今的一老一新两任大队书记，一个半坐，一个蹲着，一起把忧郁的目光掷向远处。

“想好啦?”老书记声音薄如蝉翼，“准备打硬仗啦?”

“嗯，到拼刺刀的时候啦。”王树义微微一笑。

“你怎么个拼法儿?”

“还能有啥办法?”王树义伸手冲远处一比画，“集中所有火力，到山上去，到沟里去吧。”

“除了老人，孩子，妇女，在社办、村办副业干工的，出伕子（公派外地打工）的，也就还剩下五六百个壮劳力吧?算起来倒也不算少。”老书记语气缓慢，像是自言自语，“可集体劳动这些年，我也估摸透啦。有好处，坏处也不少。好处是人多力量大呀，人心齐，泰山移!坏处呢，人心隔着肚皮，有些人心里究竟是咋想的，你永远都摸不透。说句实在话，这些年来，人的劲头儿，咋就不如以前大呢？”

“这个，我心里有数。”王树义一搔头皮，嘴里发出嘶的一声响，“老爷子，你说说，这是啥原因？”

老书记没做直接回答，只扭头紧盯王树义的脸：“咱这山旮旯，山高皇帝远，三个县搭界，今天划这边儿，明天说不定成了那边儿。早些年，就是个三不管地带。人呢，也不是个顶个都老实憨厚，精明人有的是，野心大的人也不少。刺头儿多，捣蛋的多。当年，闹土匪那会儿，最厉害的刘麻子那伙，就曾经在龙门崮那围子里头，驻扎很长时间。咱这村里，也出过几个土匪，还有人给土匪当钩子（里应外合的奸细）。”

“您老人家，是探我的底吗？”王树义微微一笑，“队伍不好带，我心里清楚着呢。可好歹这些年，我从您身上也学到不少东西。关于您老人家的传说，我听说的也实在不少。虽说，您现在手里拄根拐棍儿，走路一扭一拐，像是扭大秧歌。可如果再闹起土匪来，给你一把枪，你就能带人上山去打他们。”

“唉！好汉不提当年勇。”老书记摆摆手，嘿嘿直乐，“老啦！不中用啦！现如今呐，撒泡尿都在脚面子上，喝口凉水都能塞牙。”

“一个大队书记，身子要正，腰杆儿要直，腿脚要麻利。关键一条，心还要狠！这不都是你教我的？”

“心要狠，是啥意思？”

“关键时候，六亲不认！”

“你大伯能教你的，也就这么多啦。”老书记嘿地一笑，扭过头，再次看着远处的大山。半天后，突然叹口气，“唉！这山坡坡上的地呀，就这么深。”他伸出一只手，打开拇指食指，比画一下，“你知道的树义，我做梦都想着这山上，出现一大片一大片的好地，口粮地。”

“放心吧。”王树义一上一下伸开两只手掌，“就跟咱爷俩以前合计的那样，我会把这山上的地，变成这么深。”

“花几年功夫？”

“三年！”

“咱爷俩儿今天就打个赌，赌点儿啥？”

“我赢了，您请我喝酒，不是地瓜干子换的散酒，要瓶装的那种，管够！”

“没问题！那要是你输了呢？”

“我就提上一面小铜锣，一边敲，一边全村转一大圈儿，公开承认，你这个接班人，就是个窝囊废！”

“好！”老书记端详王树义片刻，伸出一只手，一拍他肩膀，“树义呀，我要对你没信心，还能向公社里推荐你？甩开膀子干吧！只要老头子还有口气，就全力以赴，助你一臂之力！”

“干！”王树义站起身来，“奶奶的，豁出去啦！”

当天，王树义就召集起所有大队委、小生产队长、民兵连长、党员积极分子等开会。研究抽调八个生产队的整劳力，编成八支突击队。接下来，八支突击队要统一行动，参与大队里所有大工程，整地改土，兴修水利，植树造林。

老槐树东边儿不远，有个大场院。平日里，打粮、扬场、晒粮用的。场院北边儿正中间位置，砌起一个土台子。开大会啦，唱小戏啦，放电影啦，都在那里。

说起唱小戏，龙门村就有个小吕剧团，演员当然都是本村人。唱得虽然跟省里市里那些名角儿差距有些远，但村子里自娱自乐，是绰绰有余的。吕剧，是山东传统地方戏曲，《姊妹易嫁》啦、《墙头记》啦、《李二嫂改嫁》啦，这些戏里的一些小段儿，龙门的大人孩子都能张口来上几句。

秋收秋种过后的一天，龙门村突然热闹起来！

随着村口骤然响起的锣鼓声，大人孩子纷纷从家里走出来，流水一般，聚到那大场院里，以生产队为单位，排成八个方队。每个方队为首的位置，有人高举一面红旗，上写“龙门突击队”五个大字。

方队外围，则挤满看热闹的老人、孩子。

一时间，场院里人山人海！

以往好些年，都是各个生产队自己组织生产劳动，像这样的全村人大集结，大行动，除唱戏、看电影的时候，已好久没出现过。

王树义要举行一场誓师大会！

前一个晚上，他基本没睡觉。绞尽脑汁，写出一份动员讲话。从眼前的全国大形势，到龙门大队现状，一路分析下来，以证明接下来要做的举动，的确是大势所趋。火烧眉毛啦！

可当全村老少集合到一起，王树义站在土台子上，红着眼圈儿，一个个打量过去时，突然之间，对自己一晚上憋出来的那篇稿子，陡生怀疑！因为，他看到的是一张张被苦难折磨得几无活力的脸。哪怕是那些愣头小伙子，明明是血气方刚的年纪，可从眼神里看，居然毫无斗志！

王树义不禁皱皱眉头。甚至，稍有一丝心疼。他顿时感觉，根本没必要人模狗样照着稿子念！与眼前的现实场景相比，那些文绉绉的词儿，也显得毫无生机，毫无活力。

“今天没外人，都是龙门的老少爷们儿——”

王树义决定临场发挥，他要讲大实话。

“不信，你扭过头去，瞅瞅你身边儿，哪一个，不是自个儿打断骨头连着筋的亲兄弟、亲爷们儿？哪怕不是一个家族，你就掰着手指头论一下，互相之间，谁和谁，不是亲戚？一句话，血脉相连！咱就是一家人！一家人嘛，就不说两家的话！不说废话，不说套话，不说糊弄洋鬼子的假话！”

他伸出右手，向远处一指。

“你们知道，山外头的人，怎么评价咱龙门吗？他们说呀，那就是个兔子都不拉屎的地方！咦，这话说得很对啊！咱们自个儿的心里，不也是这么认为的吗？人家还说啦，龙门的人，一家子人要出个家门，得倒替着，一个一个来，为啥呢？因为全家人只有一条裤子能穿！这话让人听起来，就很不舒坦啦，简直就是丢人啊！还有人，干脆骂咱们，骂得那叫个狠，叫什么，穷山恶水出刁民！刁民啊，当年的土匪，那才叫刁民！战争年代，咱们在后方，给前线当支撑，源源不断地输送浴血奋战的战士！现如今，龙门子弟，好多还在全国各地当兵！所以，咱们不是刁民，不是土匪！说心里话，我每次听到这样的话，都恨不得找一道地缝钻进去！既感到气愤，又觉着丢人！可返回头来一琢磨，人家为啥这么看咱们？就是穷嘛！就是一分钱攥在手心里，攥出水来，也不舍得花嘛！”

场院里一片寂静。

有人抬起头，张着嘴巴看王树义。大多数则低下头，看着脚尖儿，看着地面。

很好！我想要的就是这效果。王树义心说，咱们的确是该静下心来，好好反思一下啦！

“大家有没有想过？闹饥荒那会儿，山外头的人，可是往咱们这山里头钻的，为啥呢？咱这里有吃的呀，咱这里饿死的人少，得水肿病的少。可现如今，怎么掉了个个儿？山里头的人，开始往外跑啦？跑出去干啥？还是要饭！大伙儿有没有问过自己？为啥这么多年，咱们守着这片山，还是吃不饱？

为啥，年年在土窝窝里拼死拼活的，还是年年打不出填饱肚子的粮食？那歌儿咋唱的？‘路没三尺宽，地无半尺厚，人比猴子瘦。吃粮要靠天，年年都不够。’为了这，咱们敲着锣，打着鼓，烧着香，磕着头，干啥？去求老天爷！求老天爷降点儿雨水，求老天爷给个好年景。可你们仔细想过没？管用吗？老天爷可怜过咱们吗！没有！十年倒有九年是旱的。所以，怨天怨地，没用处！没出息！要怨，就怨咱们自己！”

说到激动处，王树义额角的血管绷起，甚至有点儿咬牙切齿。

广场上几乎所有人都抬起头，注视着他。

“所以，咱今天要成立突击队！不拼命干，不行啦！不拼命，就吃不上饭，老婆孩子就穿不上新衣裳，你一个爷们儿，就抬不起头来！今天，站到中间队伍里的，都不是七老八十、老弱病残，都是壮劳力！换句话说吧，咱们这一帮人，就是龙门的尖刀部队！你们当中，好多人跟我一样，扛过枪，打过仗！咱们可是见过一堆一堆死人的！死都不怕，现在你怕啥？人穷，志不能短！尤其你们这些十八九岁的小青年，给我瞪大眼睛，昂起头，挺起胸，活出个人样儿来！我跟你们这么大的时候，早就在枪林弹雨中浴血奋战啦！接下来，咱们就是要跟天斗，跟地斗！艰苦奋斗，自力更生，夺取最后胜利！”

有人带头鼓起掌。

瞬间过后，场院里一片欢呼！

王树义扫视着一张张激动的面孔，突然意识到，龙门的老百姓，其实也在盼着这一天，他们内心里，恐怕也早就憋着一股劲儿。

“我觉得，叫突击队，还他娘的不过瘾，不够劲儿！”

王树义一挽袖子，越来越激动。

“咱就叫敢死队！从今以后，以我为首，每一个大队干部、每一个小队长、每一名党员、每一名民兵战士，都要给我带头！都要成为一名真正的敢死队员！”

许多年后，一个当年还是小伙子的老人，回想起那天的情景，依然直摇脑壳：“我当时就觉着，王树义这个熊玩意儿，他简直就是疯啦！”

3

第九管区成立敢死队！

这个消息，像是插上翅膀，很快就在全公社传开。罗庄公社一共三十二个村，按片，划分成九个管区。别的管区都由几个村子组成，唯有龙门，地处大西南角，最为偏远，面积大，人口又多，于是单设一个管区。

“看来，树义这小子是要来狠的！”据说，孙为政私底下听说这事儿后，嘿地一笑，摇头晃脑赞叹一句。

后来，在一次大会上，当着全公社三十多个大队书记的面儿，他貌似批评、实则表扬起王树义来。

“现如今什么年代？和平年代啊！可有人居然成立起了敢死队！王树义，你给我站起来，别坐在那里，地瓜秧子烤火，甜滋滋儿的一张脸。你站起来，站起来给大家解释解释，你那个敢死队，是个啥玩意儿？”

王树义站起来，抓着头皮笑：“我就是打个比方嘛，激发大家的干劲儿。我们是叫突击队，突击队哈。”

为节约时间，每次拉出队伍搞会战，都要在野外安营扎寨。大家都驻扎在那里，谁都不许回家！哪怕离家就几步远，也得在帐篷里集体住宿。刚开始，大伙儿扭不过这股子劲儿来。村里好些年没搞大工作，前些年多数都是以小生产队为单位，下地集体劳动。一个小生产队，都是就近划片儿。一个片区，或一个小生产队，差不多就是一个两个的直系家族。任何一个村子，以家族为纽带的群体生活，自古及今未变。一个家族嘛，几乎清一色自己家老少爷们儿，哪怕出现点儿小问题，小生产队长也抹不下面子往狠里去整治。只有极少数能黑下脸来，就冒着遭人骂的风险。至于社员，好些人觉着反正是集体劳动，又不是种自己家的地，使那么多力气干啥？这就造成干劲儿不足，拖拖拉拉，甚至，推诿扯皮。

这一回全村成立突击队，统一管理，统一行动，好多人跟不上节拍啦。

天还不亮，星星还一眨一眨，王树义就在脖子上挂个哨子，手里提一面小铜锣，连吹带敲，还加上大声吆喝，召集大家出工。

尽管如此，起初一段时间，还是有人老牛拉破车，不赶不动弹。

这样子哪行？

一天晚上，王树义当机立断，召集几个突击队长开会。

“有些人，太阳晒着腚啦，他才从炕上爬起来！”他开口就发火，“还偷偷摸摸的，趁别人不注意，往干活的队伍里头钻。这叫啥行为？滥竽充数！一粒老鼠屎，毁掉一锅饭。一个人不干，一群人有怨气。问题出在哪里？就在你们几个小队长身上！有人迟到，旷工，为啥不当着大伙的面儿，劈头盖脸给我熊过去？你是不是觉着，都是熟人嘛，都是老少爷们儿嘛，张不开嘴，抹不下脸？你怕得罪人，对不对？哦，好人让你们当，就我王树义一个人是坏蛋？从今儿起，咱们改章程！你们几个突击队长，大轮换。一队的队长管二队，二队的队长管三队，以此类推，八队的队长管一队！一个萝卜一个坑！明天，我就组织一个巡逻小组，挨个队下去检查！再发现有一个偷懒的，全队扣工分！还有，明天开始，实行流动红旗制，谁把优秀突击队的红旗拿到手，我给你们全队的社员加工分，到年底，我还给你们奖励！”

第二天，王树义不吹哨子，不敲锣啦。他喊个老头来，专门负责这事儿。

他呢，悄无声息，一个工棚一个工棚去转悠。

头一天早晨，当场给堵住俩。一个是在营地睡过头。另一个，晚上实在憋不住，跑回家跟婆娘亲热一番，不小心在家睡着，没及时赶回。王树义把这俩人带到工地上，当着所有突击队员的面儿，好一通训！

第三天早晨，没一个敢偷懒的。

冬春大会战，整个村里有十几个人受伤。要么掉下地堰摔伤腿，要么扶钎子的时候被抡锤头的敲伤手腕子，要么被石头砸伤腿脚。王树义就是其一。他被山坡上滚下来的石头撞到小腿肚子！半夜里，一根腿肿得像发面饼。大家都以为，这下子，他可上不了工啦！没想到，第二天清晨，天还没亮，王树义照样一瘸一拐，出现在工地上，照样跟其他人一样，抡起镢头干活儿。

第二年夏天，王树义碰到一个大难题。

一天，有个本家兄弟，也是突击队长之一，钻进指挥部来，跟他悄声商议："哥，槐树峪那个工程，我觉得必须做调整，要不直接干不下去！"

王树义早就明白是咋回事儿。

他抓起图纸，用手指画个小圈儿："你的意思，绕开这地方，对不对？"那兄弟连连点头。"可如果绕开，整个这一片儿，就分成两部分。不光我们要多出好多工，要多运石头，拉长地堰，而且还少整出好几亩地来！兄弟呀，那都是肥得冒油的水浇地啊！"

"道理我懂，可那是咱家的自留地，也是墓地！家族里的老人在那里埋着呢！"

此时，每家每户都有一点儿地，叫作自留地。家族里去世的人，多是葬在自留地里。王树义画的那个小圈儿，正是他自己家族的墓地。他爷爷的坟，就在其中。

起初规划的时候，王树义就知道，这是个大困难！

农村人对墓地格外看重，认为事关千秋万代。选墓地的时候，是很讲究的，要专门请人来看。一旦确定地址，除非遇到特别意外的情况，轻易不能迁的。照迷信说法，一旦动迁，毁掉风水，对子孙后代大为不利。王树义曾在战火中出生入死，对这一套说法，当然不信。可此一时彼一时。此刻的他，是龙门大队书记，要解决全村所有矛盾，所有问题，必须要遵循或尊重本地民风习俗。尤其这回，牵扯到自己家族，更是大麻烦！一不小心，转眼间，你就变成家族里的罪人。

在农村，宗族观念极强。一个大家族，就是一个凝聚力强大的团体。家族势力大，在村里号召力就强，就能吃得开。返回头来讲，一个人一旦遭到实力强大的家族排挤、抛弃，那将是非常严厉的惩罚！如果发展到被开除族谱，无疑，就变成一个倒行逆施、违背天良的人物，意味着那境况就是老鼠过街，人人喊打！

“瞧你划的这条地堰，得有两三百米长，最高的地方，有两三米高。”那兄弟继续嘟囔道，“要是家族里的人不愿意迁坟，你还能把那些坟头全埋到地底下去？”

“当然不能埋地底下，”王树义眨巴着眼睛，慢悠悠的，“但迁也是必须迁的！都规划好的嘛。”

“问题是，你选的地方那么远，路还不好走。你再听听这名字，野狼窝，墓地哪有选这种地方的？”

“野狼窝有啥不好？面南背北，风水很好！我专门找人看过。”王树义嘴上虽这么说，但他怎么会找人去看墓地？一个大队书记搞封建迷信，一旦传出去，像什么话？但事关本家族，得想一点儿招数。

“反正那地方，我也觉着不行。”本家兄弟还是摇头。

“谁还说不行？”王树义觉着这里面肯定有挑头的。那兄弟扭头看看外面，压低声音："昨天晚上，咱们家几个老人，全都去了老奶奶家。我听说，老奶奶专门请大仙来看过，说野狼窝那地方，叫什么，一团煞气！"

"咱这个老奶奶，还真是一把好手！"王树义冷笑一声，"屡教不改呀！"

这兄弟说的那位老奶奶，方圆一带都知名。多少年前，她就号称什么仙姑附身，专给人看面相、手相，看宅基，看墓地。因为这，前几年曾被打击处理，还被抓去关过局子。王树义刚从部队回来那一阵儿，因为见不惯她这副神神道道做派，当面顶撞过她几回。这老奶奶披头散发，撒起泼来，简直无人敢惹！她一个白发苍苍的老人，不管不顾，低着头，直冲过来往你身上撞！那种阵势下，你还不敢躲，怕一闪开身子，没了依靠，老人家直接撞墙上！要是撞出满头满脸血来，岂不是更难看？可你要不躲，她真撞你身上！而且，连撕衣服带抓脸。据老太太讲，在派出所里，她就这样子对付过警察，连警察都躲着她走。对此，大队的好些人当然不信。

"警察是干啥的？会怕你这一套？你不用撒泼，就拿手铐把你铐在树上。"

不管怎么说，有一回，王树义是真被她牢牢缠住。他的两只手高高举着，就跟投降一样。任凭老太太砰的一声，撞在他胸膛上！王树义血气方刚，练得一身腱子肉，虽然他没躲开，可这一下子硬撞上去，跟撞墙上也差不多！声响过后，老太太竟反弹回去，一屁股坐地上！

这真是大出老太太意外！

她呆愣片刻，突然嗷的一声尖叫，双手怕打着地面，号啕大哭起来："王树义打人啦！这个小王八蛋，他欺负我一个老娘子！"

王树义哭笑不得，赶紧落荒而逃。

但这一回不比以往，没法躲，也没法再逃！再难也得硬着头皮去解决问题。看来，说不定还得去跟这位"大仙奶奶"过一过招儿。

“我再去做工作。”王树义一抓头皮，“啥年代啦？还搞封建迷信这一套？”

那兄弟哈哈一声干笑：“哥，咱说好啦！这事儿我可不干。”

“你必须干！”王树义一拧脖子，“你得带头！”

“哥，亲哥！带头干别的我二话不说，你指哪里，我就打哪里。可这一回，我求求你，饶了我。你这是让我带头去挖自己家祖坟呀？我真没这胆子！”

这个敢死队长，在面对族人的时候，打起退堂鼓。王树义只好让老书记陪着，一个一个，挨门挨户，去找那些在家族里有头有脸的爷爷、奶奶、大爷、叔叔。结果，不是紧闭大门不让进，就是当面一通叫骂！至于那位老奶奶，王树义也确实想去会一会的，可快走到门口，老书记先停下脚步。

“树义，要不，我就不进去了吧？”

王树义没吭声，瞧他半天，忍不住呲儿一声笑。老书记不肯去，事出有因。先前有一年，老奶奶说家里没粮食吃，扭着小脚，拄着拐棍，到大队里去跟老书记要。老书记苦口婆心，劝说无效，老太太开始就地打滚，弄得满脸浑身都是土。老书记觉着这样子实在难看，本想拉她起来，没想到，反被她贴上身，抓得脸上一道一道口子。

“要不，不去招惹她啦！”王树义眨巴眨巴眼睛，“她确实是不好讲道理。”

没想到，接下来事情闹得更狠。

第二天一早，王树义的老娘刚打开门，突然尖叫一声，瘫软在地！有一只死猫，挂在院子里老杏树枝子上，正对着屋门口！猫的脖子被拧断，龇牙咧嘴的，嘴里还往地上滴着血！

王树义和妻子几乎同时奔跑过去。俩人把老母亲搀扶起来，架到炕上躺下。妻子张着双手，站在当地，嘟囔道：“树义啊，我看你这书记也别干啦！你看看，你都累成啥样？到头来，弄成六亲不认！”王树义身后的老父亲，起先哭丧着一张脸，低着脑袋，扑哧扑哧，在抽旱烟袋。这时候突然扑通一声，给王树义跪下了：“儿啊，我求求你，别干那缺德事儿啦！你看这架势，你要是真带头去挖祖坟，人家就要拧断你脖子呀！”

王树义黑着脸，拉起老父亲，沉默好半天。然后，扭头站到院子里，双手叉腰，冲着半空，突然吼一嗓子：“拧断老子的脖子？来呀！我看他娘的谁敢！”

确实，没人敢拧断王树义的脖子。可是，有人抡起镐柄，朝他的脑袋砸下去！要不是王树义当过兵，身手利索，那一下子要是敲实落，估计和拧断脖子的下场也差不多。

当时，现场几乎完全失控！

本家兄弟不敢掘自己祖坟，王树义只好调动另两支突击队来施工。还没等他们赶到现场，就远远地瞧见那里站满人。靠近一瞧，突击队的人都站住！面前这群人，有的手里拄着磨棍，有的扛着镢头，有的举着镰刀，还有一个肩上扛的是一面铡草用的大铡刀！王树义一个个看过去，全是自家爷爷、叔伯以及兄弟，都是有血缘关系的亲人啊。他讲事实，摆道理，说得嘴角冒白沫，根本没用。王树义终于忍无可忍，扭过头，一挥手：“开始干活！”

没想到，临时调过来的那两支敢死队队员，也不敢向前靠。

王树义抄起一柄镢头，大踏步走过去！

人群依然堵在他面前，一个个都红着眼睛！

“都给我滚开！”王树义意识到，已经站到悬崖边儿上，没法退啦！这一退，就是溃败！就是好不容易才把大家激发出来的士气，扑哧一瓢冷水给浇灭！王树义向前一踏步，大吼一声：“滚开！老子没打过鬼子，可我打过国民党反动派！我不信这个邪！谁要是敢拦着，我就跟谁拼命！不信你们试试！”他从人缝里硬生生挤过去！

可就在王树义一镢头刨下去时，听到头顶响起一个怪异的声音！他当然知道，有人要搞突袭！于是，本能地朝一边儿闪开，但依然慢了半步，那一棍子，结结实实敲在他挡起来的胳膊上，顺势还蹭到额头！

所有人站在当地。

四下一片寂静！

王树义慢慢站起身来，站直腰杆儿，挺起胸膛，昂着头，挨个冲那群人看过去。转瞬间，他的头上，有一股鲜血流淌下来！离此地稍远的地方，一瘸一拐往这里赶的老支书，也停住脚步，呆立当地！

好半天过后，王树义伸手抹一把头上的血，哗啦一声，脱掉身上的汗衫儿，嗖一下扔到一边儿！他赤裸着上身，亮着在战场上留下的伤疤，再次举起镢头，咔嚓，咔嚓，一下又一下，狠狠地刨下去！

这一次，再没有人往前凑。

所有人都站在那里，呆愣愣地瞧。

王树义刨了几镢头，没抬头，没起身，只恶狠狠地吼道：“你们一个个的戳在那里干啥？都他娘的，来给老子干活！”

王树义挥动镢头狠劲刨下去的那地方，原本是河边儿一块巴掌大的小地，四周荆棘遍地、乱石横卧、沟坎交错，甚至，还有高低不平的河滩悬崖。

一个月后，这地方出现一整片平平整整的土地，当年就种上了小麦。

我们还是回望一下那些场景吧。你从遥远的地方看过去，或者，从半空俯视下去。这山沟沟里人们，这些常年舔着干涸的嘴唇、拿无奈的眼神望着远方的人们，这些拄着锄头、镢头面朝苍天的人们，这些早已被苦难折磨得毫无生机毫无活力的人们，似乎悄无声息发生改变。小伙子们开始昂起头，挺起胸，站直腰身，迈着大步，冲向广阔天地！即便在寒冬腊月大雪纷飞的时节，你也能看到有些汉子脱下棉袄，光着膀子，额角流淌着汗水，向贫瘠的山梁、向恶劣的大自然，发起猛烈进攻！

不到两年，老支书就喊王树义到家里去喝酒。喝的确实是好酒，不是地瓜干子换的那种散酒。酒依然是烈的！那一天，王树义喝得大醉，情不自禁，抱着老书记呜呜地哭起来。

“你个小狗日的，哭啥劲儿？打赌打赢了，你还哭！”

老书记眼里也有泪花花儿。

当年，打他的那个兄弟，确实为此心惊胆战好多天。出于一时冲动，情绪失控，就抡起棍子。可当王树义满脸是血站在面前，毫无畏惧，他立马就浑身哆嗦起来！接下来好多天，小伙子处于惊恐不安当中。怕不知道啥时候，就有戴大盖帽的来，给他咔嚓咔嚓戴上手铐。一旦被关进看守所去，身上的污点，就永远都抹不掉啦！以后，找媳妇啦，当兵啦，甚至，结婚生孩子，都要受影响。这辈子，无疑就完啦！一连好几天，他低头耷拉脸地上山干活。

这期间，当然还有本家族的人悄悄给他鼓劲儿：“你别害怕！你为这事儿去教训王树义，就是家族里的英雄！没人小瞧你。”话虽如此，这小伙偷眼望去，只要一瞅见王树义头上缠着绷带，在地里领着大家干活，他就忐忑不安！

王树义以那样一个悲壮的形象，出现在所有突击队员面前！

当然，他很快组织一支队伍，在野狼窝整出一片墓地。而且，他昂首阔步，直接走进那位老奶奶家！老太太一瞧他那副架势，嘴唇急速抖动，连一句囫囵话都说不出来。她还以为，王树义这小子，是来找她算账的！她心里有数，要是那打人的被送进派出所，刨根挖底，她这个半仙儿也脱不掉干系。没想到，王树义这次到来，是心平气和，向她申明利害关系。完全一副晚辈做派，甚至，还不耻下问，请教她关于迁徙墓地的一些细节。

“老奶奶啊，我一个年轻人，对这个根本不懂，您老人家最拿手啊！到时候，一定请您出山，好好主持一下啊！”

这位老奶奶，端详王树义好半天，嘴唇依然哆嗦：“好，树义啊，这么多年来，你们这一茬孩子，我就瞅着你有出息！你放心，这活儿我去干，保证干得漂漂亮亮的。”

老奶奶这一次说话算话，整个迁移墓地期间，她都不辞辛劳，翻山越岭，忙个不停。对这一点，老书记拈着颌下胡须，啧啧称奇。没过几天，事情办妥。那过程中，再没出现任何意外。

那个打人的兄弟，最后还是没憋住。有一天，迟迟疑疑，钻进指挥部。王树义抬头瞧他一眼，继续忙他自己的。那年轻人站在那里，好半天才低声说：“哥，我错啦！”王树义这才抬头看他，嘴角浮起一丝微笑。他伸出右手食指一点：“你个熊玩意儿，真敢对你哥下死手啊！”

从那以后，这小伙子变成王树义的铁杆儿。王树义指哪儿，他就打哪儿。

几年工夫，龙门变成另外一副模样。四面山上，层层梯田出现。村子周边儿，冒出好多个小旱池。荒山上，上万株的柏树立起来。村子北面儿的一道山沟里，曾有一片小果园儿，现在呼啦一下，蔓延整道沟，眼看就到收获季节。村里的牲畜动静也多啦。不知不觉间，多了十多头牛，二十多头驴子，上百头猪。龙门崮顶那石头寨子，被建成一间又一间羊圈。一老一小两个羊倌儿，常年住那里，看护着两千多只黑山羊。这群羊撒到坡上，远远望去，好大一片儿。

烈士祠

1

王树义先带大家到场院边上，观看刚刚竣工的一眼蓄水方塘。

“这是我们突击队用一个月时间建成的!”王树义满脸自豪，“这两年，发挥了巨大作用。你们看，周边儿这一片地，包括那边儿一带山地，现在都能旱涝保收。”

随后，大家进村参观跟大队部在同一排平房里的豆腐坊、粉皮坊、熟皮作坊。龙门豆腐，已经在附近一片几个村子叫响。早上起来，一架驴车拉着几包豆腐出去，下半晌拉回来的，就变成豆子。

“不是王婆卖瓜，自卖自夸。我们龙门豆腐，确实好吃。”王树义一边用手比画，一边扭头问，“为啥呢？一个是咱们的水好，山泉水嘛。按文化人的说法，叫作富含多种有机成分！山外头做豆腐用啥水？用井水，那是地下水呀，太凉，太硬。再一个，咱们用的豆子好。别看我们现在还是拿豆子换豆腐，但换回来的豆子，我们大多数都不会用来做豆腐。我们做豆腐，只用龙门产的大豆。龙门的土质好，豆子营养价值高。而且我们用的豆子，是一粒一粒拣出来的。全是那种颜色金黄金黄的，颗粒饱满的，长得最漂亮的。”

一听这话，大家忍不住哈哈大笑。

李清泉心道，这个王树义，倒是越来越会做生意，真把这山旮旯的优势利用出来了。

“真的！长得漂亮的，做出豆腐来才好吃！还有一个，老传统，卤水点浆，不掺杂任何其他东西。我们打的广告词儿，就是龙门豆腐，卤水点浆，泉水制作！下一步，我们还准备扩大规模，把龙门豆腐，当成个品牌来做，开发系列产品，比如豆腐皮儿，豆腐丝儿，豆腐乳，豆腐干儿。”

“你们瞧，千万不能小瞧小副业，”李清泉不禁感慨，“小副业，完全可以唱大戏嘛！”

“咱们先到山上转一圈儿，”王树义建议，“下来以后，我就请大家尝尝龙门豆腐。”

李清泉接口说：“豆腐是肯定尝的。不过，王树义你放心，我们不白吃，给你钱。”

王树义哈哈大笑：“李书记，我一点儿都不担心。你要不给钱，我们就不让你走。”

熟皮作坊内，一帮人正在忙忙活活。一张皮子由生到熟，要历经水泡、刮里子、脱脂、水洗、鞣制等等多道工艺。七里寺那位老皮匠被请来后，龙门的制作熟皮工艺上一个大台阶。所缝制的皮衣，开始精细化，那种“白板子”越来越少，开始加布料里子。在熟皮作坊内，李清泉看到个熟人——老皮匠。论起来，李清泉得喊他叔叔。他急忙上前打招呼。

“老叔，你还在这里给王树义打工啊？”

“我也不经常过来，这次是碰巧啦。再说，我可不是义务打工。咱们那边儿，每天都给我记着工分呢。”老皮匠咧嘴一笑，嘴里的牙已经掉好几颗。

“那边儿要不给你记工分，你告诉我，我去找他们。”

“行啊，他要不给记，我和他理论理论，是公社里李书记说了算，还是大队里李书记说了算。”

众人哈哈大笑。李清泉一时兴起，扭头介绍说：“我这个叔，还是唱山歌的一把好手呢，大家要不要听听？”众人一起叫好。老皮匠却连连摆手：“不行啦！牙都掉没啦，一唱就漏风！”架不住一伙人极力撺掇，老皮匠一搔头皮：“我会唱的都是些酸曲儿，拿不上台面，惹领导们笑话，我就说一段呱啦板儿吧，给领导们助助兴。”

说完，他清清嗓子，两手一拍，说唱起来。

> “太阳出来，照个西墙，西墙的西边儿有阴凉。你要是唱歌，得先张开嘴呀，不想说话，就把那个嘴闭上。爹的个爹，叫爷爷，娘的个娘，你得喊姥娘。爷俩走路，他爹的年岁大，叫嫂子的肯定是个娘们家。”

大家伙儿一片喝彩。

一伙人沿着一道山梁子，开始上山。旁边儿的山沟里，那片小果园已经落掉叶子，果子已收。

“这片果园，已经见到一点儿效益。”王树义走到李清泉身边儿，“卖掉一批苹果后，我把借邱大海的钱全还上啦。借钱的滋味，可真是不好受，还完之后，彻底松了口气。”

“你跟大海，都是敞亮人。”李清泉感慨，“我没看走眼。”

王树义压低些声音：“我还留一点儿苹果，改天，我送公社去大家都尝尝。”

“你想干什么？”李清泉突然站住，声音很低，却很严厉。

“几个苹果嘛！又不是给你一个人的。”

“你跟谁学的这一套？以前也这么干吗？”

“以前我就是想送，也没有啊。”

“树义，邱大海那个大队出过什么问题，你不知道吗？那大队书记，现在可关在监狱里。就去年，市里有个领导搞腐败，数额巨大，直接进监狱！我不管以前公社有没有这种情况，到我李清泉这里，必须杜绝！你王树义，现在可是党委委员，不要搞什么歪门邪道！要是那样，我推荐你进党委班子就是个错误！”

王树义好半天没吭声。

“咋啦？我说得有点儿狠啦？你听不进去？”李清泉逼问。

王树义瞧瞧身边儿，就近处没有其他人：“不狠，一点儿都不狠！说实话，我打心底里也不赞成这个事儿。平日我跟村里人说，这一沟的苹果，不管大的小的，哪一个都是公家的。下苹果的时候，我们村里的人都不舍得吃好的。我们分下去的，都是不够级别的，很小很小，甚至烂掉半截的。李书记，我敢给你打包票，我们大队班子成员，没有一个人多吃多占。不信，你去村里悄悄打听一下。”

“那你啥意思？探我的底线啊？”

“你要这么说的话，确实有那么一点儿。”王树义笑，“当然，以前嘛，公社里也确实有这种情况存在，有人专门打电话，要苹果吃。”

“谁啊？”李清泉站住。

王树义一愣，不做回答。

李清泉瞧他半天，伸出手指，指点王树义一下，往前走几步，突然回头：“你留下多少？说不定，过几天会有用。这样吧，咱们搞大会战的时候，我让董文博上来，把苹果拉到工地上，给下力气干活的人吃。放心，公社花钱买你的!”

一行人沿着山梁，登上龙门崮。顿时，整个村子尽在视野之内，群山环抱下的小山村，温馨，静谧，远处曾峦起伏。

李清泉扭头冲着韩瑞强：“老韩，我听说你是公社里的一支笔。面对如此美景，是不是可以赋诗一首?”

“李书记这信息有误，一支笔算不上，偶尔拽几句打油诗还行。”韩瑞强呵呵一笑。

“那就拽几句?”

韩瑞强连连摆手。

登高望远，俯视着村子半山腰的几个小旱池以及一圈一圈的梯田，李清泉不禁感慨万千：“你们瞧，这就叫战天斗地的样板!”

“就这些个旱池，还是不够用。另外，质量和技术上也不是很过关，蓄水能力差。李书记，我有个设想，就是在那个地方——”王树义指着远处，“建一个大池塘，能保障村子周围这整个一片土地的用水。”

李清泉眯起眼睛仔细观察一会儿：“你很会挑地方。看来，你在怎么盘活这盘棋上，是真动脑子。”

站在龙门崮边缘的岩石上，望向远方，李清泉讲起故事来。

“我老家，是博城县一个叫七里寺的山村儿。王树义去过的。那村子西南边儿，也有一座崮，叫作马头崮。你要是从一个合适的角度看过去，那模样还真是像一个马头。最高的那个位置，就是竖起来的马耳朵，绝对是悬崖峭壁!我估摸着，从来就没人敢从那个地方往上爬。有一回，天还没亮，我就沿着另一边的一道山梁子，开始往上爬。我寻思着，那个山头看着根本不远。照我的腿脚，俩小时左右，肯定就能上去。可没想到，根本找不到路呀!快要到天黑啦，我才站在那个制高点上，也就是就那个耳朵尖尖儿上。把我累得哟，呼哧呼哧喘，再看看身上，那一身新衣裳，被挂拉得稀巴烂。当我站在那里往下看，往远处看的时候，你们猜，我看到什么？我眼前，我身边儿，到处都红彤彤的，到处像是燃烧着火焰！以前咱们经常说，大好河山，壮美如画，连绵起伏，群山环绕着小山村等等，这些话，这些句子，在书本上，在散文里头，那都是抒情的时候才会出现。可那个时刻，就像咱们今天站在这里看到的一样，真真切切就在你眼前！西边儿的半天空，全是密密麻麻的火烧云，红得更像是火焰。脚下那一道一道，无穷无尽的山峰，真是层峦叠嶂！那些躲在大山里的一座又一座村落，看起来真的是那么安静，美好！是啊，美好！”

李清泉稍做沉默，似乎陷入回忆之中。

“李书记，你很有当作家的潜质。”韩瑞强微笑。

此话引起周围人的一阵笑。

“等我退休之后，说不定，真是可以整理一下我这辈子走过的足迹。好在，我这个人喜欢记日记。已经积攒一大箱子，一梳理就可以。”李清泉也笑起来，“所以我得出的结论是，人一定要站到某个高度上去看问题，看世界。不一样的高度，你看到的风景，想到的问题，就大不一样。”

转过石寨，前面一道山坡。山坡上面就是湛蓝的天空。一行人兴头十足，走到那道山坡上，顿时有人发出一声惊呼：“哇！王树义，你的家底子，原来在这里藏着啊。”

前方的山洼里，散落着好大一群山羊。牧羊的老头儿甩动鞭子，唱着沂蒙山小调：“人人那个都说哎沂蒙山好，沂蒙那个山上哎好风光，青山那个绿水哎多好看，风吹那个草低哎见牛羊。”

李清泉扭头看着韩瑞强，笑着：“瞧瞧这放羊的，这才叫悠哉悠哉。老韩你知道吗？我以前最想干的事儿，就是当个羊倌儿，手里挥着鞭子，腰上别个蚂蚱笼子，嘴里唱着山歌，这小日子，可不就是神仙过的?”

“我也想啊!”韩瑞强一笑。

“唉！这就是理想主义，浪漫主义。但我们现在，还必须实事求是，要讲现实主义，顶多在脑海里革命浪漫主义一下。”

2

吃过午饭，一行人赶往罗庄烈士祠。

烈士祠位于公社驻地西北角河东边儿的崔家村边上。紧挨烈士祠不远，就是那座青莲寺。

据考证，青莲寺最早是一座道教建筑，规模很小，仅一座碧霞元君行宫，始建于明天启年间。清乾隆年间，曾进行过扩建、重修，先后兴建文昌阁、观音阁、韦驮殿、王灵官庙等处。清末民初，当地一位姓建的煤矿经营业主，曾出重资大规模重修青莲寺。此善事，在寺内所立一块石碑上有确切记载。随后，因社会动荡，战乱，寺内文物屡遭破坏。尤其里面好多座石碑，为历朝历代统治者和文人大家所题，几年前逢战乱、动荡，毁之过半，甚为可惜。许多年后，仍被人反复提起的，是本地毁于动乱时期的一株千年古柏。据说，被人砍倒后，辗转流离，最后被人做成一副棺材。

烈士祠选址于此，是有缘故的。

一者此地依山傍水，风景宜人。且是佛教圣地，清幽寂静。寺内寺外，原本有千年古柏数棵，可历经变迁，仅剩下珍贵的两棵。一棵在寺内，碧霞元君行宫外的院子里头。另一棵，在院外东南角。奇的是，这两棵树，分为一雄一雌。树枝亦呈遥遥相望姿势。两棵树历经动荡而没有被毁，据说还有个传说，说早些时候，有人听说这古柏树珍贵，想砍倒拿去换钱。他们先是想砍倒院外那棵，不料抡起斧头砍下去后，缝隙里居然汩汩流出鲜血来！吓得这帮人抱头鼠窜。现在那棵树的脚跟处，果然有苍老的斧砍痕迹，已形成疤瘤。

另一个缘故，则是此地埋葬着一位烈士。此人叫崔支侠。一九四八年，在抗击国民党反动派斗争中，因保护伤员，在青莲寺附近殉难。崔支侠的家乡就是崔家。他牺牲后，被当地百姓悄悄埋葬在青莲寺外那棵古柏树旁边儿。后来，人们专门为他修墓立碑，碑上镌刻“崔支侠烈士墓”。紧挨墓地不远，还有一座书有“义勇可风”的石碑，是悼念本地与国民党斗争中牺牲的烈士而立。再后来，公社专门修建一座烈士祠，以悼念在抗日战争、国共战争时期牺牲的本地烈士。

将青莲寺一部分改建为学校，是当年孙为政的提议。

那时，他任罗庄副社长，主抓教育。说起来，也是心存私念。孙为政曾目睹青莲寺内文物遭到破坏，痛心疾首，却束手无策。于是心想，要把那里的一部分改建为学校，说不定有些东西还能够保护下来。因此，青莲寺被一道围墙一分为二，分开两个门口。自此，附近几个村子的孩子，便走进东边儿那个小院子里去读书。西边儿的青莲寺院落主体则保持现状。后来，学校规模逐渐扩大，院落进行拓展。先前设于别处的初中，也搬进来。对外，统称罗庄中心校。

李清泉带着全体党委委员走进烈士祠时，有些人心里还在嘀咕，这个李书记，他要搞什么名堂？不是说开党委会吗？怎么来参观烈士祠？

一帮人先是到崔支侠烈士墓前，站成一排，鞠躬悼念。然后，走进烈士祠。再回到院子里。

“现在，咱们开党委会！”李清泉一摆手。

大伙儿你瞧瞧我，我瞅瞅你，心说，在哪里开？

“就在这院子里，大家随便找个地方坐下。”

公社党委会在烈士祠院子里开，全体人员盘腿席地而坐！这种开会方式，应该说前无古人。其目的、意义，不言而喻。还说什么？那些冒着生命危险浴血奋战的革命烈士，就躺在这儿。

“今天咱们先去龙门，参观一圈儿。然后来这里，缅怀革命先烈。在这里头开会，我想不用过多解释为什么。你们瞧，”李清泉往旁边儿一指，“咱们经常说，今天的好日子，是革命先烈流血牺牲换来的，是真刀真枪，付出生命打下来的！现在，咱们就坐在这里，实地参观，真切感受，实打实地学习！咱们离这些革命先烈这么近，近得都能感受到他们的呼吸，对不对？那么，我相信咱们每一个人心里想的，嘴上说的，就是真情实感，不要弄虚的，不要假大空。在革命先烈面前，你要是整虚的，自己都脸红！还有，今天为啥要去龙门？因为，龙门是个典型，是一面哗啦哗啦响的旗帜。眼见为实嘛！大家可都看到啦，一个山沟沟里的小山村儿，兔子都不拉屎的地方，现在什么面貌？最关键的是，你们看到村里人的精神头吗？你们看到老百姓脸上洋溢的笑容了吗？人心都是肉长的，人人心里都有一杆秤。这就是咱们身边儿的、现实中的，挑战恶劣环境、自力更生、艰苦奋斗的活生生例子嘛！我觉着完全可以说，这就是现实中的英雄队伍。为啥有这么大的变化？因为，他们豁出去啦！王树义他成立起敢死队，吹起战天斗地的号角！在座的，都是公社领导干部，咱们扪心自问，要让你去当个大队书记，你会不会也带着老百姓这么干？”

大家伙儿陷入一片沉思。

“有这样几个议程，先由韩瑞强同志带领大家回顾、学习崔支侠烈士英雄事迹。然后，请王树义给大家讲一讲，当年，他在战争年代是怎么浴血奋战的？最近这几年他又是怎么带领龙门大队的群众，去战天斗地的。最后，我们再部署一下近期几项重点工作。”

毫无疑问，这次党委会，给每个人都留下深深印记。

做总结发言时，李清泉宣布，秋收秋种完毕，立即奔赴邱家，开展冬季整地大会战！要求公社工作人员，包括社办企业工人，除必须留下值班完成日常工作及生产任务的之外，全部参加大会战！

3

现场会结束，一群人起身往烈士祠外走。在大门口外，一个身穿蓝色中山装、戴着眼镜的中年男子站在那里。

“王校长，你在这里干啥?”马长林咦了一声。

那人迎上来：“我找一下李书记?”

马长林扭头给李清泉介绍：“李书记，这是咱中心校的校长王丰儒。”

“你找我？有啥事儿吗?”李清泉站住。

“我听说领导们今天在这里开会，就在这里等你们。李书记，都到学校门口啦，进去参观一下吧?”

“哦?”李清泉抬头看看天色，“行啊，那就进去逛逛。我看，咱们也别都去啦，我和老韩进去转转就行，其他的同志先回，王树义还要赶回龙门呢。”

王校长前头带路，一面走，一面介绍学校基本情况：“现在，咱们学校分小学和初中两个部。小学五个年级，一到四年级孩子少点儿，五年级孩子最多。因为，远处的几个小学只有四个年级，到五年级的时候，才把孩子送到这里。所以，其他的年级都是一个班，只有五年级是三个班。初中部的人数，也稍微多一点儿，三个年级，六个班。也就是说，目前咱们全学校总共十三个班，四百来个学生。全部教职工，满打满算，是二十一个。”

“王校长，你有啥事儿，就直接说吧。”走出一段儿，李清泉问。

“确实有事儿，想要跟李书记汇报。一个是，现在咱们学校里，老师严重不足。我刚才说的这二十一个，能教课的只有十来个，其他的，都是做后勤的。平均起来，一个班还不到俩老师。我想请领导们研究下，能通过什么方式，补充教师力量。还有个问题，要不咱们进去看看，边走边聊吧。”

“孩子是大事儿，都是花骨朵啊，缺少园丁怎么行？”李清泉边走边说，“韩社长，这事儿你得记着，你抓教育这一块嘛。王校长，这老师，一直就缺吗？”

“我大体了解一些情况。”韩瑞强说，“现在，正儿八经毕业的大学生，根本分不到咱这里。这些年，就是全县范围能读到高中毕业的，人数都不多，更不用说中专生、大学生啦，比大熊猫都稀缺。每年的大学毕业生，回到县里的，也就那么几个，县城那几所学校，早下手抢走啦。就是不抢，人家也不愿意到咱们乡下中学来。再退一步讲，就是硬分来，年轻人在这里也待不住。这个事儿，差不多每次去教育局开会，各个公社都有反映，但这是现实，根本解决不了。再有，就是前一阵子，又走掉三个教小学的民办教师。”

“为啥走了呢？”李清泉站住身子，觉得奇怪，心想，当个民办老师，不也是顶好的活吗？不比在地里干农活强？咋就走了呢？

“这仨人，两个男孩儿，一个女孩子，都是前年从淄城一中一块高中毕业的。当然，咱们也是优中选优挑来的。其中一个，叫崔卫国，就那边儿崔家大队的。我先啰嗦几句，给你介绍一下这孩子。这孩子的老爷爷，也就是他爷爷的爹，是做生意的，在当地很有名。家里钱庄啦，绸布店啦等等，经营着好多产业。当然，还经营小煤矿。崔家北面儿，当年不是有个矿嘛，那就是他们家的。青莲寺里有一座石碑，碑上记录着，有一位姓崔的人出巨资重建青莲寺。那个人，就是这崔卫国的老爷爷。到他爷爷这一辈儿，因为时事动荡，当然，也跟他这个爷爷性格脾性内向、不善于经营也有关系，家道逐渐败落下来。不过也应了那话，塞翁失马，焉知非福。因为他家道败落下来，后来划成分的时候，划得就不算高。所以，这崔卫国的父亲，包括崔卫国，基本没受太大影响。还有个主要原因，这孩子的父亲，跟我们刚去悼念的那位崔支侠烈士，是一个大家族的。在崔支侠烈士影响下，他父亲也参加过革命，扛过枪，打过仗。现在这人就在咱中心校当副校长，也就是我们面前这位王丰儒校长的副手。一直到现在，人家还拿着粉笔，站在讲台上。说不定一会儿咱就碰到。”

“咦？”李清泉再次站住，上上下下端详韩瑞强。

后者迷惑不解：“怎么啦李书记，我没解释清楚吗？”

“你解释得很清晰，很有条理，头头是道。不过，我好像才反应过来，这位王校长，站在那里专门堵着我，恐怕不是平白无故。我怎么觉着，咱们队伍里有他的线人啊？”

王丰儒不吭声，低着头光笑。

韩瑞强故作镇定，连续眨巴几下眼睛：“我知道，啥也瞒不住你李书记。我坦白交代，确实是我告诉王校长今天你要来这里的。”

李清泉抱着胳膊微笑：“这好像是提前挖好的一个坑。我在考虑，是进去呢，还是不进去？”

“你放心吧，绝对不是一个坑！我怎么敢给你挖坑？”韩瑞强哈哈大笑，一扯李清泉的胳膊，“我继续给你介绍崔卫国，这孩子，学习一直很优秀。书香门第出身嘛，从小到大，光他爹一个人教，也比普通人家孩子强。他就是在这里读完小学，初中，一路去县城读高中的，而且，一下子就考上最好的学校，县一中。照这个势头，考个好大学，一点儿问题都没有。可问题是，没赶上好时候。一上高中，学校里就开始闹腾，老师们没法上课。这孩子的高考之路停止，直接回农村锻炼！毛主席说过，农村是广阔天地，大有可为。那一年，还是我好说歹说的，劝他来这里当老师的。”

“这几个孩子，现在干啥去啦？”

“都去川河水库工地，当民工。”

“咦，崔卫国这孩子倒是很有个性啊，放着好好的老师不当，去工地上下大力气干活儿？”李清泉突然对这个崔卫国很感兴趣。

“是啊！他自己积极要求去的。按他爹的想法儿，在这里当个民办教师，不也挺好吗？可他不愿意当孩子王啊。你知道的，修建川河水库大坝，条件差，任务重！每个公社在那里都设有指挥部，每个公社派去的人都是尖刀部队，半军事化管理。咱们的党委委员李大壮，不就一直靠在那里嘛。我估摸着，这会儿，他回一趟家，就得赶紧往工地上赶。由于工程进度缓慢，前一段时期他回来，提出补充新力量。也不知道崔卫国从哪里得到消息，坚决要求去。他爹也拦不住啊。没想到，他这一走不要紧，顺道，还拐带走俩同学！那俩人，也是满腔热血，都想到工地上去锻炼自己。本来老师就不够用，一下子走了仨！”韩瑞强两手一张，无可奈何。

三人说着话，不一会儿就走进学校院子。正赶上下课，从几个门口呼隆一下子窜出来几帮子孩子，满院子跑着，打闹着。三个人正往前走，迎面不紧不慢走来一个胳膊底下夹着课本的老师，王丰儒介绍：“真是巧！李书记，这就是刚才说的崔子韬副校长，崔卫国他爹。”

李清泉心道，大户人家出身的果然不一样，看起的这名字，多有文化！

崔子韬走来打过招呼，然后忙他的去了。

王丰儒隔着一扇窗户，继续介绍：“这是初中部。”

李清泉却一皱眉头，只见那扇老式窗子的窗棂子都断掉，整面窗户上只剩一块玻璃。不过，他没吭声，继续往前走，好几扇窗子、门，都是如此。王丰儒立住身子，抬头一指房顶：“李书记，你看那儿房顶的瓦，都是老玩意儿，那一块块瓦当，都是文物。”

李清泉抬头望去，不禁心底暗叹一声。房顶上好多处地方，竟然杂草丛生。

“说吧，大约需要多少钱?”李清泉问得有点突然。

韩瑞强和王丰儒对视一眼，微微一笑。

“别费那么大劲拐弯抹角啦，这不就是你堵着我的主要原因吗?”

王丰儒收起微笑，神色严峻：“李书记，眼看要入冬。孩子们在屋里上课，跟在外面差不了多少，这小北风呼呼地吹着，冷啊!”他挥动手臂，有点儿激动，“另外，您瞅瞅，这些老祖宗留下来的玩意儿，可都是些宝贝啊!您知道吗？有些二流子、小痞孩子，包括学校里一些调皮捣蛋的孩子，手里拿根棍子，就噼里啪啦一通乱砸！前几天，在院墙外头，你们猜我看到什么场景？几个孩子，手里举着一些青砖、瓦当、老花砖，哗啦哗啦往地上扔，就那么砸着玩儿！当时，我就冲过去，抢在手上。我说，你们这是干啥？不知道这都是宝贝吗？你猜其中一个大点儿的孩子，他怎么问我？他理直气壮，王校长，我爹说啦，这些东西就应该砸了它！我蹲在地上，双手捂着，保护着，后来，一片一片的，就那么抱回来的。李书记你瞧，这是我偷偷拓下来的一张。”说着，王丰儒小心翼翼，从口袋里取出一片宣纸，慢慢打开。“你瞧瞧，这青龙图案，多么精美！这一片儿，您留着看。我觉着您应该懂这个，要是别人，我都不敢拿给他们呀。这些好东西，要是继续破坏下去，一点儿一点儿的，就全都没啦!”

李清泉捧着那张拓片，端详半天，又抬头看看王丰儒白了将近一半的头发，心底一声哀叹。

他终于弄明白，为什么韩瑞强要拉他来了。

好半天，他扭头看韩瑞强，故意问："老韩，这个事儿，你肯定早就知道。这是你分管的口嘛，你拉我来干什么？"

"这不是几扇窗户几扇门的事儿。"韩瑞强抓抓头皮，"我哪里敢拍板？"

李清泉犹豫片刻。尽管，心里有个声音提醒他，眼下这个事儿，还不宜摆到桌面上。照他的性格，当场就可以堵回去：现在是啥时候，哪有钱来干这些事儿？但不知为何，看着手上的拓片，看着王丰儒焦急的眼神，他有点儿心软。

"打过报告吗？"

韩瑞强伸手就从包里抽出几张纸："报告几年前就打到我这里，说实话，我一直没敢上报。"

"这事儿，孙书记也是知道的吧？"

韩瑞强苦笑："我倒是真跟他说过，他也只是叹息一声。其实，我跟这位王校长，把嘴皮子都快要磨破啦。我说，现在公社是真没钱，一手抓农业，一手抓工副业，到处是血盆大口张着。更关键的是，现在这大形势下，你要拿出钱来重修一座寺庙？根本不现实嘛。可咱们面前这个老头儿，他就是一头犟驴，锲而不舍，反复地把报告往我这里递，还一直往县里、市里有关部门写信呢。"

李清泉接过报告，没仔细看，直接翻到后面一页。

"还说不是个坑？"他冷笑一声，"孙书记在的时候，都没干的事儿，你韩瑞强硬拖上我蹚浑水？你安什么心？还有，我的个老天，简直狮子大开口，一下子要两万！我就想问问，你俩到底咋想的啊？"

韩瑞强和王丰儒对视一眼，神情严肃，都没吭声。

"说起来，重修这么大一座寺院，就是二十万，也不一定能够！"半天后，李清泉叹息一声，“但你们心里肯定也明白，现在就是拿出一块钱来重修寺庙，也不可能！”

“我就是看着心疼么！”王丰儒紧皱眉头，眼泪都快流出来。

“老王啊，我也心疼！”李清泉一举手上的拓片，“我也知道，这的确是宝贝！就你们报告里提到这个数字，我也能猜测你们咋想的，已经够克制，很保守啦，你们肯定想，只要有那么一丝希望，就是打个五折，三折，也能批出一点儿。可是，王校长，我还是提醒你，哪怕目前重修这个事儿是可行的，你这样一个数字，也能把人吓住。为啥？咱们穷啊，上上下下、里里外外都穷！马上要搞大会战，整地改土，工地上现在最需要什么？推土机，拖拉机，两万块钱，能买好几台拖拉机呢！老韩你也知道，王树义、邱大海，现在还眼巴巴地等着我给他们解决拖拉机的问题。”

“这些道理，我都跟他讲过。”韩瑞强一指王丰儒。

“这样吧，青莲寺的问题，我们只能暂时备档。在维持现状基础上，加派几个人手，来进行一些日常的打扫，维修，看护。尽量地能保证不要遭到进一步毁坏。目前只能做到这一步。投入大笔资金，根本不可能！现在需要马上解决的，是孩子和老师们怎么过冬的问题。你瞧这些门窗，先买点儿玻璃装一下，下大雪的时候，就是外面罩层塑料布，屋里也暖和点儿呀。再一个，教室里、办公室里，全都安上炉子！再穷，咱也不差这点儿钱！老韩，你立刻联系社办煤矿，让他们送点儿煤来，最起码，要保证今冬天够用。”

“老师们的办公室，可以不用炉子，先给孩子们用。”王丰儒站在那里，嘴唇抖动半天。

李清泉一愣，一下子没忍住，居然眼角湿润：“老师更不能冻着呀！老师也是宝贝，还要你们传道授业解惑呢。”

“李书记，这下好啦，你给我们解决了大问题。”王丰儒语气激动，“你知道以前我们老师采取啥办法？冬天大清早，一进门儿，先让学生使劲搓手，搓脸，揉耳朵，然后开始跺脚！一会儿工夫，整个教室里尘土飞扬！就这样，不管是孩子，还是老师，整个冬天，手上脸上都是冻疮！”

“再穷，也不能在教育上穷啊！”李清泉神色凝重，“不栽下梧桐树，哪能飞来金凤凰？只有条件好，才能吸引人才来。人才来了，才能教出优秀的孩子。这是良性循环！老韩你回去，马上和李世聪碰头，叫上副业办的人，看看能拿出多少钱来拾掇学校。”

“好，我明天就办。”

俩人辞别王校长，离开学校，经过青莲寺时，韩瑞强建议：“要不，咱俩进去瞅一眼？”

“你回家晚了，老婆不熊你？”李清泉开他玩笑，“反正我无所谓，孤家寡人一个。”

“放心，你嫂子在这一点儿上，还是很开明的。”韩瑞强咦一声，“干脆，咱俩溜达一会儿，今晚上你就去我家吃。你来以后，我还没给你接风呢。”

“哼！”李清泉冷笑一声，“一看就是临时现抓，一点儿诚意都没有。要不是赶巧到这个时间点儿，而且是你老韩硬拉我来蹚浑水，你会请我吃饭？”

“李书记你这么说，我觉得很委屈。好像我请吃饭，还请出毛病来了。”

俩人说着笑着，已经迈步走进青莲寺。

多年前，这寺里还有好多个清修的僧人。这些年来，当然早就空无一人。先前，公社只安排一个老人在这里看护，这一天傍晚也不见踪影。地上杂草丛生，积满落叶。抬头望去，到处是残垣断壁，显得院子更加空阔、苍凉、萧瑟。

“唉，就这么扔着，确实也不是个办法呀。”李清泉一声长叹。

“谁说不是呢？王丰儒说得很对，这里头，每一块砖，每一片瓦当，每一座石碑，每一块匾额，都是历史，都是文物。前些年，已经毁了一些。那时候，谁敢保护这些东西？王丰儒那时候也不敢提一个字儿。好在这几年，局势稍缓。而且，他之所以大着胆子敢跟你当面提，的确也是我的建议。根据我的判断，你的视野开阔，对于这些珍贵的历史文物，你会倾向于保护的。”

“少给我戴高帽子！”

“实话实说嘛！当然，孙为政书记也是如此，前些年，就是他力排众议，冒着风险，搞传统的砚台制作。可为啥这寺庙包括学校一直没整修呢？一个原因当然是公社确实缺钱。另一个更实际的，你怎么修？最好的办法，照原样复制。那工程量可大啦，得去外地去买古砖瓦，咱们这里哪有生产这个的？要全都整修一遍，跟你说的一样，二十万也不够！可如果随随便便一整，就会弄成个四不像。比如说，学校里那些门、窗，古色古香的，随便弄块透明玻璃堵上，瞧着也不像话。”

“那有什么办法？”李清泉轻轻摇头，“谁让咱们穷来着？走一步，说一步吧，人在吃不上饭的时候，还考虑有没有文化的事儿啊？”

俩人往公社方向走时，天已经黑下来。经过门市部，李清泉想进去买瓶酒，被韩瑞强一把拽住：“你干啥去？”

“头一回去你家，总不能就这样，两个膀子扛着一张嘴去啊？”

“你这人臭毛病还真不少。我韩瑞强请你吃顿饭，请不起呀？”说着，拉着李清泉就离开门市部门口。

韩瑞强的家，在公社西北角的家属区。两间平房，带一个独立小院儿。大门口在东南角，院子西南角上有个小厨房。还没等他俩进大门儿，突然听到里面传出女孩儿唱歌的声音。李清泉站住，“咦”一声，“唱得还真不赖呢，专业水准！这是谁呀？你家闺女？”

“我哪有这福气？我就俩调皮捣蛋的儿子。一个在小煤矿上干活，一个在县城二中念高中。这是我外甥闺女，叫孙秋霞。在一中当老师。今天星期五，她这是回来过周末呀。”韩瑞强说着，走进院子，先咋呼一嗓子，“来客人啦！”

屋里的歌声顿时停下来，人还未到，话先飘出来：“哎呀，姨父你咋才回来？你再不回来，我都快饿晕啦！”一转眼功夫，有个二十岁左右的女孩子出现在门口。大眼睛，圆脸庞，一边儿梳一根小辫子。上身黄褂子，下身蓝裤子，头上戴着一顶黄军帽。一见韩瑞强身后还站着一位陌生人，赶忙做个鬼脸，像是觉得不好意思。

“你这个孩子，都人民教师啦，怎么还整天疯疯癫癫的！”韩瑞强介绍，“这是你李叔叔，咱们公社书记，你姨父的一把手。”

“李叔叔好！”这个叫孙秋霞的姑娘笑着打招呼。

就在这时，韩瑞强的爱人肖玉莲擦着双手走出来：“哎呀，老韩你也不早说一声，我好准备准备呀。”

李清泉哈哈一笑：“嫂子，我就是来蹭饭的，有啥吃啥，准备个啥劲儿？”

俩人进屋，只见小矮桌子上已经摆一样炒豆腐，一盘花生米，一碟香椿咸菜。韩瑞强媳妇仍搓着手：“李书记你赶紧坐，你俩先吃着，我再去炒个菜。”

“别！”李清泉摆手，“这就很好啦。”

肖玉莲扯扯孙秋霞，俩人出门。这边的俩人刚聊不一会儿，孙秋霞抓着一瓶酒进屋。李清泉问：“喝瓶装的啊？是不是有点儿破费？”话音还没落，却见肖玉莲端一盘鸡蛋进来。李清泉还没开口，孙秋霞先哎哟一声：“李叔叔啊，今天我真沾您的光啦！我姨和姨夫，从来都不舍得给我煮个鸡蛋吃。好家伙，一下子炒一大盘儿！”

韩瑞强呵呵一笑：“秋霞，不兴这么告状的。”

那边，肖玉莲悄悄扯孙秋霞的衣角。李清泉瞧见了，顿时明白她的意思。女人还是按乡下老传统，家里有重要客人，女人孩子不坐到桌上。他急忙说：“嫂子，赶紧和这闺女坐下！咱一块儿吃。”

“我刚才吃啦，你俩先喝酒。”

不料，孙秋霞一把抓住她：“小姨，现在都什么年代啦，男女平等！还是一起吃吧。”

李清泉扑哧一笑：“外甥闺女说得对，嫂子你别跟我客气，赶紧坐下，要不我可吃不舒服。”

韩瑞强说：“那就都坐下吧，李书记也不是外人。”

俩人边喝边聊起来。聊了一阵儿，李清泉问小姑娘：“你今天咋有空来的？你们学校里没课吗？”

“今下午没课，我就请个假早回来了。对啦，姨父，我明天借你自行车骑骑行吧？”

“干啥去？”肖玉莲先问。

“不干啥，我就去转一转！”

“刚才，我在外面听到你唱歌，唱得不错呀！”李清泉表扬道，“很专业嘛。”

“你看，李叔叔就是行家！”孙秋霞笑着说，“只要我一开口唱，我小姨就说，简直是拿着铁勺子刮铁锅啊！”

韩瑞强急忙解释：“秋霞这丫头，从小就是个男孩子脾性，大大咧咧，不像个大姑娘样子。”肖玉莲也紧跟着说：“就是就是，你这个样子，哪个男孩子愿意娶你啊？”

孙秋霞一努嘴：“放心！车到山前必有路。”

“嗯，这孩子性格真好。”李清泉哈哈大笑。

耩地记

①

次日一早，李清泉走进韩瑞强办公室，打个招呼："今天我和长林下村转一圈儿，家里头你张罗着。"刚走到门口，像是突然想起一个事儿，转身问："老韩，你那个外甥闺女，哪个村的来？"

"竹西。你问这个干啥？"

李清泉欲言又止。

"有什么事儿，你直接说嘛。"韩瑞强瞧着他。

"她是哪里毕业的？"

"古城师范，正儿八经本科毕业。"韩瑞强一脸自豪，像是炫耀一件私藏宝贝。李清泉摇摇头，叹息一声。韩瑞强一眨眼睛，顿时明白他啥意思，却面带微笑，没再吭声。李清泉向外走着，一边嘟囔道："老韩啊，啥时候，咱们也能把这样的金凤凰招来呀。"

韩瑞强没吭声，李清泉也没把话挑明。其间原因一致。中心校目前老师紧缺，王丰儒刚跟他俩反映的。不用说，李清泉心里记下这事儿了。不料，恰巧又碰到个孙秋霞。一见如此优秀的人才，不免就会动心思，恨不得把人挖回来才好。可人家这孩子条件实在太好。即便在县里每年分配下来的，像这样科班出身的老师，也不多。县一中近水楼台，校长本身就是教育局党委委员。毫无疑问，肯定先往自家学校划拉人。学校条件好，教师优秀，生源又好，天时，地利，人和，人家一样都不落，理所当然，成为全县最好的中学。淄城一中，这几个字儿，本身就是一张名片。不管是学生，还是老师，一开口说，自己是一中的，本身就代表着优秀。所以，要挖孙秋霞这样的老师到公社中学来，很不现实。

更何况，这女孩儿，是韩瑞强的亲外甥闺女。

于李清泉来说，碍于情面，哪好意思开口点明？对韩瑞强来说呢，这外甥闺女，虽然平日里跟亲闺女区别不大，但摊到这种事儿上，区别就大了。要是自家儿子闺女的话，还好说，只要有需要，他可以发扬风格，动员儿子回来。可外甥闺女不同，你要是做这种事儿，会落亲戚们埋怨的。孩子一路顺风，考上名牌大学，分在县城最好学校，这是多么让人骄傲的事儿呀！怎么可能让孩子往后退呢？

因此，李清泉虽有此一想，不过一闪而过。

韩瑞强呢，一笑了之。

俩人都没太拿这个当一回事儿。这俩人，甚至所有认识孙秋霞的人，都根本没料到，接下来，将会出现个轰动性新闻：孙秋霞这女娃，居然自己主动要求调到罗庄中心校！

此是后话。

当天，就在李清泉和马长林骑着自行车驶出公社大院时，孙秋霞也头戴黄军帽，斜挎带有红五星图案的黄书包，骑着自行车，快速行走在马路上。

两个小时后，她跟几位同学，出现在川河水库大坝工地。趁着周末，这几人自发成立一支文艺小分队，给热火朝天的施工队员表演文艺节目。孙秋霞嗓门儿奇高，唱的是《沂蒙山小调》《一条大河波浪宽》。许多年以后，好多罗庄人都还记得，当年有个“小郭兰英”，名字就叫孙秋霞。

没想到，她这一行，跟崔卫国认识，而且俩人关系还有飞速发展。

李清泉和马长林一前一后，不一会儿就到邱家桥头。李清泉停下来，往桥两边看。

“长林你看，按我的想法，邱家桥的这个位置，将来就是东西向的一道地堰。上游这一大片儿全都是地，你觉得咋样？”说着，李清泉把自行车支住。

“我还觉得咋样？”马长林一笑，“我都被你这个想法吓晕啦！好家伙，把条河弄到地下去，我连想都没想到过。”

李清泉站到桥边，往下打量：“这条地堰，可不算低啊，得有七八米高吧？”

“差不多。”马长林点头，“说实话，我心里真没底。”

“你认为，困难在哪里？”李清泉问。

“以前，咱们公社也一直搞会战，可这么大的工程，真没干过！没有经验可以借鉴啊。比方说，要填起这条河来，就仅仅咱们眼前这一小段儿吧，需要多少方土？这么长一个桥洞，需要多少方石头，用多少吨水泥呀？现在咱们连家水泥厂都没有。还有，整个工程下来，要多少人力？每个大队的工分折算都不一样，工分怎么换算呢？”

“这说明，老马你也开动脑筋啦。”李清泉笑，“你说的这些，我也在反复考虑。跟你说实话，直到现在，我也没底。我们需要一串大体的数字。今冬天邱家会战以后，可以积累下一些经验。再一个，会战以后，咱们就得马上组织一支队伍，翻山越岭，考察，勘测，规划，设计，拿出详细的、正儿八经的图纸，拿出数字，拿出预算来。”

过了桥，爬过一道山坡，远远看过去，只见邱家村的社员正在几块地里耩麦子。有的是人赶着牛拉耩子，有的是一人扶耧，俩人或三人拉耩子。李清泉和马长林走近那群人时，邱大海远远地先瞧见，急忙迎过来打招呼：“李书记，我们邱家今年可是严格按照公社指示，用上了六寸耧。而且保证精细化种植，我一直紧盯着呢！你看这地垄，都是拉着线调起来的，有个小弯儿都不行。这地里就是有一块小土坷垃，我都抓起来捏碎它。不信，李书记你蹲下来瞧瞧。”

李清泉果然蹲下身去，端详好一会儿，才笑着说：“没想到你个下煤窑的，种地也是把好手。”

“从小就种地的嘛。”邱大海笑。

李清泉一扭头，瞧见地头有一架闲着的耩子，他走过去，抓起把手，“来，我掌舵，你俩拉绳，咱们也干一会儿。好长时间不扶耧，快忘了咋干啦。”

“别呀！”邱大海忙说，“这个活儿，李书记你就别插手啦！”

“咋啦？你不相信我？我跟你说，我干这个，还真不是外行。”

“不是这意思。这架耩子有毛病，下种子不匀停，没法用呀。”

李清泉竖起那台耩子，端详半天，低头寻来一块尖石头，冲着里面的小挡板儿这里敲敲，那里晃晃，鼓捣一番：“来，咱再试试。”

邱大海看一眼马长林，那意思，要他劝劝李清泉。不料，马长林已经挽起袖子：“试试就试试。我还真是好几年不耩地了。”他走到前面，伸手将袢绳搭在两肩上，一手抓起一根把手，和李清泉抬起那架耩子，就往地里走。

邱大海只好跟上，扯起一侧的绳子。麦种倒上后，李清泉摁住把手，马长林和邱大海弓起身子，耩子缓缓前行。

“这耩地呀，绝对是技术活。”李清泉边走边说，“扶耧掌舵的，一定四平八稳，不能乱晃荡。手上的劲儿要把握好，不能太深，不能太浅。你们拉耩子的，步幅要保持匀称，要不然，拉得垄它就不直，还要保证行距均匀，免得浪费地呀。”

“你听听，”邱大海哈哈一笑，“这不服还真是不行。”

走出一小段儿，李清泉停下，蹲下身子瞧瞧：“我觉得，这耩子还能用。”

邱大海笑：“李书记，你咋啥都在行呀？想糊弄糊弄你，还真不好办呢。”

“糊弄我能有啥好处？”李清泉笑，“还不是你自家吃亏？咦，老马，你也不赖，一看就带着这股架势。”

马长林一边踏步走，一边说：“我祖上八辈子，也都是农民呀。”

几个来回过后，筐里的小麦种子耩完，李清泉说：“行啦，不给你邱大海打短工啦，我俩还得到处转转去。”

“在这里吃晌饭吧，”邱大海开玩笑，“都干这大半天啦，再干一会儿，我给你俩开一个整劳力工分。”

“公社书记和副社长给你耩地，你就开一个整劳力的工分，邱大海你这么抠啊？”马长林故意板着脸说。

李清泉笑：“工分没多少钱，关键晌午饭不好伺候，咱俩下这么大力气，他最起码得炖上只小鸡吧？”

说笑着，俩人告辞，继续到别的地方转。俩人翻山越岭，走出满头大汗来。有的地方根本不能骑车子，只好推着走。爬上一道小山梁，俩人停下来，坐在地上休息片刻。

“那是哪个大队？”李清泉向远处的一个村子一指。

“这道沟里是隋家，分成上下两个村子。你指的这个地方，叫下隋，再往里走一会儿，就是上隋。这两面坡上的地，是两个村子的。我记得，东边那一片属于上隋，西边这片儿属于下隋。”

“那不是有群人在耩地嘛，咱去瞅一眼。”李清泉站起身，拍拍屁股。

“这才刚坐下，歇一会儿再走吧！”

“再歇，咱俩的晌午饭都没地方吃啦。我带着干粮，让下隋的书记管咱们喝点热水，我觉着该没问题吧？”

“你还真带着晌午饭呀？”马长林很惊讶。

“咋着？你还真盘算着让人家杀只鸡给你炖上？咱又不是鬼子进村。”

“李书记，”马长林一竖大拇指，感叹一声，“我真服你！”

下坡省点儿劲，俩人骑车走一段，却发现这小路是往沟底走的。那一帮干活的人，就在了半山腰上。自行车上不去，俩人把车子放在路边儿，开始爬坡。

可当他们爬上一段儿，忽然发现情况不对头！

那群人远远看到他们后，一哄而散，分头往山顶的树林子里钻！

“咦？”李清泉嘴里呼哧呼哧喘着，皱起眉头来，“这里头好像有事儿！”

俩人赶到那群人干活的地方，果然，地上连垄都没调，就那么约摸着耩。有的地方，玉米茬子都没清干净。有的地方，堆着一大块一大块的土坷垃。李清泉蹲下身，抓起一块土坷垃托掌上。

“你瞧瞧啊老马，就这个样子，把小麦种子种进去，能冒出头吗？你再看这一道道的，七扭八拐，地边儿上也不拢一拢，中间高四下里底，就是来年有点儿雨水，也存不到地里啊！他娘的，简直就是瞎胡闹嘛！糊弄洋鬼子啊！咱们一再强调，统一用六寸耧，你看，不听套啊，还是老干法。”

“老观念、老思维一旦僵化，改起来真是难啊！”马长林叹息一声。

“这是老观念、老思维吗?”李清泉呼地一下站起身,“就是不换耩子,还是老式耧,只要精耕细作,也不要紧。山坡地嘛,旱田。可你看看,这是种地的架势吗?要是他们家自留地,会这么种么?这就是浪费种子,浪费地,浪费人力物力!邱家大队,龙门大队,人家是这么干活的吗?透过现象看本质,我看这帮人不光观念、思维跟不上,人都变懒啦,变坏啦!说他们破坏集体生产,都不为过!——咦,地头上那是啥?过去瞧瞧。”

马长林顺着李清泉手指看去,只见地头一道小沟里鼓起一堆杂草,显然是刚盖上的。他紧跟李清泉身后,走近一瞧,原来草底下盖着一架老式耩子!估计这帮人也明白公社有要求,害怕被当场堵住,一见他俩人来,急急火火赶紧跑,顾不上扛着耩子,随手抓些杂草盖一下。慌乱之下,哪能盖得那么严实?两根把还在外面露着。

“这帮熊玩意儿!”马长林哭笑不得。

李清泉没笑。他俯下身,三把两把,将那些杂草拨拉到一边儿,一架破旧的老式耩子就亮出来。他站起身,抬头往人群散去的方向看一眼:“你说说,这鬼心眼子都用在哪里?人不往村里跑,进树林里躲。跑了和尚,能跑得了庙吗?”

“我找他们去!”马长林一瞧李清泉铁青着个脸,心想,这回书记是真生气啦!于是,拔腿就往人群逃走方向跑。

“你停下,停下!”李清泉喊住他,“你去干啥?不用,叫他们主动来找咱。”说着,一探身子,抓起那架耩子,一弯腰,想扛在肩上。

“你扛这破玩意儿干啥啊?”马长林急忙退回来。

“干啥?这是证据!”

“那咱也没必要帮他们扛呀!”

“帮他们扛?我必须扛回去!”

“扛回公社呀？”马长林张大嘴巴，呆愣片刻，马上反应过来，李清泉不是开玩笑的，“那好那好，我来扛！”

“不用，这东西也不沉。”

“那咱俩抬着啊。”

“还真是呢，俩人抬着，总比一个人扛轻快，我叫这帮熊玩意气糊涂了。”

李清泉一边嘟囔一边放下来，抓着后面扶手，马长林抬起两根前拉杆。俩人一前一后，费半天工夫，才把耩子抬到自行车那里。然后，解下两辆车后座上的绳子，把耩子牢牢捆在马长林骑的自行车上。

“咱俩倒替着骑。我今天非把这玩意儿弄回去！”

俩人推着自行车进公社院子的时候，已经是下午下班时间。用自行车带耩子，拨拨拉拉，很是不得劲儿。再说，这一路哟，坑坑洼洼，崎岖不平，就是不带任何东西，有些路段儿，也根本不能骑。所以，俩人差不多就是一路走回来的。中午饭没顾上吃，又走出浑身大汗，把衣服都湿透，贴在身上。一眼看去，狼狈不堪。

正巧，韩瑞强就站在办公室门口，忍不住去抓头皮，心说，这啥情况？

马长林扶着，李清泉放下自行车，过去解绳子。韩瑞强赶紧快步上前帮忙，边问：“这个老古董，是从哪里淘换来的？”

李清泉没搭腔。马长林示意他先别问，韩瑞强更加摸不着头脑。放下耩子之后，李清泉伸出手背擦一下额头的汗，安排说：“老韩，你叫办公室下个通知，明天上午九点，开大会！公社党委委员、各管区书记、各大队书记、大队长、副书记，全部给我参加！”说完，黑虎着脸进了办公室。

韩瑞强呆愣片刻！

他暗暗数算一下，这参加会议的要一百多号人呐！此时，正值秋收秋种，下面的人忙得跟头轱辘的，为啥要搞这么大动静？看李清泉那个样子，显然气得不行。于是，他没吭声，等李清泉进屋，才悄声问马长林："啥情况？"

"有人撞枪口上啦！"马长林压低声音，"现场缴获的。我俩一去，人呼啦一声都窜了，留下这架破耩子。"

"这不胡闹吗？哪个大队？"韩瑞强皱起眉头。

"应该是下隋。"

"我的个老天！那么大老远，你俩咋弄回来的？"

马长林伸手扯扯衣服，一声苦笑："你没看到俺俩就像掉进水库里一样啊？连中午饭都没吃。"

2

孙秋霞嘴里哼着歌儿，手拿扫帚，正在扫屋子，听到门外有动静，瞧见韩瑞强走进院子，正停自行车，站在门口问："姨父，今天咋又回来这么晚啊？"

"明天开会，得布置一下。"

"周末啊，也不让休息？咱们那位李书记，真是要烧三把火吗？"

"你嗓门儿小点儿行不？公社里头还分星期六、星期天呀？"韩瑞强瞧她一眼，"你以为，谁都和你们当老师的一样？"他走进屋里，哎呀一声，"没想到你个人民教师，还挺能干家务活嘛，收拾得屋里挺利索，口头表扬一次。"

"我可不敢抢功。这是你老婆、我小姨收拾的。"孙秋霞嘿嘿一笑，"说实话，姨父你真是娶了个好老婆。"

"哦？今天太阳从哪里出来的？这不是你小姨的风格。"

肖玉莲正巧从另一间屋走进来："我啥风格？你干脆说我不会拾掇家不

就行啦。”韩瑞强一笑：“你不是不会拾掇家，是懒。”孙秋霞哈哈大笑：“我姨父讲话真有水平。”肖玉莲也笑：“趁着星期六，我急忙火地打扫一下。昨天你请李书记来，也不早打个招呼。你没见家里都乱成啥样？人家李书记该笑话我。”

“嗯，有进步。我明天就跟李书记聊聊，请他多来几趟。”韩瑞强说完，顿时心里开始犯嘀咕。

明天，还不一定有机会说这个呢！看李清泉那副气嘟嘟的架势，还不知道他要怎么收拾下隋大队书记！

“韩社长，我饿啦，咱开饭吧？”孙秋霞问。

“你怎么整天就想着吃？一中的伙食很差吗？”

“姨父，你见过哪家单位食堂里的饭好吃呀？整整一个星期，我都不知道怎么抗下来的。你没见我们食堂那大锅菜呀，一丁点儿油花花都看不见。对啦，你知道哪里的饭好吃？川河水库工地上，今中午我在那里吃的。”

“咦，你跑那里去干啥？”韩瑞强觉着奇怪，“我还以为，你借自行车回竹西呢。”

孙秋霞眨巴眨巴眼睛，有点后悔的样子：“我这张嘴怎么这么快呀，说漏啦。”

“这就叫，贼不打三年自招。”韩瑞强乐。

肖玉莲正端进一盘菜进来，顺口说：“狗肚子里，还能盛得下酱油？”

这两口子只有俩儿子，没闺女。男孩子嘛，都是调皮捣蛋，恨不得上房揭瓦。因此平日里，就把孙秋霞当自家闺女来稀罕，说话也就像一家子。孙秋霞一脸无奈：“你俩人，还真是两口子。”她看一眼桌子上，“就吃这个呀？鸡蛋呢？”

“天天吃鸡蛋呀？你是大资本家啊？就昨晚上那盘儿鸡蛋，我还去邻居家借了俩来。”肖玉莲哼一声。

“人家大资本家哪还吃鸡蛋？都吃够啦，天天大鱼大肉。”韩瑞强先纠正肖玉莲，接着，扭过头来，一本正经问孙秋霞，“我刚才问你话呢，你还没回答。大老远的，你跑水库工地那里干啥？工地上整天放炮，多危险？我告诉你，以后有啥行动，要及时汇报！”

“哎哟，姨父，我都多大个人啦，在你们眼里还是小孩儿呀？我是学雷锋做好事儿去啦。我们组织一个文艺宣传队，到工地上，给干活的那些人表演节目。”

“哦？这是好事儿，不用隐瞒呀。”

“对啦，姨父，”孙秋霞兴奋起来，“你去过那儿吗？你见过那个激动人心的场面吗？”

“我当然去过。咱们公社去的每一批人，我都去慰问过。啥激动人心啊？不就是干活吗？推石头，搬土，炸石头窝，筑大坝。”

“我看到的，不是这些。红旗招展，大喇叭里放着激昂的毛主席语录，革命歌曲。在那种场面，你能不激动吗？不热血沸腾吗？”孙秋霞双手挥舞，摆出一副诗朗诵的架势。

韩瑞强摆手：“别，我受不了你这个。再热火朝天，也是干活，下苦力气，流血流汗！上半年，工地上放炮，砸伤了一个，到现在还躺在医院里。所以，条件很恶劣，任务很重！没你说的那么浪漫。”

“所以，我们才去慰问嘛！”孙秋霞一边吃饭，一边还是不住嘴，“姨父，我是真被感动啦！以前，我还真没见过那么震撼的场面。我回去就写一篇散文。知识青年到农村去，接受贫下中农再教育，很有必要！确实有必要。你不到现场，还真是感受不到那种火热的场面。”

“你们这个宣传队是哪里组织的？”

“自发的，没人组织。”

“没人组织？没人组织，谁会管你们吃饭？”

“不愧是领导干部，想问题真仔细。”孙秋霞抿嘴一笑，“你得相信，你外甥闺女绝对有这个本事，我走到哪里，还能混不出一顿饭来？我们表演结束的时候，天就晌午啦。我心想，得找个地方吃点儿东西呀。灵机一动，我就去找咱们的部队。咱们公社指挥部里，那个组长，叫什么壮？他说，他认识你。然后，我就吃上饭啦？”

“废话，李大壮，公社副社长，当然认识我。”

“对啦，吃饭的时候，还碰到前几年一中毕业的仨学生，年龄都跟我差不多。”

“有个叫崔卫国的吧？”

“咦，姨父你认识他呀？这三个人的名字很好记，一个卫国，一个跃进，一个超英，崔卫国，常跃进，马超英，你说我爹当年为啥不给我起个这种名字，多么大气磅礴啊！”

“不是你爹不想给你起，这些名字，有多少人都已经占下啦。后来，派出所的户籍警察都不给落户啦。好家伙！这一代的孩子，全是建军，建国，卫国，卫东，卫星，跃进，超英。”韩瑞强哭笑不得。

“多好呀！听名字就杠杠的带劲儿。你再听我这个，秋霞，唉，一听就是风花雪月啊。”

“我觉得怪般配呀。”肖玉莲插嘴，“你看看你整天都干些啥？一个姑娘家的，写散文，写诗，组织文艺宣传队去给人家唱歌，这不叫风花雪月叫啥？对啦，秋霞，你也老大不小啦，没在学校交个男朋友啊？”

“小姨你就别哪壶不开提哪壶。学校里哪有合适的？”

“那些年轻的老师不行啊？没人给你介绍？”

孙秋霞哈哈大笑："什么年代啦，还需要媒人上门提亲啊？现在早就是自由恋爱啦。再说，学校里那些个老师，个顶个的，都是半死不活。明明还正当年的小伙子，不是七老八十的老朽，走起路来，四平八稳，摆出一副学富五车的老学究样子，唉，其实都是些绣花枕头，没一点儿男子汉气概。"

"哎哟，我的个天！"韩瑞强瞪着眼睛瞧她半天，呵呵笑起来，"那当老师的男孩子，都变成这样啦？秋霞你到底想要找个啥样的？你跟姨父说说，我帮你瞅着。"

"对啦，姨父，你知道不？那个常跃进和马超英，正在谈恋爱呢，我还真是羡慕他俩，在艰苦岁月里一起奋斗，比翼双飞！这就是革命浪漫主义。"

"你们这些孩子没经历战争年代，没经历艰苦岁月，其实那不是革命浪漫主义，是活生生的现实主义。"

"打住！姨父，我发现咱们已经有代沟啦。"

"代沟，代沟是啥意思？我快要让你把我带到沟里了。"韩瑞强眨巴一下眼睛，突然咦一声，"崔卫国还单身啊？要不，我给你介绍一下？"

还没等孙秋霞回答，肖玉莲先把筷子一放："啥意思？真以为我们家秋霞嫁不出去啊？"

"不是，你啥意思？"韩瑞强一脸茫然。

"咱们秋霞，名牌大学毕业的大学生，县一中正式语文老师。最起码，得找个有正式工作的吧？县委、县政府里头，你不也有同学吗？从那里头找一个。"

"你这思想，严重不对头。你是觉得崔卫国配不上秋霞？我跟你说，我还真是看好这孩子，又聪明，又积极上进。再说，人家也是书香门第，他爹就在中心校当老师，他老爷爷那辈儿，还是大商人呢。"

"你这思想才是不对头。大商人是啥？资本家嘛，你看，大资本家的后代，现在不都到工地上干活去啦？”

韩瑞强把筷子往桌子上一放：“你不了解这里头的情况。”

孙秋霞看看这个，再看看那个，突然哈哈大笑：“瞧你俩人，咋越说越激动呢？崔卫国这小伙子吧，看着还是挺精神的。不过，要是谈恋爱的话，我好像没感觉。”

“有感觉也不行！”肖玉莲警告她，“不许找这样的！”

“小姨，你和俺娘真是姊妹俩，说话口气一模一样啊。”孙秋霞苦笑。

3

次日一大早，韩瑞强就走进公社大门。在后院儿里打一会儿太极拳，刚转到前边，就见李清泉站在办公室门口，赶忙走过去打招呼。

“头半夜，又没怎么睡。”李清泉眼圈儿有点儿红。

“李书记，你这个样子哪行啊？就昨天那点破事儿，不值当的生大气。再者说，你一个人在这里，更得好好照顾好自己，别这么拼命。老是休息不好，把身体整垮咋办？”

“我没事儿。老韩你进屋来，咱俩拉拉。”

待韩瑞强坐下，李清泉才开口。

“我琢磨半个晚上，就这个事儿吧，看着是不大，不过就是公社里下个通知，下面大队不执行，糊弄公事儿，犯了错误。但往深里一琢磨，我觉着问题挺严重。你是没在现场，没看到他们种的那地。我打眼一瞧，顿时怒火上升！都是农民啊，不知道地是怎么种吗？当然都知道。他们心里其实也都很清楚，要是自己家的地，绝对不这个种法。可为啥一到了集体的活，就干成这样子呢？再往大处说，为啥咱们年年抓农业生产，年年地里都不出粮食？

为啥农民种地的积极性就这么差呢?”

“李书记，这种情况确实普遍存在。”韩瑞强点头，“上头喊破嗓子，下头还是老牛拉破车，老样子。说实话，我觉着现在的人，普遍积极性都不高。”

“问题出在哪里?”李清泉盯看韩瑞强。

“你明知故问嘛。”韩瑞强也瞧着他，“这种现象，管庄那边儿，就不存在吗?其他公社就没有吗?都有，都一样。今天就咱俩人，我索性实话实说。我认为，这是前些年一次又一次折腾，把老百姓的心劲儿给折腾没啦!”

“你是觉得和集体劳动有关系吗?”李清泉面带严肃。

韩瑞强稍稍沉默，然后说：“有关系。”

李清泉看着窗外，半天不语。

“那我问你，”良久过后，他再次开口，“王树义那个龙门，怎么就不一样呢?还有邱大海那里。”

“我觉得，这是个例。在同等条件和基础下，老百姓的积极性高涨与否，跟带头人息息相关。邱家前几年，也是这种情况。幸亏这新任大队书记邱大海，脑子灵活，会处理各种人际关系。就这样，他也受了不少的苦。再说龙门，王树义确实就是个拼命三郎，更关键一条，他根红苗正呀，有绝对的号召力!再一个，跟龙门的地理环境也有好大关系。那地方，早些年是真正的穷山恶水，而王树义呢，是一门心思发展农业，真正让老百姓过好日子!”

“现在问题就来了。为什么，我们不把这种个例，发展到全公社?”

“这需要更大的胆识，更大的魄力!”韩瑞强盯着李清泉，眼睛发亮。

“老韩，我是书记，你是社长。咱俩之于罗庄，就相当于龙门的王树义，邱家的邱大海啊!咱俩来个君子协定怎么样?”李清泉继续盯看韩瑞强，“咱们俩，哪怕豁出命，就在罗庄大干它一场!咋样?”

“好！”韩瑞强有点儿激动，“我全力以赴！”

“一言为定?!”

“一言为定！”

“今上午，我要先烧一把火。”李清泉像是自言自语，“至于火烧得旺不旺，起不起作用，先不管！我想，只要咱们的出发点是好的，只要咱们是为老百姓着想，那就不会走错路。”

韩瑞强稍稍沉默：“发发火，敲打敲打，确实有必要！但我劝你也不要太着急上火。对了，怎么吃饭？到我家去吧？”

“我还能整天去你家蹭饭吃？随便对付点儿就行。”

“以后，我还是让食堂的人早上也来给你做饭吧。老这样吃饭咋行？”

“不用。早晨起来没几个人吃饭，我自己做饭就行。”

韩瑞强起身刚要走，又转回来：“李书记，我看还是把弟妹接过来吧。你在这里，她和孩子们在管庄，互相照顾不上，总不是个事儿呀！”

“忙过这段儿再说。”

“这一拖，就不知道啥年代。你别管啦，我来办吧。”

“不行！老韩你别管这事儿，过段日子再说。”

韩瑞强沉默一会儿，看李清泉一眼，转身出去。

这次的会，在公社大会议室开，满满当当一屋子人。大部分人一开始都不知道是啥情况。但是，秋忙时节，召集这么多人开会，肯定不是小事儿。而且，大家落座之后，感觉气氛有点儿不对头。只见主席台上就一张桌子，两把凳子。离桌子不远处，却摆着一架老耩子。

咦，这是个啥情况？

脑子活泛的，像邱大海这样的，已经猜个八九不离十。慢慢地，互相交头接耳一番，就弄明白是咋回事啦。好多人的目光，就投向坐在最后面的下隋大队的书记和大队长。那俩人儿，低着脑袋，神情沮丧。起初，满屋子人还嘈嘈杂杂，呜呜嚷嚷，嘻嘻呵呵，兴许受着氛围影响，慢慢地，突然一片寂静。

不一会儿，几个党委委员先进来，一个挨一个，在前排就座。然后，李清泉在前，韩瑞强在后，直接走上主席台。

落座后，李清泉四下打量一圈儿。

屋里更加安静。

李清泉把话筒往面前挪一挪，“喂喂”两声，然后开口：“这阵儿，大家都很忙，忙着收玉米棒子，种麦子，都很累。所以，今天咱们这个会，时间很短，议程也很简单，一会儿会议结束后，大家就可以回去，继续各人忙各人的。但是，会议时间短，并不证明不重要！恰恰相反，很重要！我先不多说，下面，由韩瑞强社长传达一份通知。”

韩瑞强从口袋里掏出一份文件来。

此前，俩人面前除一个话筒，就光秃秃的，连水杯子都没摆上。通知正是前几天下发的，关于秋收秋种的一些要求。文字不多，韩瑞强很快就读完。

李清泉把话筒又抓手上，看着台下：“这个通知的内容，大家是不是听着很熟悉？因为早就发下去啦，每个大队里都有，对不对？还有谁，对其中哪一条要求不明白的，现在站起来问我！”他神色严峻，扫视台下。

台下鸦雀无声。

“好，都明白是吧？里面有一条，要求大家统一使用六寸耧！可是，有人不听套啊！把公社的严格要求当耳旁风啊！就在昨天，我和马社长下去转了转，当场就碰到这么一个大队，还是老样子！老式耩子！其实，老式耩子，你仔仔细细地种地，也算说得过去，可他们怎么干的？把地弄得乱七八糟！一看就是收完玉米棒子，胡乱把地一扒拉，满地都是土坷垃，就开始耩麦子。

我想问一下在座各位，你们哪个不是农民出身？哪个一下生就是城里人？不要认为你是个基层干部，你就不是农民啦。严格意义讲，这屋子里所有人，都是农民！农民，就得照农民的思维和规则去办事儿。地是这么种的吗？好，你要觉得这么种可以，你有你的正当理由，你能保证这么种就能多打粮食。那现在你站起来，咱们当场辩论一下。”

李清泉一拍桌子，突然提高声音！

“你们哪一个也都知道，这么干，肯定不行！尤其昨天那帮人，你跑什么呀？为啥要躲着我和马社长？我替你们回答吧。因为，你干的事儿，根本拿不到桌面上。你理亏！你脸红！说出来你觉着丢人！你抬不起头来！对不对？”他一指旁边儿，“大伙儿早就看见啦，是吧？那就是我们当场发现的破耩子！我跟马社长翻山越岭，用自行车推回来的。就这些人，还用一些青草、棒子叶，胡乱地盖起来，干啥？不想让我们发现。我就想问，你们到底是想糊弄谁呀？地里打不出粮食，到时候谁挨饿呀？你要是不理亏，你捂着盖着干什么？”

说到这里，李清泉放下话筒，起身就朝那架耩子走去。

台下的人起初都迷惑不解，伸着脖子瞧，却见李清泉从另一边儿提起一把打铁的大锤头来！

顿时，都明白接下来要发生什么！

李清泉不急不躁，慢慢走到那台耩子跟前，端详片刻，把大锤放下，往掌心里吐口唾沫，双手一搓，然后俩手抓起大锤，高高抡起，“咔嚓”一声，砸在那台耩子上！

所有人都抬着头，盯着他瞧。

每一次咔嚓声，都像是敲击在下面每一个人心上。

每一个咔嚓声响起，坐在台下的邱大海都皱一下眉头，甚至，身子都随着那声响一次又一次耸动！不过，每一声敲击过后，他心里就叫一声好！慢慢地，他感觉浑身热血沸腾起来！看着台上那个挥舞大锤的身影，突然之间，眼角有点儿湿润。

这个李清泉啊，这个跟老农民一般的半大老头子，还真是与众不同！

邱大海立刻就懂得他的良苦用心。这可不是砸烂一件旧农具那么简单，这是他李清泉向陈旧思想挥起锤头啊！千百年来的老传统、老思想、老观念，不是那么轻易就能改变的。可哪怕是个小细节的改变，可能就意味着，人们整体上前进一大步。邱大海回大队这短短两年，对乡下的陈旧思想，可谓体验至深，因此，也就对李清泉的举止感同身受。

邱大海能体会到，李清泉每一锤砸下去，那种酣畅淋漓的解恨的感觉。

就在李清泉手拄着锤头，嘴里呼呼直喘的时候，有俩人从台下默默地走上去，是下隋大队的书记和大队长。那隋书记伸出手，抓过李清泉手里的锤柄，悄声说："李书记，让我来吧！"

李清泉不吭声，扭头看着他。所有人都看着他。只见这人高高地抡起锤头，狠狠地砸向那台耩子！砸了几下后，停下来："李书记，我们错啦！回去后我们马上改。"

"大点儿声，冲着台下，让大伙儿都听见！"李清泉一指台下。

隋书记站在那里，面朝台下，大声吼起来："李书记，我错啦！回去后，我们马上改！"

"你没机会改啦！"李清泉张口就说。他完全没看到，韩瑞强在冲他使眼色，意思是劝他点到为止。"我看，这个书记，你就别当啦！你给我好好反思一下。"

会 战

1

在烈士祠盘腿坐着开党委会，在公社干部大会上抡起锤头砸耩子，还抹掉一个大队书记，这两桩事儿，让李清泉在罗庄公社，乃至全县，都名声大震！

新官上任三把火，已经轰轰烈烈烧起两把，貌似还差着一把。好多人暗地里琢磨，他这下一把火，要烧在何处？

很快，好多人就都明白啦：那把火，要在邱家烧起来！

上午开大会“发飙”，下午一上班，李清泉就喊马长林到他办公室。

马长林一边快步走过去，一边想，是不是李书记仍然怒火难消，准备杀一个回马枪，再到村里去转转？一进门儿，却见李清泉披着黄大衣，坐在桌子前，拿着一支笔，在一张纸上写写画画。

李清泉见马长林进来，面带微笑：“来，坐下坐下。”

“哟，不生气啦?”马长林端详一番他的脸，嘿地一笑。

“我就这么个脾气，发火发在当面儿。那一页，揭过去啦。”看上去，李清泉的确已经心平气和。马长林却觉得他的声音不对：“咋回事儿？感冒啦?”

“昨天咱俩跑出一身汗，还真是有点儿小感冒。”李清泉一摆手，“不要紧，喝点儿水就行。昨天我跟你说要找几个技术员去邱家，人找好没有?”

我的个老天爷！这是啥节奏啊！马长林心里感叹一声。简直就是步步为营，环环紧扣啊！看来，今后必须要调整步伐，真得一溜小跑才行，要不还真跟不上呢。“人我都找好啦。明天一大早，我就带队先下去!”

“你啥时候下去我不管。不过，我就给你一天时间。”李清泉慢慢悠悠说，“邱大海那边儿，我都安排好啦。他现在，恐怕正在找人忙活着收拾搭建营地。你过去和他接上头，我已经让他安排几个社员帮你们。具体怎么干，我不懂，我也不管！我只管要结果，要数据，要图纸。”

“大部队啥时候去邱家?”

“后天一大早。在邱家村口大场院里举行誓师大会。到时候，全公社将近一千多口子人！就等着你们的图纸来公布方案，分配任务。不是我急，季节逼着人走，咱们早下手，还能种上点儿麦子。”

李清泉说话时，马长林就在那里一愣一愣地瞧，待他说完，拔腿就往外走：“那我现在就下去!”

李清泉冲着马长林背影，悄无声息一笑。

马长林刚要出门，差点儿跟要进门的韩瑞强撞到一块儿。韩瑞强先问他：“老马，瞧你这风风火火的架势，有啥事儿急着赶着?”

马长林正要回答，却瞧见门外还站着一个姑娘，硬生生把话噎回去。

韩瑞强对着李清泉喊：“李书记，看看是谁来啦?”

门外的那姑娘喊了声：“爹!”

李清泉抬头一瞧："哎哟，闺女你咋来啦？"原来，是李清泉的女儿李晓娟。她在管庄社办企业里当工人。趁着周六歇班，赶过来看望父亲。李清泉站起身，给她介绍："这是你韩大爷，这是你马叔叔。"晓娟手里提着一个大包，一边往屋里走，一边笑着打招呼："马叔叔好！韩大爷我已经认识啦。"

"闺女，给你爹带啥好吃的来？"马长林开玩笑。

晓娟抿着嘴笑，实话实说："还真是有好吃的，俺娘给俺爹烙的葱花煎饼，你们都来尝尝。"说着，就去打开那个包。

马长林赶忙摆手："我不吃！我顾不上，得赶紧干活去。"说完，转身出门。

"我也不在这里耽误你爷俩拉家常。"韩瑞强也转身就走。

李清泉微笑："那好吧，我一会儿再找你。"他扭头问女儿，"你咋来了呢？"

晓娟一边忙着从包里往外收拾东西，一边说："还不是俺娘不放心你？你走得急急火火，换洗的衣裳也没带多少。"她站起身，四下打量一番，"你晚上就住这里呀？"

"这不挺好吗？"

晓娟稍做沉默："好什么呀？你看看咱们这一家子，五口人，分在好几个地方。俺大弟弟住校，你在这里，我们娘仨在管庄，平时互相见个面儿都难。"这姑娘说着说着，眼圈儿一红，忍不住想掉眼泪。

李清泉歪着头，端详着闺女，嘿地一笑："哎哟，都大闺女啦，还哭鼻子？心疼你爹啊？"

晓娟破涕为笑："我才不心疼呢，俺娘心疼你啦！絮絮叨叨的，和我说了老半天，叫我经常往你这里跑，来看看你住得咋样，吃得咋样，睡得咋样？对啦，俺娘还问你，最近你的胃病没犯吧？"

李清泉先看一眼屋外："没犯，早好啦!"

"那就好。"晓娟转过身，又四下打量一番，从门后一个架子上端过脸盆儿来，"我给你洗洗衣服。"

"我自己晚上洗。现在上班时间，你在那里晒衣裳，多不好看。"

"有啥不好看的？你忙忙活活一天，还得自己洗衣裳，多累呀。反正，我闲着也是闲着。"说着，晓娟把枕巾、毛巾往脸盆里放。

李清泉说："你今晚上要不回去，就帮我洗。要是还赶回去，那就算啦，等会别赶不上车了。"

"今晚上不回去，你得请我吃顿好的。"

"你想吃啥好的?"

晓娟嘿地一笑："猪蹄儿。"

"闺女，要求太高啦!"李清泉故意板起脸，"你爹我也啃不上猪蹄儿。你去打听一下，公社哪有地方卖猪蹄儿?"

"那你还问我想吃啥好的。"晓娟哼一声，"赶紧的呀，把你这褂子换下来！都油渍麻花的啦，你大小也是个公社书记呀，这么不注意个形象。"

"好好好!"李清泉举手投降，"这天底下，我就害怕你。"

晓娟笑着，端起盆子往外走："我先去洗这些，你把身上衣服全换下来吧。"

李清泉换下衣服，继续坐到办公桌后面，开始研究大会战材料。没一会儿，韩瑞强手里拿一份文件，敲门而入，进门后，先笑着说："还是小棉袄好呀，知道疼爹。你看这一来，就给你洗上衣服啦。要是儿子，他能给你干这个?"

"嗯，这丫头冒冒失失的，倒是不怵头干活。"李清泉也笑。

"李书记，我还是觉得，让弟妹和孩子们都过来吧。"韩瑞强说正经的，

“咱这边儿有小企业，找个地方先安排下。”

李清泉沉默一会儿，抬头看着韩瑞强：“这个，以后慢慢再说。你弟妹就是过来，也不能安排进企业。我不能开这口子。”

韩瑞强张张嘴，又把话咽回去。

李清泉一摆手：“不要说啦，我知道你想说什么。你手里拿的啥？”

“后天誓师大会的流程和大体方案，咱俩先合计一下。”

俩人正说着，晓娟推门而入，笑着说：“你们谈工作，我就来拿一下衣裳。”说着，抱起李清泉换下的衣服就走出去。

“闺女找对象了没？”韩瑞强笑眯眯地问。

“好像还没有。咋啦？老韩你手头有合适的小伙子？”

“暂时倒还没有，我随时替你考察着。”

“不急，”李清泉呵呵一笑，“这丫头，还是孩子呢，刚才还跟我要猪蹄子啃呢。”

“闺女今天不回管庄是吧？到我家去吃吧，晚上就让她睡我家里。”

李清泉摆手：“不用。你办公室，不是还有张床吗？等会儿你给我留下钥匙，我去你那边儿睡。老去你家吃，算咋回事儿？”他稍低些声音，“再说，老长时间不见闺女，说实话心里还真是挺想的，你就让俺爷俩好好聊个天吧。她来得正巧，过一天，咱们就驻扎到邱家，开始忙起来，到那时候，就是来了我也顾不上她。”

“那行，晚上我给你抱床被子来。”

“不用不用。”李清泉连连摆手。

下班后，李清泉到食堂做了俩菜，有一个特意加了肉，端回办公室后，晓娟一瞧，哎呀一声：“爹，你们食堂伙食还不错嘛。”

“还不是因为你来，才加的小灶。”李清泉笑，“你爹平时可没这么腐败。”

晓娟洗完手，一边擦着一边说：“不行，我馋坏了。今晚太丰盛啦！你不知道，我可想吃俺娘烙的煎饼啦，我还没舍得吃呢。”

“那赶紧吃！”

晓娟拿过一包煎饼，顺手拿过一个玻璃瓶子，里面是腌制的辣椒咸菜。李清泉一瞧，眼睛一亮：“这个好！你别说，你娘腌咸菜，真是一绝。”晓娟已经开始吃：“咸菜就是我的命啊，可今晚上有肉吃，我就不要命啦。”李清泉拿起一张煎饼，咬一口：“哎哟，还是你娘做的饭好吃。”用筷子夹起一个辣椒，咔嗤一下，咬进半截。晓娟抬头提醒：“爹，你不能这样吃辣椒。俺娘嘱咐我啦，你胃不好，尽量少吃。”

“将在外，军令有所不从。再说，她就是知道我喜欢吃，才给我带的嘛。”

爷俩正一边吃，一边说话，却见韩瑞强从外面走进来，一只胳膊下夹着一床被子，一只手上提着个纸包。

“老韩，不是说不让你送被子来吗？”李清泉站起身，安排女儿，“丫头，你去买瓶酒去，我和你韩大爷喝一点儿。”晓娟答应一声，转身就往外走。韩瑞强赶忙拦住：“不用，我不在这里吃。你嫂子都做好啦。你们猜，我提的这是什么？”说着，将那纸包放到桌上，慢慢打开。

“猪蹄儿啊！”晓娟惊讶地叫一声。

李清泉张张嘴，没说话。这肯定是韩瑞强打发人跑到罗庄煤矿食堂买的。别的地方没有。这一点儿，李清泉心里很清楚。

“老韩，你不让去买酒也行，我这里还有半瓶，咱俩把它干掉。你要再走，我可生气啦。”

“韩大爷，你就陪我爹喝一点儿吧。你看，菜这么丰盛。”晓娟也过去，拉着韩瑞强硬坐下，“你们等着，我去食堂拿筷子和酒杯子。”

韩瑞强也不再推辞，等晓娟回来，俩人倒上酒，开始喝起来。韩瑞强伸起筷子夹起一个辣椒：“这个好！”吃了一口，辣得嘴里咝咝作响，“弟妹的手艺真是不错！不亚于道口咸菜。”

他说的道口，是一个村子名。村里有腌制咸菜的传统。跟龙门豆腐一样，都属于小副业唱大戏。所腌制的咸菜，已经打入到方圆一带，甚至县城的各个大食堂里。

晓娟的眼睛不断地打量那个猪蹄，可韩瑞强在场，不好意思先伸筷子。韩瑞强很快就看出苗头，扭头说：“闺女，咋不啃猪蹄子呀？今晚上这个猪蹄儿，就是给你买的，直接拿起来啃就行！你韩大爷不是外人，别不好意思。我跟你说，我有个外甥闺女叫孙秋霞，和你差不多大，你爹也见过。她要在这里，早跟你抢啦！”

晓娟看看李清泉：“我去拿个盘子来，撕一下，咱们都吃。”

李清泉看着闺女，笑眯眯的：“你韩大爷专门犒劳你的，赶紧吃吧！”

晓娟看看韩瑞强：“那我可就不客气啦？”说着，伸手抓起那个猪蹄子来，狼吞虎咽起来。

“唉，”李清泉面带微笑，却叹口气，“啥时候，能让咱的孩子们天天吃上肉，就算过上好日子啦。”

2

当天下午，离开李清泉办公室，马长林立刻开始召集人马，直奔邱家。这次大会战位置，马长林陪同李清泉去考察的时候就已经心中有数。测量规划的难度究竟有多大，在观察现场的地形后他也很清楚。这次勘测地点，比以往难度都要大许多。几乎全都是垦荒，到处沟沟坎坎，荆棘密布。主战场在河东岸，要把一些小片山地，连接成大方田，就得将高处削低，低洼处填平。一些坡面上，至少要保持一个合适角度，以防遭到大雨冲击。当然，还不能破坏掉熟土层，这就得先把熟土挖到一边儿，整平地基后，再添加上去。按照规划，要整出三大片方地，每一方二十亩左右。整完后，天气若合适，紧跟着就得种上小麦。实在天寒地冻起来，小麦种不上，来年春上，也得种地瓜啦花生啦等农作物。

时间的确很紧迫。

当然，测量数据异常重要！要打一场战役，没有地形图，怎么进行兵力部署？

本来，马长林只从农技站喊过四个技术员。离开李清泉办公室，他一边走，一边琢磨，突然意识到，兵力严重不足！回到办公室，他立马抓起电话，又紧急调度四个人。后天就要开工，这一行人，相当于先遣部队，时间很有限，一旦到那里，恐怕干不完活儿，不能再赶回来收拾被褥啥的。所以，他干脆嘱咐大家，要做长期准备，不光带好一切测量工具，还要背上被褥，以及饭盒、缸子、洗脸盆之类用品。接下来一个冬天，兴许就要驻扎在邱家。随即，他把电话打到邱家，想让邱大海找地方安排几人住宿。不出所料，邱大海没在大队部。马长林能想象得出来，他此时肯定在离工地不远的地方，马不停蹄，搭建营地。

马长林他们几个赶到邱家，邱大海早被人叫回来，正等在大队部门口。瞧着这一行人跳下拖拉机，七手八脚往下卸工具，抱被褥，邱大海笑眯眯地走去，开起玩笑来。

“马社长，瞧你们这架势，像是出伕子啊！”

“可不就是出伕子嘛。大海，我们就是来给你打短工的。今晚上，你要好酒好菜伺候!”

“行啊！想喝多少我提供多少，好酒没有，地瓜干子散酒管够!”邱大海转眼一瞧，发现个问题，队伍里头还有俩女同志。“咦，马社长，你早先不是说，就来一帮子爷们儿吗?”

马长林这才反应过来。俩女同志，是后来添加的。

“咋啦？你这么大一个村儿，安排不下俩女的?”

“那倒不是，安排住宿没问题。”邱大海抓头皮，“就是营地那边儿，还乱糟糟的，一帮人正在加班加点地收拾，没拾掇利索。我本来寻思，你们先在大队部住下来。那要不这样，男同志在这里住，两位女同志跟我回家住。”

“你个邱大海，净琢磨好事儿，”马长林哈哈笑，“带俩女的回家，就不怕你老婆打你?”

这俩女的，年龄大点儿的叫邱月娥，在农技站当会计，正是中心校校长王丰儒的老婆。另一个年纪小的，叫崔力娇，跟崔卫国一个村儿，俩人还是初中同学呢。只不过，崔力娇家孩子多，家里没能力供她继续念书，高中还没读完，就主动回家干起农活。没过几年，就成为村里的团支部书记。王丰儒知道，这孩子脑子好使，老觉着她不继续读书，可惜一个人才。后来，农技站缺人，他就跟邱月娥推荐这孩子，邱月娥又跟公社领导推荐，于是，崔力娇也进了农技站。

崔力娇还没找对象，是个大姑娘呢，不大好意思开玩笑。邱月娥倒是性格直爽，不管荤的素的，张口就来。况且她跟马长林很熟，两家就住邻居。所以，跟马长林说话，更是大大咧咧，毫不在乎。

马长林话音未落，邱月娥就撇着外地腔说：“俺可不去邱书记家。马社长睡哪里，俺就睡哪里。”

所有人都哈哈大笑。马长林开始和她斗嘴：“王校长要是找我咋办呀?”

“放心吧！俺家老王是知识分子，他打不过你。”

“你就不担心俺老婆抓我的脸？”

“没事儿，你这么皮实，脸皮这么厚。”邱月娥脸上不笑，一本正经，“再说，你又不是被老婆打一回两回啦，怕啥啊？你放心，俺自己带着被子来的，又不钻你的被窝子。”

马长林双手一捂脑袋，不敢恋战，偃旗息鼓。

“我叫你能。”邱大海眯着眼睛笑，“咋样啊老马，这回碰上硬茬子了吧？”

俩女同志住进大队部办公室，男同志们住另一间大屋子。邱大海早就带人在地上铺上甘草、苇席，还在墙角架上火炉子。一行人马不停蹄，把被褥一放，就到办公室集合，展开工作。

这工作作风，还真是变化很大。邱大海心说。

让邱大海请客，是马长林说笑话。随行队伍中就有个做饭的。当晚，一行人围在办公室里，边吃，边继续研究工作。次日天还没亮，一行人就赶到坡里。季节正值秋深，清晨露重，踩进草窝不一会儿，鞋袜裤脚都湿透。不一会儿，身上也湿透。马长林瞧着小姑娘崔力娇，嘴唇都冻得发紫，就说：“小崔，你回去找邱大海，弄点儿塑料布咱披在身上，一个是防露水，再一个也暖和点儿。”

崔力娇答应一声，拔腿就走。

邱月娥却板起脸孔：“老马你偏心眼儿呀，俺也冷，你咋不让俺去拿塑料布？”

马长林哼一声：“你瞧瞧你身上，一嘟噜一嘟噜的肉，再冷也冻不透。”

邱月娥抓起一把草来，往马长林扔过去。

扯线，测量，撒石灰线标注，每隔五六米砸进一根树桩，每根树桩都做好编号，上面记录数据。工作有条不紊。太阳一出来，天开始变暖，到中午又变成秋老虎，热得不行。为了赶时间，午饭在地里吃的。大伙儿吃着，马长林说："天黑前，咱们必须全拿出来。李书记他们在公社等着做方案。"

邱月娥这次一本正经："俺觉着没问题。赶紧吃完，接着下手干。"

"哟，老邱，我才发现你觉悟很高。"马长林站在那里，抓着一根大葱咔嗤咔嗤咬着，腮帮子鼓得老高。

"俺是替你着想。俺可听说啦，咱这位李书记，典型急脾气。熊人的时候，劈头盖脸，昨天上午，你不是亲眼看见过吗？"

"你说的很对。咱这李书记，真是一点儿情面都不留，直接能把人熊瞎眼。所以，以后咱们干活，一定要小心。不过话说回来，你要不犯错误，领导干嘛要发火？那个下隋大队也真是够呛，就那样种地的，天底下少见。"

午后，山沟沟里更热。没一会儿，大家伙儿又热出满身的汗。更难受的是，那些低洼地里，到处是蚊子。有句歇后语，秋后的蚊子——死叮！一种说法是，冬天将至，蚊子正在做最后挣扎，一见到人，就往死里咬。另一种说法，是此时正值蚊子繁殖季节，吸人血，就是为增加能量。总之，秋蚊子的狠劲儿，大家早有领略，这一回，更是切肤体验。尤其邱月娥，尽管把一个花头巾尽量捂住脸，但露在外面的地方，还是冒起密密麻麻的包。这娘们儿一边干着活，一边高声骂蚊子，骂一阵儿，突然"咦"一声，"马社长，你啥血型啊？蚊子咋不咬你呢？"

"我又没搽雪花膏！再说，蚊子分公母，咬女人的，都是公的。"

"俺不信，人家小崔不是更细皮嫩肉的？俺怎么也没见蚊子咬她呢？"

崔力娇热得头发都贴到脸上。她直起腰，把头发一拨拉，细声细气："大姐呀，你没看看我的脸上啊。"她的额头也起了好几个包，左边眼角都肿起来。

“哎哟，挺俊的个闺女，这一下子不俊啦！马社长，要是俺家小崔被蚊子咬得不好看，找不到婆家，你得负责。”

“还用我负责?”马长林说，“就小崔这样的，小伙子们得抢个头破血流的!”

下午的进度明显缓慢，一个是因为蚊子咬着。再一个，那一片的地形，实在复杂，杂草荆棘丛生，人钻进去都不见踪影。马长林有点儿着急，连声催着赶着的。等太阳下山洼地里上黑影的时候，一家人在邱家桥头集合起来，开始统计总数据，却发现队伍里少一个人。邱月娥站到桥头，扯开嗓子，大声吆喝一阵儿，没一会儿，一个小伙子满头大汗跑过来。

“还有一大片地的树桩上，没记上数呢!”他说。

马长林举起小本子，啪的一声，敲他脑袋上：“那你跑回来干啥？赶紧去呀!”

小伙子提着墨汁、毛笔，扭头拔腿就跑。

马长林眨巴着眼睛，寻思片刻：“不行，我觉着，天黑前咱弄不完啦。再过一会儿，啥也看不见。这样，这一块数字先空着，咱们先统计其他的。统计好之后，我带着先去公社，明天早上，咱们再把数据加上。然后，我去公社门市部买俩手电筒来，估计咱得加夜班。老邱，你和小崔先回大队歇一歇，帮着做做饭啥的。”

“歇啥呀？都弄完再说。”邱月娥站起身，“俺去帮忙。”

马长林赶到公社，果然，李清泉和韩瑞强俩人还在那里研究方案。他把图纸数据交上：“还有一点小尾巴，我们准备今晚上加班加点干完。”

李清泉盯着他的脸，先端详好一会儿：“秋蚊子很厉害吧？你赶紧去卫生室，看看关门没有，买点儿凡士林药膏带上，给大家抹抹。”

马长林带着手电筒、药膏赶到邱家时，天已经彻底黑下来。他本以为，大家此时早就回大队部吃饭等着。没想到，刚到邱家大桥这边儿，就看到桥另一头燃起一堆火，一圈人正围坐着，老远就能听到邱月娥哈哈大笑。马长林赶过去一瞧，所有人，包括邱大海，都等在那里。

马长林说："咱们先回去吃饭。吃完饭，再回来干。"

"没干完，吃着也不踏实呀，还是先弄完吧。"有人提议。马长林瞧瞧大伙儿，沉默片刻："那好，大家先抹上点儿药膏。这药膏，是李书记专门嘱咐买的。"

"还是人家李书记细心。"邱月娥笑，"俺得抹上点儿，快让蚊子咬死啦！"

"来，老马，抽袋烟。"邱大海笑着，递一根卷好的旱烟过来，他自己用的是一个烟袋锅子。马长林抽一口，点点头："这烟劲头儿足。咦，大海，我发现你这抽烟档次严重下滑。我记得，你以前都是专门抽荷花。"

邱大海一摆手，叹息一声："唉！庄户人日子不好过。此一时，彼一时。"

"你是被老婆管住了吧邱书记？"邱月娥边往脸上抹药膏边说，"你说你们男人，啥坏毛病没有？抽烟到底有啥好处？弄得浑身烟油子味儿。到晚上，老婆肯定不让你们上炕？"

邱大海笑眯眯的，知道邱月娥嘴皮子厉害，也不敢硬接招："抽烟有抽烟的好，我跟你说邱大姐，你要是抽烟的话，蚊子绝对不咬你。"

"俺才不信。"

"我还敢骗你吗？尤其咱们自家烘的老旱烟，一股子烟冒出来，蚊子都躲着走。别看我这样一身烟油子味儿，在坡里干活，还真是有好处，不光蚊子，就是蛐蜒啦，蝎皮虎子（壁虎）啦，长虫（蛇）啦，都绕着道走。"

崔力娇连连摆手："哎哟，别说啦邱书记，你这一说，我都起鸡皮疙瘩。今下午，我真是碰到一根长虫，吓得我浑身哆嗦老半天。"

“没事儿，咱这一带的长虫都没毒，也不咬人。”

“可是吓人啊！”崔力娇连连摆手，赶紧走开。

“还是没经过摔打啊，俺去给这小丫头片子壮壮胆儿去。”邱月娥瞧着崔力娇背影，“像俺这样的老娘们儿，早就百毒不侵啦！”说着，又一阵哈哈大笑，紧跟崔力娇而去。

马长林也拔腿往地里走。邱大海叫住他：“你就别去啦！还剩那一点儿活，让小伙子们干就行。”

“不行啊，我不眼看着，心里不踏实呀。”

邱大海连连摇头，心说，这一个个的，好像都变成李清泉的作风。他紧跟在马长林身后：“老马，今晚上干完活，咱喝一点儿吧？菜饭你们自己带的，我管酒，总可以吧？你放心，我从自己家里拿。”

马长林一笑：“也行啊！都累啦，喝点儿酒轻松一下。”

打着手电筒干活，进度更慢，又花掉差不多两个多小时，才全部完工。等一行人赶到大队部，已是夜里十点左右。一进屋子，大家横七竖八，躺下了。就连邱月娥和崔力娇，也在男人们的地铺上，四仰八叉地躺倒。

“任务顺利完成，而且，完成得很好！今晚上，邱书记备了酒犒劳大家，都喝一点儿。”马长林话还没完，好几个人坐起身来，邱月娥也呼的一声站起来：“这么好？真有酒啊？”

“娘们儿哪有喝酒的？”马长林知道邱月娥能喝点儿酒，故意逗她。

“娘们儿咋啦？娘们儿会的，你还不一定会呢！”

一句话，就把马长林噎住。

邱大海终于憋不住，大笑起来：“邱大姐是高手，一剑封喉！”

菜已经热好，一大盆白菜炖豆腐。大家围坐在屋子中间的一张桌子旁边儿。邱大海觉得有点不好意思：“我没准备酒盅子。我寻思，都是老爷们儿，大碗喝酒就行，没想到今晚上有女同志。”

“以前喝过多少回，不都是用瓷碗？”马长林哼一声，“今晚上咱还是老办法，用大碗，传着喝！”

酒是地瓜干子换的散酒，度数挺高，很够劲儿。喝一口，嗓子火辣辣的。邱大海搬起酒罐子，哗啦啦倒满一碗，开口说话：“今天，我是主陪。”

他话音没落，好几个人都哈哈笑起来。

“看来，我和俺爹哈酒都展开那个事儿，大家都听说过呀。不过，今天用大碗，怎么展开啊？”

“女士优先，让邱月娥先剪个彩。”马长林建议。

邱月娥却推脱起来：“俺那是虚张声势的，俺哪里敢喝酒？”

“不敢喝也得喝。今天咱们取得一个小胜利，等会战过后，我再请大家喝酒。”马长林说，“老邱你必须第一个喝。”

“好，喝就喝！”邱月娥一挽袖子，端起缸子，喝一口，然后，递给马长林。这样一来，喝酒气氛顿时高涨起来。有两个小伙子，本来不喝酒的，也被大家劝着喝了一点儿，脸色顿时通红，惹得邱月娥好一顿笑话。更难得的是，崔力娇也抿了一小口。不一会儿，邱大海跟马长林划起拳来。尽管，下酒菜就是一盆白菜豆腐，一碗萝卜咸菜条，但每个人脸上，都洋溢着发自内心的笑。尤其邱月娥，喝点儿酒后，兴致高涨，主动站起来，拉着马长林，要给大家唱《沙家浜》里的“智斗”那一段儿。马长林不善于此，连连摆手。邱大海自告奋勇，站起来，给邱月娥搭戏。没想到，邱月娥粗粗啦啦一个人，唱起京戏来居然一板一眼，甚是精彩。

第二天，天还没亮，邱家大桥上已经人来人往。

公社组织的五百来人的队伍，开进邱家。

这五百人，加上邱家七百多人，按照部队管理，统称“邱家整地改土会战团”，下设营、连、排。李清泉任团长，韩瑞强任指导员，以此类推，下设营长、连长、排长等等，公社组织的人员由马长林任营长。其他各营，对应九个管区，管区书记任营长。另外单独设立机械班、炊事班、爆破班、铁匠班、木匠班、石匠班等。

誓师大会在邱家村南大场院里。一千多口子人的队伍，呼啦啦一下，满了整个场院。四周红旗招展，大喇叭里响着激昂的音乐！

此时，北风渐凉，这个冬季的第一场大雪也即将到来，但从每个人脸上都能看出来，他们内心却是激情澎湃！

韩瑞强先做工作部署，安排每支队伍的住宿地点以及任务。随后，李清泉做动员讲话。

“自己动手，丰衣足食！这是毛主席说的。意思很好理解，丰衣足食，靠什么？不能光靠老天爷，不能靠别人，不能靠等一等、看一看，要靠咱们自己的双手，去劳动，去战天斗地！今天，咱们这支队伍，都是各个大队的青壮年劳力，都是顶梁柱，都是顶天立地的战斗员！其实像这样的战斗，咱们根本就不陌生。哪个人以前没参加过这样的大会战？川河水库大坝工地上，现在正热火朝天呐！咱们能不能跟他们比一比？退一步讲，接下来，不管怎么苦，怎么难，怎么累，只要咱们想想明年夏天，那一地黄灿灿的麦穗儿，秋天那一个个咧开嘴笑的玉米棒子，那都不叫苦，不叫累！想不想成为英雄，想不想成为好汉？接下来，就看你们的！下面我强调三条，第一，党员干部，必须冲锋陷阵，带头干！村看村，户看户，社员就要看干部！你不会劳动，不去流血、流汗，就不是个好干部！第二，我和韩社长先在这里做一个承诺，保证把后勤给你们搞好！吃不好饭，怎么下大力气干活儿？你们往那边瞧，那一排娘子军，就是咱们每个营的炊事班。她们，会给咱们提供最有力的保障！”

李清泉话音未落，有人带头鼓起掌来，转瞬之间，掌声雷动！

“接下来，不管缺什么，不管遇到啥样的困难，你们解决不了的，来找我李清泉！最后一条，也是最关键的，那就是千万千万要注意安全！尤其你们爆破班，不光每一个人自身要安全，把每个环节操作好，而且一定要保证全队人员的安全！每次会战，磕磕碰碰在所难免，但是我要下个死命令，每个营的营长，你要给我瞪起眼来，我要你们确保，绝对不发生任何重大伤亡事故！”李清泉指指旁边一面红旗，“另外，咱们这次会战，采取奖惩制度。你们瞧，那是一面优胜红旗！哪个营的进度快，完成的质量高，哪个营就把这面红旗插到自己工地上！公社对全营的战士进行奖励，都要加工分！看到那车苹果没有？哪个营当天任务完成得好，优先来拿苹果，而且，挑最好的！相反，完成质量不高的，拖拖拉拉的，给整个队伍拖后腿的，咱也毫不客气，不光要扣工分，还要在大喇叭里点名批评！大家有没有信心？”

“有！”

“没有底气，声音不响亮，气势不高涨！有没有啊？”

“有！”

一千多人齐声吼叫起来，确实惊天动地！

指挥部设在位于邱家东南角的三官老爷庙。同时住进去的，还有由马长林带队的公社营和王树义带的龙门营。其他几个营，则是住进靠山搭起几座帐篷。

三官老爷庙依山而建，庙内外遍布苍松翠柏，庙后以及东北方向，皆是悬崖峭壁。在一处石壁之上，有座小山洞，洞旁有一幅画像，虽然面目已经不可辨，但是长发飘飘，裙裾飞扬，显然是一个仙女的样子。因此，当地人就管这个洞叫作“仙姑洞”。三官老爷庙内的雕像、匾额、石碑等等，已经被毁，只剩三官殿、韦陀殿、文昌阁等几处建筑，以及东西几间厢房。建国后不久，这里改建为小学。

合计将营地建在何处的时候，李清泉考虑到影响孩子上课，不想征用这里。邱大海则建议："学校里就四个年级的孩子，人数也不多，可以暂时挪到村里去。主要是三官庙里房子多，能多住人，离工地也很近，大伙儿出工能省时间。指挥部可以设在老师办公室，桌子啥的也都是现成的。"

"好，那咱们就住进三官庙！"李清泉当即拍板。

这个秋冬季节，所有党委委员，除了在川河水库工地上带队的李大壮，以及身体不舒服的潘新民，其他的都住到邱家。这在以往，同样也是没有过的。李清泉的意思很明确，这次会战，就是一次演练，或者说，是另一场大战役的小范围彩排。

他的目光，早就盯上那条河的两岸，脑海里不知已经进行过多少次规划。在他眼前，甚至早就闪现过无数次一望无际的麦浪滚滚的场景。当然，还不止如此，还要架桥，铺路，修建像巨龙一般蔓延穿过全公社的水渠。因此，这种调集全公社优势力量，集中火力攻克堡垒的行动，将来会是一种常态。

他脑子里，已经勾勒出一支人数更多的军事化管理队伍雏形。

简短动员会召开后，这支队伍迅速进入阵地。

李清泉和韩瑞强走出三官庙院子，往工地上急匆匆走去时，瞧见院子里一棵松树下，坐着两位头发花白的老奶奶。正手拄着拐杖，眯着眼睛，看着来来往往的人。

"你们这是干啥？又要打仗吗？"见李清泉和韩瑞强走近，其中一位突然问。

李清泉站住："对呀，又要打仗。"

"你说啥？"老奶奶咧嘴一笑，嘴里连一颗牙都没了。"俺俩的耳朵都不好使，你大点儿声。"

李清泉走过去，俯下身子：“您老人家多大年龄？”

老人这次听清，伸出一只手比画：“我九十，她比我大，快一百啦！”

“啊哟，”李清泉扭头瞧韩瑞强，“都是高寿啊！”

一边儿那位年纪更大的，嘴唇动着，一直不作声。先前那位继续说：“她耳朵直接聋啦，你跟她说啥，她也听不见。你们是哪个部队？八路军吗？”

韩瑞强忍不住扑哧一笑：“大娘，您看着我们像八路军吗？”

“嗯，走路怪像，还乡团不这个走法。”

这一次，李清泉也哈哈大笑起来。跟两位老人对话，实在费劲，完全不一个思路上。李清泉和韩瑞强离开她们，不一会儿，站到一个小山头上。李清泉一只手卡着腰，一只手搭起凉棚望过去。只见另一座小山头上，竖起一根树桩，顶上安放一个大喇叭，正响着威武雄壮的音乐。音乐声中，一支支队伍散开来。有的站到地头，插上红旗。有的正沿着山路，排开队形前进，打首的高举着红旗。

“老韩，你瞧瞧这架势，真觉得像是回到战争年代。”

“咱们可不就是打仗！”韩瑞强回答，“你是团长，我是指导员嘛。”

“是啊！所以，王树义当年管他们的队伍叫敢死队！我现在彻底能理解啦！”李清泉伸手一指，“瞧，那边儿，就是王树义的队伍吧？”

“对，站在最前头的，可不就是他吗？”

“老韩，你看出点儿什么来没有？”

韩瑞强端详半天：“看出来啦，明显得训练有素。你瞧，王树义都已经开始安排工作啦。你再瞅瞅咱们的队伍。”韩瑞强伸手一指另一边儿。

李清泉看过去，稍稍皱眉头。

“公社里头这帮人，好多已经对种地很陌生，有些小青年儿，都没怎么干过重活。经常下地干活的，和不大种地的，连走路姿势都不一样。也不知道马长林手气咋样？”韩瑞强突然呵呵一笑。

这次的任务，是抓阄来解决的。

“都差不多。抓到哪个号也不会轻松。这就不是一件轻松的事儿。等一会儿，咱俩过去瞧瞧，也去出出汗。”

“我去瞧瞧就行。你是总指挥嘛，应该稳坐中军帐。再说，公社里说不定有啥事儿就来找你。”

“目前，这边的事儿，就是最大的事儿。不过，咱俩也真是别都盯在这里。老韩你得抽空回去转转，一家人都靠到这里，那些厂子里的工人们偷起懒来，耽误生产。”

“我在这边儿，你回公社吧。”

“别和我争，我就一个人，哪里都行，你还有老婆孩子呢。”

韩瑞强想说什么，犹豫一下，没再吭声。俩人一前一后，往工地方向走。

韩瑞强突然说：“李书记，有个事儿，我还没来得及没跟你说，昨天上午，在川河工地上，咱们公社有个叫李远志的孩子受了伤，住进煤矿医院。”

“哦，伤到哪里啦？”李清泉停住脚步。

“放炮的时候，他离得太近，让石头砸到后脚跟，造成骨裂、骨折。”

“挺严重的啊！不会留下啥后遗症吧？”

“确实有点儿严重。李大壮说，送到医院，医生一瞧，建议马上截肢。小伙子死活不同意！也是啊，孩子还没找媳妇呢，没一只脚，以后咋过日子？李大壮也是这意思，尽量保住这孩子的脚，哪怕走路受点儿影响呢，也比整天拄个拐杖强。”

“唉，能不截尽量别截！咱都当父母的，家人该多心疼啊！”李清泉立马站住身形，“这样吧，这里暂时还没多大问题！你先盯着，我现在就去医院看看。顺便我也得去矿上一趟，请求支援，多弄点儿炸药雷管的来。”

“我跟你一起去吧。还有个情况，李大壮的老母亲也在那里住院。他在川河工地上，一个月都不回来一趟。我觉着，最好咱俩一块去看看。”

“哦？老人啥情况？”

“不乐观啊。”韩瑞强叹息一声，“是癌症！”

“那赶紧的，赶紧的！咱俩回去骑自行车。”

川河大坝

1

“老韩，你身上还有多少钱?”俩人骑上自行车出发时，李清泉突然跳下车子，问韩瑞强。

韩瑞强一愣，随即一笑：“对呀！把这事儿忘了。看病人，哪能空着个手啊？我身上没带多少，也就三块五块的。”

“和我一样，老婆管得严啊!”李清泉嗤的一声笑。

“管得不严，你也得有啊？一个月满打满算就这几十块钱工资。”

“我和你开玩笑，谁身上成天掖着闲钱儿？我倒还有一点儿，可是在办公室里。要不，咱再回公社一趟?”李清泉稍稍犹豫。

“我刚才看见会计还在后勤组，先从那里借一点儿吧。我昨天也跟李大壮合计，那孩子在工地上受伤，当然属于工伤，公社里应该给予相应补助。孩子的住院费，李大壮先从工地财务上支付了。”

“补助的事儿，等伤好了，按规定一块儿核算。咱们去探望，应该单独算。可是，咱俩去看望李大壮的老母亲，不能用公家的钱。我在管庄的时候，可没有这样的先例。这样，从财务上先借出一百块钱，五十呢，是公社看望受伤人员。这个从财务上出，不算违规吧？另外五十算是我借的，我打借条。”

“咱俩去看病人，哪能算你自己的？亲兄弟也得明算账，咱俩一人二十五。”

此时的人们，平日里得个小病小灾，哪会去大医院？顶多实在扛不住，才去药铺、卫生室，拿点药片儿或抓副中药来吃。只有得大病，乡下医生看不透，治不好，才建议去大医院。远山煤矿历史悠久，所建医院规格自然也高些。因为设备好，医生水平高，这一带的人得了大病，都去那里。医院离邱家并不远，大约半个小时后，李清泉和韩瑞强赶到那里。进病房一瞧，受伤小伙子李远志躺在床上，正在打吊瓶。一只脚缠满绷带，固定在两块夹板之间。床边儿坐着一位中年妇女，见两人进来，遂站起身。由于不认识，只是看着他俩人没说话。

“我们代表公社来看看远志。这是咱们公社的李清泉书记，我是社长韩瑞强。”

女人两只手搓着，张张嘴，还是什么话都没说。突然之间，眼圈儿一红，就要掉眼泪。李远志两只胳膊撑一撑，像是想坐起来，李清泉赶忙一摆手：“你别动，好生躺着！”他扭过头来，“你是孩子的母亲吧？”

女人点点头，伸手擦眼泪。

“我先代表公社，向你们家人表达歉意，没照顾好孩子，发生这种事儿，我们有责任。你别太着急，咱们找最好的医生，好好给孩子治伤。”

女人终于开口：“领导们跟大夫好好说说，千万别把俺儿子的脚给截了！俺们庄户人，就靠这两只手、两只脚过日子。再说，孩子还没个媳妇儿呢。”

她低下头，嘤嘤地哭起来。

“娘，你别哭！我没事儿，这不没截肢嘛！我这么年轻，伤口好得快，几天就好啦！”小伙子倒还坚强。

“嗯，好样的！”李清泉点点头，坐在床沿上，“昨天晚上做完的手术是吧？”

李远志点点头，伸手指指那只脚，咧着嘴一笑：“脚后跟上钉了三根钉子。”

“很疼吧？”李清泉突然有点儿心疼。这个孩子，看上去，跟他正在读高中的儿子差不多。一脸的稚嫩气，分明还没长大的嘛！

“现在不大疼啦。刚被砸着那会儿，把我疼得晕过去了，啥都不知道。醒过来那阵儿，真是疼得要命，现在打着针好点儿啦。”

李远志的母亲还是很担心：“大夫说还要等一阵子看看。”

正说着，一位女医生走进病房，李清泉抬头一瞧，觉着面熟。那女医生先开口：“哟，李书记又来啦？你不认识我啦？咱俩还一家子呢，都姓李。”

李清泉一拍脑门儿：“记起来啦！那年我在管庄，送个伤员来，就是李大夫给做的手术。”

聊过几句，李医生把李清泉叫到门外，悄声说：“这个手术挺麻烦的，大面积骨裂。这么跟你说吧，有的地方，骨头碎片就像是小碎玻璃碴子。我尽最大努力，清理归位，但说实话，感觉不能算是很成功。没办法呀，家属和孩子都不同意截肢，你们那个副社长李大壮，一听说要截掉一只脚，差点儿把我手腕子都攥肿了！”

“能不截就不截！我替李大壮向您道歉。”

“你们啥心情，我还能不理解？”李医生一摆手，“我也有孩子，也差不多这么大。但实话说，我真是不敢保证。接下来恢复状况如何，还比较麻烦。我叫你出来，是目前有个急事儿跟你商量。瞧这孩子一家子，都是乡下的，外面的事儿他们也不明白。我觉着，最好是用上先锋霉素，咱这儿现在没有啊。”

“你们这么大医院都没有，那哪里有？”李清泉问，“县医院呢？”

“我不确定。即便有，估计也非常紧张。这药，到处都紧张。”

“明白啦。我想办法，哪里有电话我用一下？”

“你跟我来！”

李清泉跟随李医生走进一间办公室，先给孙为政打电话，问他县人民医院有没有熟悉的领导。孙为政反问他是啥情况，李清泉做过简单介绍，孙为政二话没说：“我马上就联系！你让董文博来就行。”

接着，李清泉打电话给董文博，让他到财务上先领上点儿钱，立即赶到县城，买到药后，到煤矿医院跟李医生接头。李清泉站在那里打电话，李医生就抱着胳膊，在一边等，见他安排完毕，才笑着说：“我这个一家子，风采依旧啊，还是那么雷厉风行！”

“关键是，咱们姓李的都是好人啊！”药有着落，李清泉也轻松一点儿，开起玩笑。

李医生哈哈大笑起来。

俩人走出办公室，在走廊里，李医生又悄声说：“既然你说姓李的都是好人。那就好人做到底。我认识市里一位老中医，他是摸骨、接骨、正骨这方面的绝对行家，要是能把他老人家请来，当然最好。但据我所知，老先生一向不出诊。这样，我把孩子伤情写一写，他要是能根据这些情况，再配制些膏药，配合治疗，效果更好。要实在需要把孩子送过去，也可以缓几天，等状况稍好再去。”

“太感谢您啦！请李医生写封信，直接给来送药的司机董文博。”李清泉扭头刚要走，又站住，“这阵子，我们公社在邱家搞大会战，有点儿忙。过几天，请李医生去我们公社吃饭。”

“吃饭就算啦！”李医生一摆手，“我知道，你们这些公社领导都忙得团团转。”

“再忙，也得吃饭呀！客是一定得请。”

两人回到病房，李清泉走过去，和小伙子的母亲简单一说情况，女人两眼含泪，嘴唇抖动，好半天没说出话。随后，李清泉和韩瑞强一起去另一个病房，看望李大壮母亲。老人是肝上的病，脸色发乌。她半躺在病床上，看上去身体十分虚弱。在床边儿给老人伺候的是李大壮的妹妹，显然连日劳累，休息不好，眼圈儿稍微发红，满脸疲惫。韩瑞强曾去过李大壮家，老人认识他。一见他来，撑着身子要坐起来。

韩瑞强赶紧过去搀扶：“大娘，你躺着就行。”

老人看着李清泉：“这位领导是？”

韩瑞强刚要介绍，李清泉走过去说：“大娘，我不是啥领导？我是大壮的同事。”

“这是咱们公社刚来的李书记。”韩瑞强接口道。

“哦！那天大壮来，还说起过你。你叫李清泉，对吧？你开大会砸了人家的耩子。”

李清泉呵呵一笑：“连这个您都知道啊！”

“以我说，砸得好！孩子，我一听这个都生气。农民嘛，都不好好种地，国家这么多人口，吃啥啊？”

“咦？”李清泉惊讶，一挑大拇指，“大娘您这觉悟，比那大队书记高。”

“李书记，大娘在村里当过妇女主任的。抗战的时候是支前模范呢，做军鞋，做衣服。”

“哎哟！”李清泉抓住老人的手，“您老人家，是老革命呀！”

“老革命算不上!”老人一摆手，喘息片刻，“不过，我确实是老党员。我是一九四七年九月十八日晚上入的党。”

李大壮的妹妹笑着插话：“都多少年的老皇历啦。”

“不行，我要跟清泉书记说说。为啥我记得这么清楚？因为，第二天就是我的生日。可是，后来找不到组织啦，你知道为啥？我的介绍人，当天晚上的见证人，都到马克思那里去报到啦！所以，我老是想叫大壮给我恢复党员身份，这孩子就敷衍了事，一直拖，一直拖，唉，看来是没指望啦!”

“大娘你等等，我记一下，”李清泉从兜里掏出一个小本子，抽出口袋里的钢笔，“一九四七年九月十八日，对不对？大娘您的名字是?”

“我叫王桂荣。一三年生人。”

“这事儿，您交给我。”李清泉一拍胸口，“您老人家放心，不管想尽什么办法，我都帮您圆这个梦。”

话音未落，李清泉感觉老人握着他的手，突然一紧，伴随着抖动：“孩子，谢谢你!”

接下来，老人一番话，让李清泉和韩瑞强都很感动。

“像我这把年纪，老胳膊老腿啦，哪一个不是浑身净毛病？还能让孩子们整天在身边儿陪着啊？放心吧，我不会给大壮拖后腿儿。再说啦，修建川河水库，那是多大的事儿？那是正事儿，好事儿！地里能浇上水，才能长出粮食，老百姓才不挨饿呀，道理谁都懂。千万千万，别再像那些年一样啦！那是啥样的日子啊！挖草根，刮榆树皮，把玉米棒子的瓤子压碎熬粥喝，喝不下去，能把人噎死啊！可你什么办法？大路上走着的人，一个个轻飘飘的，风一吹，就能刮倒，一倒下，就甭想着再爬起来!”老人缓缓举起手，摇晃一下，“你大娘这辈子哟，啥都经历过。你们瞅瞅，现在日子多好？有吃的，有喝的。所以，你们都放心，我这病，根本没事儿！叫我说，我能再活这些年，早就赚大啦！”说着，老太太竟然呵呵笑起来。

俩人告辞出来，走到大门口，李清泉不禁连连赞叹：“这老太太，真是不简单啊！有其母，必有其子啊。我听说，李大壮也是条硬汉？”

“名如其人！这家伙，大块头，肌肉结实，走起路来，踩得地面噔噔作响。”

李清泉抬头看看天，突然问：“老韩，从这里骑自行车到水库工地，能用多长时间？”

“你还想去那里看看啊？得一个半小时左右。”

“我到罗庄来之后，也没到那边工地上去看看。今天看到远志，再看看李大壮的老娘，我更觉得工地上的人真不容易，常年在那里，撇家舍业的。”

“咱俩要是现在就走，估计也赶不上中午饭啦。”

“到那里随便找点儿吃的。”

“李书记你这个样咋行？铁打的汉子，也撑不住啊。这样吧，前面儿煤矿驻地那一片儿，不是有家小饭馆儿吗？咱去下碗面条吃了再走。”

“也行，有一年，我和孙书记还在那里喝过一次小酒呢。那次是他请的我，可是直到现在，我也没回请。”李清泉笑，“这一回呀，孙书记又给咱们帮个大忙，亲自跑到县医院，给咱们淘换应急药品。我看，忙过这阵儿，得请他回来喝场酒。对啦，还得一块邀请上李医生。你千万帮我记着这事儿，我这脑子，一乱就忘啦。”

2

李清泉和韩瑞强赶到川河工地，已是午后两点左右。

在离得大老远的地方，俩人瞧过去，只见工地上到处插着红旗，人山人海，拖拉机、推土机来来往往。大喇叭里，一个女播音员正在高声广播先进模范事迹。说来也巧，俩人站在那里，正放眼望去时，播音员正用热情洋溢的声音，表扬罗庄营的崔卫国，称这个“拼命三郎”轻伤不下火线，晚上加班加点赶进度。

“李书记你听，正表扬崔卫国呢，我给你介绍的没错吧？”韩瑞强一听就乐。

“咦？”李清泉也笑起来，“我这胃口，还真是被你吊起来啦！我得见见这个小伙子。”

俩人赶到罗庄营地，指挥部里空无一人。转到后面伙房，见两个妇女正坐在那里，面前一大盆土豆，正在刮皮。他们一过去，俩妇女站起来，跟韩瑞强打招呼。

“李社长呢？”韩瑞强问。

一个妇女伸手一指：“那不，在那里。”

俩人顺着手指看过去，还是没看清哪个是李大壮。

“穿着红背心的那个就是。”另一个妇女哈哈大笑，“李大壮，火气旺，光着膀子当大将！”李清泉看过去，果然，一个穿红背心的男子，正弯着腰推着一车土，健步如飞。

“这家伙，他也不怕冻着。走，咱俩去瞧瞧。”

俩人深一脚浅一脚的，好一会儿，才赶到罗庄营阵地。快到跟前时，就听李大壮一边推着空车子往回走，一边拿浑厚的嗓子高声吆喝：“咱们在这儿打仗，大后方也没闲着！今天上午，大部队都开到邱家去啦！要搞一次轰轰烈烈的大会战！而且，这一次呀，不同以往，公社里所有人全部参加！”

“公社领导也都去干活啊？”有人高声问。

“那当然！干部干部，先干一步嘛！喂，你们那边几个，还得要再加把劲儿，当天的任务，必须当天完成！要不，你好意思吃饭啊?”

“社长！今晚上的菜里有肥肉片子吗?”又有人高声问，引起一阵哄笑。

“你想得倒美！整天吃肉啊？你是地主老财啊？放点儿油滋啦（肥肉炼完油后的肉渣）炖土豆就不孬啦!”李大壮正说着，一扭头，却见李清泉和韩瑞强不知啥时已经来到他身边儿，“哎哟！你俩人咋来啦？你们不是在邱家搞会战吗？也不先打个电话说一声。”他赶紧放下小推车，快步走过来。

“大壮，你可别冻感冒啦!”李清泉笑着招呼。

“今天太阳好，一点儿都不冷!”李大壮扭头咋呼，“我那个小喇叭呢?赶紧拿来，拿来！请李书记给咱们讲两句!”

一个小伙子答应着，扭头就跑去拿。

李清泉一摆手：“不讲不讲，没啥可讲的。我俩来瞧一眼就走。”

“那可不行，你来了，就得整两句。”李大壮一摆手，“鼓舞一下大家的斗志嘛！不过，李书记，咱们这帮人，士气一直都很高涨！个顶个的，都没孬种。我本来寻思，几个年轻人撑不住。没想到啊，这帮娃娃兵，也很能干!白天干一天的活，到晚上还不消停，唱啊跳的，还去打篮球、乒乓球呢!”不一会儿，那小伙子举着个小喇叭跑来，李大壮接过去，举到嘴边儿，喊道，“大伙儿听好啦！原地休息一下。来，你们就近的几个，往跟前来凑一凑!我给大家介绍一下哈，这一位，就是咱们公社刚来的李清泉书记！韩瑞强社长不用介绍啦，大家早就认识。两位领导上午刚在邱家，参加完整地改土大会战启动仪式，接着，就到咱们这里来看望大家啦！下面，咱们以热烈的掌声，欢迎领导们到来!”

工地上顿时响起一片掌声。

“请李书记给大家讲几句话!”

大伙儿停下手头的活路，就近的已经聚集过来。

李清泉抓抓头皮，笑了："本来，就是想来看一眼就走，也没有准备要讲点儿啥。"他举着喇叭，四下里看一圈儿，"刚才，我跟韩社长站在那边儿山头上，大老远的，就看到大伙儿干活的场景啦！工期这么紧、任务这么重，咱们的干劲儿还这么高，这么热火朝天，我们都很感动！也感到很振奋！你看看你们的李社长，就穿个背心，呼呼地跑着推小车。我知道，为赶工期，大家没日没夜，加班加点，很累，很苦！我们看在眼里，疼在心上。尤其，今上午我和韩社长先去了趟煤矿医院，看了一下受伤的小伙子李远志。"

工地上的人纷纷插话问起来。

"远志的伤咋样啊？"

"那孩子的脚，能保住不？"

"千万别给他截肢呀！还没娶媳妇儿呢！"

"目前来看，情况还不错，手术做得很成功！咱们专门去县人民医院，给他买来最好的、很紧缺的消炎药。接下来，根据医生的建议，准备给他请个接骨头的老中医来瞧瞧，配制膏药外敷，这就叫，中西医结合。放心，我们会尽最大的能力，保住这孩子的脚！"

李清泉话音未落，人群中有人叫声好！

紧跟着，掌声雷鸣！

李清泉四下打量过去，心里突然一热。他太熟悉这种感觉。大家在一块奋战，已成为战友，成为亲人。何况，李远志还是个孩子，更让人心疼、惦念。

"所以，咱们在这里，不光干活累，还有危险呐！刚才，李社长也和大家说啦，你们在这里战斗，咱们公社里的人，各个村子里的人，也都没闲着。今上午，全部赶到邱家，开展轰轰烈烈的整地改土大会战！全公社，每个村子都抽调人去，加上邱家的社员，一千多口子人！现在，那边儿的场面也跟这里一样，热火朝天！在动员大会上，我特地强调这个问题，那就是千万千万注意安全！你们在这里干活儿，家里头，老爹老娘、老婆孩子，可都盼望着你们、惦记着你们呐。所以，保质保量完成任务，平平安安回到家乡！千万不要再发生李远志这样的事儿！”李清泉一扭头，看看李大壮，“刚才，我听到李社长说，今晚上要用油嗞啦炖土豆，我感觉吧，这伙食也还行。咱现在，也确实不能整天吃肉，说实话没那条件啊！但是，我们一定保证后勤供应，我和韩社长回去以后，就安排人给你们送猪肉来！新鲜肉我是淘换不来，给你们送点儿冻肉来吧。”

四下里又是一片叫好！

李清泉扭过头，朝远处打量一眼：“站在这里，我不知道大家心里有啥想法。反正，我心里是热呼啦的。为啥呢？咱们不光见证着一个伟大工程的进度，而且，咱每一个人，都是这工程的参与者、建设者！再下去无论多少年，你们肯定还会回到这道大坝上来，肯定会回想当年，也就是今天，咱们挥汗如雨的场景。到那个时候，你会很自豪、很骄傲地告诉你儿子、孙子，瞧瞧吧，这座大水库，这条横跨两山之间的水库大坝，是你爹，或者说，是你爷爷，一车一车的土，一块一块的石头建起来的！想想看，多有成就感！鼓劲儿的话，我也不多说啦，因为我已经看见啦，咱们每个人都干劲十足！我在这里先许个诺，等到大坝合龙，工程竣工，我和韩社长一起来工地上，跟大家一起喝庆功酒！”

工地上又响起一片掌声！

人群散开，大家伙儿又开始忙活起来。李大壮披上褂子，陪着李清泉和韩瑞强回指挥部。

李清泉抬头看天：“老韩，我看天还早，要不咱也推两趟车子？我怎么一到这种场面，就想干活呢？”

“算了吧，咱再赶回邱家，还得俩小时，晚上吃饭的点都过了。”韩瑞强急忙阻拦。

李大壮也劝说道：“你就别干活啦！这么多操心事儿，还不够你忙的？走，到指挥部去，我跟你俩汇报一下进度。今晚上呢，你俩也别急着走，就在这里吃吧，吃完让人开拖拉机送你们。”

李清泉笑：“晚上饭就不在这里吃啦，邱家那边儿刚开工，得回去凑一凑，开个会。”

三人正一边说着，一边往指挥部方向走，却见一个姑娘急急火火迎面跑过来：“李书记，我能不能采访采访你？”

“哟，还有战地记者啊？”李清泉站住，面带微笑。

李大壮也笑：“她叫马超英，咱们公社营的通讯联络员。我们都叫她疯丫头。”

“哦，你就是马超英啊。”韩瑞强扭头面朝李清泉，“就是不愿意当老师的那三个孩子之一。”

“我可不是不愿意当老师。”姑娘有点儿不好意思，“我是觉着，年轻人嘛，到这里来更有意义。”

“哦？”李清泉问，“那你说说看，到这里来，有啥意义？”

“在学校里当老师，固然挺好。风刮不着，雨淋不着，还能传道授业解惑。不过，学校里的生活相对比较单一，比较封闭，哪有这么火热的场面？在这里，虽然说是苦点儿，累点儿，但有一种激情澎湃的感觉呀！就像刚才李书记您说的，我们是身在其中的一员，我们是亲历者，我们亲眼看着一座大坝怎么建起来，一个大水库怎么聚满水的，我们感到骄傲、自豪！这样，才能感觉青春没有虚度，才能体现出自我价值来！”

“你这个丫头，比我刚才说的还好！”李清泉一脸惊讶。

马超英不好意思地一笑：“我口无遮拦，班门弄斧。”

“瞧瞧，一张嘴就俩成语。现在的年轻人不得了。”李清泉感慨，“你们不是三个人吗？崔卫国、常跃进呢？”

“哎呀李书记，我们的名字您都知道呀？”马超英瞪大眼睛，满脸惊喜，“那不，崔卫国和常跃进他俩一组，在推车子运土呢！刚才，俩人还比赛谁推的多。”

“你们来之前，大喇叭里光广播一条信息，就是表扬那个崔卫国的。”李大壮插话。

“嗯，大老远就听见啦。”

“李社长。”马超英叫李大壮一声，然后指指自己。

李大壮眨巴眨巴眼睛，先是迷惑不解，片刻后笑起来：“对啦，忘了夸夸疯丫头啦！那稿子就是她写的。这丫头，真是巾帼不让须眉，平日里也跟男孩子一样干活，同时还是通讯员，那些稿子，都是晚上写的，已经广播好几条啦！”

“很好！”李清泉一竖大拇指，“这才是年轻人的样子！有朝气，有活力！”

“嗯！崔卫国，马超英，还有那个常跃进。”李大壮一边点头，一边说，“这几个孩子刚来的时候，我还有点儿担心。我寻思这刚出校门口的学生，又没经过摔打，到工地上来，能撑得住吗？可真没想到，这几个孩子，适应能力非常强，都很能干，完全顶壮劳力使。我刚才说的干一天活，还去打球，唱歌，跳舞，就指的这几个，包括受伤的那个李远志。”

“有知识，还有干劲儿，好样的！”李清泉扭头看着马超英，“你还不知道吧？就在几天前，中心校的王校长还跟我要人，我差一点儿就想摸起电话，让你们几个立马全都给我回去。超英，你把那俩人一块喊过来。”

马超英一转身，甩动着两根小辫儿，一边摆手，一遍大声叫喊起来：

“崔卫国！常跃进！你俩来一下！”

不一会儿，俩小伙子一前一后跑过来。前面的个子稍高，看上去更壮一些。后面那个瘦，略显单薄。李清泉一打量就知道，走在前头的小伙子就是崔卫国。因为他的长相，外八字的走路姿势，跟他爹崔子韬几乎一模一样。两个小伙子都是满头大汗。走过来打过招呼，站在那里不说话。

“你们仨，虽然我都没见过面儿，可是名字已经很熟悉。”李清泉说，“我现在就想问问你们，要是让你们回去继续教学，愿不愿意啊？”

三个人面面相觑。

“我不回去！”崔卫国第一个开口。

“我也不回去。”常跃进紧跟其后。

“那你呢？”李清泉注视马超英。

小姑娘说得虽不响亮，但也很坚决：“不回去！”

韩瑞强站在一边儿，脸上带着笑，一直没吭声。他已经揣摩到李清泉的意思，此时，也追问道：“你们是觉得这时候回学校，像是当逃兵？还是真喜欢这里，下定决心要在这里干？”

“我喜欢这里！”崔卫国扬起头，说得斩钉截铁，“因为我在这里得到很好的锻炼。不光身体上，还有思想上的。我们以前都种过地，推过粪车子，拉过地排子车。所以，干活的累，对我们来说，适应下来之后，根本不叫问题。我指的主要是思想上的成熟。以前我根本没考虑过人生啊、价值啊，这些大问题，无非就是读书，教书，现在是真正考虑过。尤其是我亲眼看见这些叔叔伯伯们，那种发自内心的干劲儿。他们说不出啥大道理，想法都很简单，那就是，只有建起大坝，水库里有水，才能解决缺水问题，才能解决靠天吃饭问题。所以，他们不怕苦，不怕累，甚至都不怕死。我亲眼看到放炮组一个叔叔，因为有个哑炮一直不响，他就自己一个人摸回去，再点上。我也亲眼看到过，好几个受伤的，把伤治好，又来工地上，照样下力气干。在这种氛围下，大家都形成一种自觉的状态，你要不好好干，都感觉很丢人。”

这小伙子说着的时候，李清泉他们就笑眯眯地看着他。常跃进和马超英看着他的眼神里，有一种崇拜的色彩。

李清泉暗道，果然是个人才。

“我是不是说多啦?”崔卫国抓抓头皮。

“说得很好!”李清泉伸伸大拇指。

“反正，我觉得，以后就是遇到再大的困难，对我来说，都不叫困难。”崔卫国微笑着做总结，“我觉得很幸运，能在这个年龄，遇到这么一个千载难逢的锻炼机会。”

崔卫国这番话，让李清泉连连赞叹。这孩子不仅有文化，而且还能结合实践，深入思考问题，确实是难得。

“我可没崔卫国想得那么多，那么深刻。”常跃进笑着说，“他这个人，视野开阔，对将来有自己的规划，他的口才也好，我们同学的时候，就封他个外号，演讲家。说句心里话，我呢，谈不上很喜欢这里。尽管，我现在很适应，也没觉得有多么苦，多么累。不过相比较而言，要是再有学习的机会，我还是更愿意再去念书，再去深造。因为我觉着，我这知识面还不够宽，前些年也没学到太多东西，再回学校里去教书，那纯粹是误人子弟。所以，我也不愿意回去。”

李清泉连连点头，心说，这也是个有上进心的好孩子。

“我嘛，和常跃进想得差不多。”马超英抿嘴一笑，“唯一不同的地方就是，我可不想再念书。高中的时候，我就偏科，数理化一塌糊涂！所以，我觉得，眼下这生活就很好!”

韩瑞强觉得，气氛有点儿正式，这几个孩子，都像是在正儿八经汇报思想，他想活跃下气氛："我听到个小道消息，说你们几个中间，有俩人在谈恋爱，能不能透露下，是谁跟谁？"

"你们这些领导，有千里眼吗？咋啥都掌握啊？"马超英再一次瞪大眼睛。

"哦？"这个信息，李清泉倒是不了解，"我也很感兴趣。"

"就是他俩嘛！"崔卫国呵呵一笑，"反正这也不是什么秘密。"

李大壮也说："这个嘛，我们都知道。我们还知道，这疯丫头经常欺负人家常跃进。跃进，我跟你说哈，作为一个男人，对未来的媳妇儿不能太纵容。要不以后结婚过日子，够你喝一壶的！"说得一伙人都笑起来。

"哎呀李叔叔，你咋这样呢？"马超英露出忸怩之态。

常跃进则低着头，红了脸。

"你们肯定很惊讶，是谁泄露的机密。"韩瑞强打圆场，"你们觉得是李社长跟我们说的，对不对？实际上不是，我们有内线，叫孙秋霞。"

"秋霞老师啊？"马超英叫起来，立马转过头面朝崔卫国，"就那唱歌的百灵鸟。"韩瑞强也扭头去看崔卫国，却见他低下头，脸上出现羞涩表情，心里顿时就明白个大概。

"秋霞？她也来过这里？"李清泉问。

韩瑞强点头："那天你不是见过她吗？第二天上午，她就和几个同学跑这里来，给大家表演节目，鼓舞士气。"

"哦，我说呢，"李清泉这才明白过来，"这帮孩子，还真是让我刮目相看。"

"那姑娘嗓门儿高，把个沂蒙山小调唱得，钻天入地的。还得了个外号，叫小郭兰英。"李大壮不禁夸起孙秋霞来，"而且，还是个自来熟。"

韩瑞强连连点头："嗯，你这个评价很到位。"

没想到，马超英接口问道：“韩社长，要不，我先采访采访您吧？这个孙秋霞老师，是您什么亲戚呢，还是李书记的什么亲戚？”

李清泉一时没明白小丫头问这个问题的目的，韩瑞强则面带微笑，瞧着马超英，心说，这个小孩儿，还真是个机灵鬼呢，知道拐弯儿抹角打听事儿。恐怕，你这个问题，是替别人问的吧？

“按说，我不应该接受你采访。这是家事儿，私事儿。但我可以告诉你，孙秋霞是我亲外甥闺女！还有问题吗？”

“那这不算采访，我不往本子上记。”马超英眼珠子一转，把大家又逗乐。“还有个问题，她有没有男朋友啊？”

“这个问题，更难回答。”韩瑞强嘴里发出“嘶”的一个声音，不禁又扫崔卫国一眼，发现那小伙子脸上有点儿不自然，似乎也急于想知道这个答案。于是，更加印证自己的判断，他却不去点破。

“我是她姨夫，你们小女孩儿的这种事儿，怎么会告诉我一个男家长？”

起初，李清泉以为他们就是在聊家常，此时才听出弦外之音。他在三个孩子脸上挨个一打量，顿时反应过来，于是笑着说：“据我所知，孙秋霞还没有男朋友。那姑娘，心劲儿可高着呢，一般男孩子，可入不了她的法眼。”

“嗯，我暂时没问题啦。”马超英抿嘴儿一笑。

李清泉笑眯眯的，一摆手：“好吧，没别的问题，那你们就忙去吧。”

三个人都转身离开，马超英走出几步，突然回过头来：“哎呀，我还要采访您呢，李书记。”

李清泉连连摆手：“别采访我，也别写我，你多写写工地上干活的人，赶紧去吧！”

马超英一撅嘴巴，离开了。韩瑞强瞅着他们几个背影瞧，就见马超英紧赶几步，走到崔卫国身边儿，歪着头，朝他连笑带比画。崔卫国作势抬起一只脚来，要踢她。马超英快速跑开！

“我看出点儿苗头来啦！”李清泉微笑。

韩瑞强点点头：“嗯，我也看出来啦。”

李大壮却抓抓头皮：“你俩这闷葫芦卖的什么药啊？”

韩瑞强笑着摆手：“小孩子们的事儿，有意思。不说这个啦，大壮，上午我陪着李书记去医院，看了看你家老母亲。”

“李书记你这么忙，不用去看啊。”李大壮站住，觉得不好意思。他跟韩瑞强是多年同事，私下交往甚密，彼此不需要太客气。可李清泉刚到罗庄，千头万绪，忙得团团转，却还能抽空去看自己老娘，这让他很感动。

“我从老太太身上学到很多东西。以后，我得抽时间就去学习。”

“李书记你开玩笑，我娘就一个农村老太太，说话直来直去的，要是有说得不对的，你可得多担待。”

“我是认真的。”李清泉站住身形，“你家老太太，可不是普通的农村老太太。在战争年代，一位女性，能够火线入党，那不是简单的事儿。这次，她提到党员关系的事儿，我回去一定想办法。”

“这确实是老太太一块心病！之前，我也打听过，可是不好找人呀，又查不到档案。说句实在话，老太太这病，我心里很有数，恐怕活不了多久啦！”李大壮这条汉子，居然眼圈儿一红，声音稍稍哽咽，“要是能把这个事儿解决，对她来说，真是最大的安慰！”

李清泉轻轻一拍他肩膀：“咱们一起来想想办法。还有，老太太精神头还好，关键是心劲儿很足！我觉着，这就不可怕。所以，你也不要太悲观。咱们也都到处打听着点儿，看看有什么好药。咱们能一起共事，就是缘分。你的老人也是我们的老人，这种事儿上，你也别对我们隐瞒，以后有啥需要帮助的，你尽管说。”

李大壮点点头："好！客气的话，我啥也不说啦。"

3

"崔卫国，"马超英端着一个搪瓷缸子快走几步，走到崔卫国身边儿，"我觉着，你还是应该主动出击。"

"我警告你，别再烦我！"崔卫国站住，假装生气。

"你这叫啥态度？"马超英一噘嘴，"我可是冒着被领导批评的风险，帮你打听消息的。你应该感谢我才是。更何况，昨天晚上，我废灯熬油，给你写稿子，在大喇叭里表扬你，就为这个，你今晚上也应该请我吃饭。"

"你不提这个，我还不生气。谁叫你写的？你写的那些话，我听着都起鸡皮疙瘩。以后未经我允许，不能乱写我！"崔卫国一晃饭缸子，转身就走。马超英眨巴半天眼睛，扭头冲着紧跟上来的常跃进问："我写他那个稿子，写得不好吗？"

"很好啊我觉着！"常跃进回答。

"那他啥意思？好像我还得罪他了似的。"

常跃进慢悠悠地说："这个时候，咱们的崔卫国同学，正患着心慌意乱的单相思。你让他安静地思考一会儿。"

"思考个屁！"马超英哼一声，"再思考，煮熟的鸭子都飞啦。"

"马超英同志，你是个女孩子啊，正儿八经的高中生，还当过民办老师。"常跃进一皱眉头，"我怎么发现，自从你来这工地后，说话就这么随便呢？还有，今天你的表现有点儿过分啦，你那么亢奋干啥？"

"咦？姓常的，你胆子大啦？"马超英转移进攻目标，"是不是今天李社长说那几句话，让你觉着有撑腰的啦？我告诉你，你想造反，我把你的皮揭下来！”

听到这话，崔卫国转回身来，站在那里哈哈大笑：“常跃进，我看你这辈子算彻底完蛋啦！你被这个疯丫头牢牢掌控住啦。”

“你少在这里添油加醋。”马超英连蹦带跳地跟上去，“崔卫国，我跟你说正经的，我觉着，你应该当机立断，给孙秋霞老师写信呀！不能再犹豫不决啦，再说，这也不是你以往风格呀！”

常跃进也紧跟几步，三个朝气蓬勃的年轻人，并排往前走。

崔卫国这次没吭声，马超英就继续喋喋不休：“你瞧，孙秋霞老师条件多好，人长得漂亮，性格直爽，多才多艺。我跟你说，你要不赶紧出手，那就真晚啦。这么优秀的女孩儿，肯定有多少男孩子在排队。写情书你会不会？要是不会，让常跃进教你。”

“他还用我教？”常跃进冷笑，“当年，我给你写的情书，还是他教我的。”

“是吗，老崔？”马超英瞪大眼睛，歪着脑袋问，“真是你教的？我说呢，文采飞扬，直接不是常跃进风格。早知道是这样子，我就不跟常跃进谈。他简直就是个大骗子啊！这个，暂且不表，还是说你这事儿。你听我说——”

崔卫国拔腿就跑：“我的个天呀，马超英，你简直变成祥林嫂啦，絮絮叨叨，我直接受不了你啦！”

马超英喊：“你别跑，我还没说完呢。”

她在后面紧跟着跑起来。常跃进无奈地摇摇头，也快步跟上。

三个人打打闹闹往前走，不一会儿，到伙房。那里已聚满人，打饭的桌子前排着一条队伍，打好饭的，三五个一凑，就地便吃起来。三个人打上饭菜后，端着走到一个稍高点儿的半坡上。那是一帮年轻人的固定露天餐厅，已经先到好几个。他们过去的时候，有个小伙子喊起来：“崔卫国，今晚上你应该请大家吃饭！这大喇叭里一广播，全工地的人都知道你的光辉事迹。”

“没问题，改天我请大家下馆子。”

“算了吧！”另一个小伙子说，“一听就是敷衍了事，在这山旮旯里，哪里有馆子呀？”

年轻人在一起，顿时热闹无比。嘻嘻呵呵，打打闹闹。仿佛这一天的劳累，根本就没发生在他们身上。

伙房那一边儿，李大壮正端着一个大瓷碗在排队，听到这边儿打打闹闹，不禁扭过头来，嘿地一笑：“瞧这帮孩子！”给他盛菜的大嫂也哈哈笑起来：“年轻就是好啊，这天底下，就没啥愁事儿。”

“嫂子，听起来像是你有啥愁事儿呀？咋着，俺大哥伺候得不周到吗？他不是会放炮吗？”旁边儿一个中年男子顺口道。

当地俗语里头，放炮还是个暗语，还指男人夜里干的那点儿事儿。他话音刚落，周围的人顿时哄堂大笑。

“咋啦？你不会放炮呀？”女人挥一挥手里的勺子，张口来一句，“改天叫你大哥到你家，当着你老婆的面儿，手把手地教你。”

这话反驳的！一针见血，直刺要害。

那男人抓抓头皮，张张嘴，硬是没再接招。顿时，又一阵哄堂大笑荡起。甚至，有人用筷子敲着缸子，嗷嗷直叫。

李大壮扭回头，冲那找事儿的男人笑：“我的个天呀，一个回合，就被挑到马下啦？直接不是对手啊。”

这打饭的女人，两口子都在工地上。男的在爆破组，女的在伙房干后勤。川河工地上的男人女人，即便同一个公社的，原本多数也不一个村子，互不相识。干了这么些日子的活儿，早就熟悉，大家不免开开玩笑，活跃气氛，也无伤大雅。

当然，开玩笑，也得分对象。有人喜欢闹别人，也不排斥别人闹自己。

可有些男人或女人，经不起闹的，别人也很自觉，不会去冒犯。这女人，跟邱月娥性格差不多。平日里，一般的男子，在口头上根本占不着她什么便宜。农村还有个风俗，小叔子跟嫂子斗嘴开玩笑，稍微过分一点儿，也不叫个啥事儿。尤其，嫂子结婚那天，浑小子可以千方百计想出点子来闹。当然，不能完全没有规矩，超越尺度。可如果一个当哥的，去跟兄弟媳妇儿闹，那就会遭人骂了！就有点儿不正经，甚至违背纲常。在乡下，当哥的要被弟妹称作大伯头子的。所以，这工地上的男子，不管比这女人大的还是小的，一律喊她嫂子，这样开起玩笑来方便。有时候闹腾起来，一帮子排队打饭的男人，会一起叮叮当当地用勺子、筷子敲杠子。女人就会喊："敲什么敲？我又不是喂一头猪，不得一勺子一勺子来啊！"

晚饭过后，崔卫国没有跟常跃进他们几个继续打闹，而是独自一人，走出帐篷，沿着工地旁的一条山路，爬到一座小山头上坐下来。那时刻，天已经有点儿黑。工地上远远近近的汽灯已亮起来。几台轰鸣响着的拖拉机，还在来来往往。

常跃进说得倒也没错儿，此时的崔卫国，真的有点儿心慌意乱。

下午，马超英这个疯丫头一时心血来潮，问韩瑞强社长两个问题。其实，也确实是他想问，却不好意思问的。而这两个问题的答案，又一次把他心绪搅乱。

那一天，孙秋霞到工地上来，站在高处，刚唱起"一条大河波浪宽"这一句的时候，崔卫国不由自主扭过头去，远远地去寻找那个唱歌的人。他很快就找到了，可是，看不清姑娘的脸庞。孙秋霞打动他，竟然先是用她的歌声。他没想到，在川河工地上，竟然有女孩子这么会唱歌。更让他没想到的是，这个唱歌的女孩子，很快来到罗庄营工地。他看见孙秋霞第一眼的时候，女孩子正在跟李大壮比比画画地说着话，那神采飞扬的样子，顿时就吸引住他。好像女孩儿的一举一动之间，都蹦跳着音乐节奏感。这个不唱歌的女孩儿，声音也那么清脆悦耳。很显然，这女孩儿跟工地上任何一个女孩子，都不一样。崔卫国更没想到，孙秋霞居然端着一个饭缸子，来找他们几个年轻人玩儿。而且，自我介绍："我叫孙秋霞，县一中的老师。我听说你们这里有县一中毕业的学生？"

她第一个询问的对象，恰好就是崔卫国。

以往落落大方的崔卫国，这一次，却莫名其妙地有一点儿慌乱，心脏怦怦直跳起来，脸上好一阵子发烧。马超英端详他一眼，抿嘴儿一乐，应口回答："我们仨就是。我叫马超英，他叫崔卫国，这一个叫常跃进。"

"哎哟！你们仨这名字，真厉害呀！"孙秋霞一边笑着，一边就地坐下来。

崔卫国还是傻乎乎的，心想，这哪像是老师呀？孙秋霞是天然的自来熟，马超英跟她差不多。俩人可聊的话题很多，一打开话匣子，止都止不住。聊着聊着，竟然发现彼此还都是文艺女青年，都喜欢写诗写散文的。于是，聊性更浓。常跃进本来话就不多，属内向型的。崔卫国呢，平日里话挺多的，这一天连他自己都觉得奇怪，似乎每一句话出口都要掂量一番。因此，就形成俩女孩子叽里呱啦说话，俩男孩子默默倾听的局面。

"我的写作水平还很差，写的那些诗，顶多也就叫顺口溜吧。我朗诵一首我写的顺口溜，孙老师你给我指点指点。"说着，马超英站起身来，先清理一下嗓子，然后，大声朗诵："战天斗地不畏难，敢教日月换新天。兴修水利为人民，农田建设气势壮！孙秋霞老师，你觉得咋样？"

"嗯，有气势！"孙秋霞连连点头。

"确实是顺口溜，这哪能叫作诗？"常跃进一撇嘴。

马超英歪过头来："这叫文学，你不懂就少说话。"

孙秋霞眼珠儿一转，禁不住莞尔一笑。这俩人，关系密切，瞧这眼神儿里头都带着啦。倒是那个崔卫国，坐在那里，几乎不大吭声。孙秋霞一时好奇，扭头问崔卫国：“你这俩同学，是不是谈恋爱？”

崔卫国竟然不敢迎接她的目光：“是啊，在学校里就偷着谈啦。他俩一个村的，整天一块上学，一块放学。”

咦？孙秋霞心说，这男孩子好像有点儿内向。不过，这倒正常。在学校里，男生和女生基本上都不说话。像常跃进和马超英这样的，已经算是超越常规，算是早恋啦。跟异性说话会脸红，紧张，这也是正常反应。再者，孙秋霞心里也清楚，见到自己紧张得说不出话来的男孩子，她也见过不少。她知道，依照自己的性格，在同学聚会或者年轻人凑一起时，自己会很快成为焦点。当年在大学里，因为会唱歌，曾参加学校组织的文艺晚会，也算是个不大不小的名人。她甚至对自己拥有这样的气场，颇为自信。更何况，自己身份也在这里。虽说跟他们几个差不多是同龄人，可在他们眼里，自己可是老师呀。

“那你呢？在学校里，就没给女生写过纸条？”孙秋霞打算逗逗这个男孩子。

崔卫国没想到她竟然问这个，一时更紧张。他摇摇头，老老实实承认：“我没有写过！”

“他这个人，整天就知道学习，学习。好多女孩子暗地里喜欢他。可他呢，心比天高，志向远大，一般女孩子他看不上眼的。”马超英接过话头。

崔卫国急忙制止她：“马超英！”

“哦？那你应该学习很好呀？”孙秋霞说。

崔卫国苦笑一声，没做回答。

马超英说：“孙老师，你还不知道吗？我们上高中那几年，有多少天正儿八经上过课?”

孙秋霞点点头，没继续说笑。这一来，局面稍稍有些闷。她主动打开话匣子，问他们当年都是哪些老师教过他们。接下来，聊起学校生活，聊起一中的几个很有意思的几位老师，气氛慢慢活跃起来。

不过，整个中午，崔卫国都兴奋不起来，似乎一直都被这个孙秋霞的气场笼罩着。孙秋霞离开后，他还暗自懊恼，觉得表现太差，又想自己的话有哪一句说得不对。他这种纠结状态，哪能躲过马超英的眼睛？随后几天，她一直拿这个话题跟崔卫国开玩笑。

此时，崔卫国坐在那里，忍不住又伸手抓抓头发。

他承认，自己确实被孙秋霞吸引住。可心思缜密的崔卫国，脑子里又想得太多。首先，他感觉自己有点儿异想天开。这是根本不可能的事儿！人家是当老师的，正儿八经大学毕业。而自己呢，虽说也当过老师，可那是教小学的民办教师，本质上还是一个农民呢！这之间的差距太大。

别痴心妄想啦！崔卫国摇摇头，抓起身边儿一块小石头，向稍远些的地方扔过去。他叹息一声，顺势就躺下去。

月亮正从东边天空升起，天上闪着一点一点的星星。可这血气方刚男孩子，却被一种丝丝绕绕的情感，折磨得心绪不宁。马超英说应该主动，应该写信。这会不会成为一个笑话？明知道是天方夜谭，你还要去试试，不是自不量力吗？这个男孩子，又呼地一下子坐起来。是天方夜谭吗？这里面的差距，真有这么大吗？马超英说的，也不是没道理呀。你崔卫国虽然现在身份上是个农民，可是你积极上进，对未来充满信心呀。再有，你要不去试试，怎么知道能不能行？崔卫国站起来，看着眼前的灯光，突然觉得自己被一种幸福感觉缠绕着。

他真的想大声呼喊，于是，他双手捂着嘴巴，果然嗷的一声，喊叫出来！

这个声音发出来后，崔卫国浑身上下一片舒畅。

回到营地，钻进工棚，顿时，一股子浓重的气味儿扑面而来。那是一群汉子劳作一天后发出的汗臭味儿。工棚内已经响起此起彼伏的酣睡声。干一天活，大家都累了。工棚两侧，大家紧挨着打地铺排过去。崔卫国摸到自己位置时，旁边儿的常跃进居然还没睡。他突然从枕头旁边摸出一个信封，递给崔卫国，悄声说："马超英给你的信封，稿纸。她说你只管写，写好后她找人给你寄。"

崔卫国悄无声息接过来，捏在手上，坐在那里，半天没说话。

魏 家

❶

运土的小车子，都是那种独轮车。两边儿分别安装一个篓子。秋收秋种季节，农村人就靠这种小车子，往家里运送玉米棒子。返回地里的时候，则装满猪圈或羊圈里积攒的土肥。力气大的人，会把肥装得很满，还要使劲用铁锨拍打一下，以便装得更多。整地改土的工地上，有人发明出一种新方法，把两个筐之间，独轮上方的架梁那个位置，用荆条堵严实。这样，上面整个连成一片，可以装出一个高尖儿来，他们管这个叫“泰山车”。能推泰山车的汉子，无疑都是力气大，干劲儿足的。

那天，李清泉也试了试泰山车。

马长林和韩瑞强则在一边儿，给车子装土。装着，装着，马长林问：“行了吧？这一车土，可不算轻啊，六七百斤呢。”

“再装，泰山车嘛，得有泰山那样的尖顶！”李清泉一边笑，一边说。

装满之后，韩瑞强在前头拉车。李清泉搭上肩袢，大拇指勾起车闸，两手一抓车把，站起身来："哎哟，还真是不轻呢？"

不管推车的，还是拉车的，行走起来后，都直不起腰来。道理很简单，你要是昂首阔步走，说明根本没使上劲儿。庄户地里的活路，看似简单，看似千篇一律，实际上一举一动的细节之间，满含着门道儿，不是一朝一夕就能学会的。比如，工地上有几名下乡知青，一开始就是学不会推小车。走起路来，车子不由自主七扭八拐，根本不走直线，扭来扭去，呼啦一下子，倒下啦！因此，在一个工地上，谁肯下力干活，谁在偷懒，谁是新手，谁是老把式，稍微打量一眼，就能准确判断出来。

马长林笑眯眯地在他俩身后端详。只见李清泉两腿稍稍分开，腰弓起来，身子前倾，推着小车轻松前行。他不禁暗自赞叹：这个李书记，还真是行，一看就没少干过这种活儿。

来回推过几趟，李清泉摆摆手，对韩瑞强说："老韩，不服老不行。我年轻那会儿，推一天的小车子，根本不当回事儿。现在试着走路都费劲。"

"可不，你还以为你是小伙子啊？"韩瑞强建议，"咱俩换换班儿，你也稍歇一歇。"

这天上午没什么要紧事儿，俩人就来到工地上，出出汗。来来回回推过几趟，韩瑞强把外衣脱下来，只穿一件秋衣，嘴里嘟囔道："怪不得，李大壮那天就穿一件背心也不嫌冷。"

"你提到李大壮，我突然想起个事儿，我打听到张家店有个老中医，专门治癌症。让董文博拿着片子再去跑一趟，去抓点儿药来。"

"行，回去我就给董文博打电话。"

韩瑞强推着空车往回走的时候，李清泉抬头看看天，皱皱眉头："天气预报说这两天要变冷。看这个架势，今年全都种上小麦，恐怕是有点儿紧张啦。”

“你也别着急。这一回，咱们工程量大嘛，时间拉长了，种不上就种不上吧。开春的时候，种地瓜也一样。邱大海这小子能钻研，正准备研究地瓜新品种。”

“嗯！这家伙行！”李清泉点点头，“老韩，我觉得咱们公社这一片儿的土壤，也适合种黄烟啊。”

“哦？咱们县里，好像还很少有地方种的。我听说，这烤烟可是个技术活儿，咱没这方面经验啊。”

“博城那边儿有好几个村子，人家早就开始种啦。现在都有新品种啦，叫作黄金叶。一屋子烟烤出来，摆在地上，黄澄澄的，真是跟黄金一样的颜色！关键是这玩意儿从种植到收获，周期很短，收益却很不错。”

“那咱不妨也试试啊？”

“对啊，不行先整它几个试点。反正，种黄烟在山坡上就行，不占用水浇地。”

他俩说着话，已经到装土的地方。马长林听见俩人的话，问：“我听你俩刚才说什么种黄烟的事儿？”

李清泉点头：“是啊，长林你是农业专家，研究过土壤不是？你说，咱这里适合不适合种烟？”

“专家可谈不上，”马长林忙笑着说，“可要是说种黄烟，上隋、下隋，包括邱家东边儿那一片儿山地，我觉得都比较适合。种黄烟，最好是稍微带有那种红土。”

“老韩你瞧，马长林果然是个行家呀。”李清泉顿时起兴趣。

“我不是行家，可我见过呀。我姥娘家那边儿就种黄烟。我有个舅舅，绝对是烤烟高手，带出好多徒弟呢！你别看这烤烟，里头道道可多啦。”

“那你说说，有些啥道道?”

马长林一边装车，一边说：“咱挨着头一项一项说。要烤出好烟来，当然首先得有好烟叶儿。要种出好烟叶儿，那就在除草、灭虫、打叉等等各个环节，都要做好。然后，是掰烟叶儿。红土地里长出来的烟叶儿，掰下来的时候，就是黄澄澄的颜色，透亮透亮的，而且，掂在手上有分量。烤烟的师傅眼睛都很刁的，他只要打眼一瞅，就知道几片叶子能烤出一斤熟烟来。优质的烟叶儿，是整个叶片上颜色非常均匀，一点儿虫口都不能有。有虫口的烟叶，你就是烤得再好，也验不出好级别。下一个环节，系烟。就是把一片一片的烟叶儿系到烟杆儿上，系的时候要很均匀，不能太密，太密实放进烤烟屋里会不透风，就烤不好。再一个环节，叫上烟。就是把一杆一杆的鲜烟叶，挂到烤烟的烟屋里，封上门口，不能进风，门缝都得用泥巴堵上。然后，才是点火烧。烧第一屋之前，还得祭烟炉，祈求神灵保佑。接下来，要几天慢火，几天旺火等等，详细情况我记不大清楚啦。这烤烟的师傅，相当于老木匠、老石匠、老皮匠，是手艺人，一般人他还不肯教呢。”

李清泉连连点头：“长林确实有过研究啊。”

马长林一只手拄着锨柄：“李书记，其实前些年我就想鼓励大家种烟。可这里头有风险。这东西要是弄好啦，真是很值钱。要弄不好，灰不溜秋的，卖不出好价钱来，光留下自己卷着抽，那就没意义啦。再一个，这玩意儿，它不是粮食呀！你占用土地搞这个，不光老百姓观念转不过来，上头的意思以前也不明确。就是到现在为止，咱们往地里种庄稼，整体上，还是自给自足的想法，除上交国库，其余的就是保障自用。所以，地里种的东西，根本不往卖钱的方向去想。”

“你说到点子上啦！我觉得，咱们现在，就面临着一种思想上的大转变。首先当然是要下大力气开垦荒地，扩大土地面积，提高粮食产量。另一方面，也得考虑效益问题。举个简单的例子，老百姓养个小鸡，攒下鸡蛋，不舍得自己吃，拿去卖了换油盐酱醋，不就这道理吗？在山里种苹果，也是这样。粮食够吃了，可以种植经济作物，换了钱，再去买粮食嘛！这是良性循环。再说，吃好了以后还得穿好，精神层面上也得跟上。这样子，才叫生活水平提高嘛。”

“要不，明年先在邱大海这里搞个试点。”马长林点点头。

三个人正聊着天，忽然瞧见打远处急急火火走来一个人。

李清泉眯着眼睛一瞧：“那是谁？我看不像是咱们部队的，你俩认得不？”韩瑞强和马长林都去端详一阵子，摇摇头，都说不认识。

一会儿，那人走来，问：“哪位是李书记？”

李清泉说：“我就是啊。”

“李书记，我叫孔强。”

“哎哟，孔部长啊？欢迎欢迎！”李清泉赶紧上前握手。

原来，这个孔强，是由县人民武装部派到公社担任武装部长的。李清泉早就接到县委办公室电话，说原公社武装部长到县里任职，新任武装部长马上报到。没想到，他直接跑工地上来了。公社一级的武装部，主要负责征兵、民兵预备役培训管理、消防管理等工作，同时配合派出所维持社会治安稳定。武装部长由县里任命，进公社党委班子。副部长、干事，则大部分由公社推荐，一般都是复员军人。

“我听说，李书记把办公室都挪到工地上来啦，这不，赶紧跑这里来报到！”孔强哈哈大笑，“他们跟我说，你正在工地上干活，我就一路打听着找来。没想到，你还真是在这里推车子。”

“我就抽闲空来劳动劳动。”李清泉也笑，“走吧，到指挥部去聊。”

李清泉、韩瑞强、孔强三个人，边走边聊，不一会儿，就到三官庙的指挥部。落座后，李清泉问："我先给你简单介绍下公社的基本情况吧?"

孔强一摆手，笑了："其实李书记不用介绍，我对罗庄也很熟。我母亲的老家，也就是我姥姥家，就是罗庄的。我今天来，一个是正式报到。另一个呢，顺便请示汇报一下近期的工作。有个事儿，现在必须要马上开展。按县人武部的统一部署，明年春天，要举行一次全县民兵大比武。每个公社都要组织一支队伍参加。所以，我觉着得马上开始训练。另外呢，武装部也想和派出所联合，搞一次冬季社会治安整治行动。这两项工作，等详细活动方案出来，我再专门过来跟李书记汇报。"

"哎哟，孔部长真是马不停蹄啊！第一天刚报到，接着投入工作！"李清泉呵呵一笑。

"我得紧跟您的步伐呀！早就听说过李书记大名，就怕步子慢了跟不上。先跟两位领导表个态，接下来，我一定全力以赴，干好各项工作，为咱们公社发展保好驾，护好航。"

"好！以后咱们就一起搭班子带队伍啦！这个民兵大比武，以前也搞过，有一回，还是我带队去县上参加的呢。这一次，都比什么项目?"

"团体项目还是队列队形啥的，个人项目呢，有射击、短跑、扔手榴弹等几项内容，这一次，比以往多加一项集体项目，拔河。"

"队列队形需要多少人参加?"

"每个公社不太一样。县里按公社面积大小、人口数量做了分配。咱们公社是大社，给的名额是不少于一百个人。"

李清泉和韩瑞强迅速对视一眼。

"孔部长，现在是这么个情况。"李清泉搔搔头皮，"各个村子里，民兵队伍目前是都很健全。可这些人，日常期间都要在各自生产队里劳动。目前的问题是，好多优秀的民兵，都被抽调到川河水库工地，以及咱们这里的大会战工地，正进行攻坚战啊！要是拉着他们去练兵，相当于抽调优势兵力。”

孔强抓抓头皮：“这边的大会战啥时候结束？”

“任务完成，才算结束。我看这架势，得到年底或明年开春。”

韩瑞强插言道：“咱们有个口号，叫作罗庄大地无冬天，冰天雪地照样干！我的意见是统筹兼顾，大会战重要，民兵训练同样重要。”

“嗯，要不这样，这几天我先下去，到各大队跑一跑，摸摸基本情况。尽量不抽调咱工地上的人。但在个人项目上，表现非常突出的，那可没办法，该调的还是得调啊，咱也得争取拿个好名次。想办法换人不就行啦？另外，参加大练兵的民兵，县武装部有要求，参照各个公社里基层大队的最高工分额度记工分，另外进行相应补助。”

“补助这块钱，由哪里出？”韩瑞强问。

“李书记这就叫牵牛直接牵牛鼻子呀，”孔强一笑，“这一块，由县财政统一拨出，跟川河工地的战士一样。”

“嗯，这是好事儿。”李清泉点头，“这样能减轻各大队不少压力。老韩，以后咱们抽调大会战人员，是不是也考虑参照一下这个方案？”

韩瑞强一笑：“李书记，咱们的人，可是有点儿多啊！”

“嗯，以后咱们再好好研究下。孔部长刚才还说到，要进行社会治安整治，我觉得很有必要。秋收秋种完毕，农村闲散人员多。我还正想着跟派出所的同志们接一下头。虽然我来的时间短，可也听说过不少烂事儿。据说，罗庄大街上就有什么几大金刚？”

“全公社内，一共有四大金刚。”韩瑞强微笑，“罗庄大街上就占三个。”

“我正想跟你们说个事儿呢。”孔强严肃起来，“上午我过来的时候，煤矿东边儿那条道上，有个人在拦路收费。那些外地来拉煤的大头车，逮住一辆拦一辆！”

“有这种事儿？这跟短道打劫的啥区别？”李清泉站起来，“现在还在那里吗？”

“现在，恐怕早跑啦！我上午路过那里，正好一辆车被拦住，一个黑脸男子，拿根棍子站在车前头，人家不交钱，就硬拖下车来。那司机说，他身上没多余的钱，蹲在地上哭。我刚好路过，过去问是咋回事儿。那人很凶，说，你别管闲事。这些人压坏我们的路，就应该赔钱！这是公社要求的。一边说，还一边拿着棍子朝着我比画。我说你先把棍子放下！公社里怎么要求的？你拿出正式文件来，我看一看。他问我，你是谁呀？你还看文件？公社里的文件，我整天揣身上啊？我实在没办法，就亮明身份，你别说，倒是挺管用，那人一下子就慌了，说，你等着，我去给你拿文件，扭头就窜！”

“我给刘所长打电话，让他去查查。”李清泉伸手就摸桌子上的电话。

孔强一摆手阻拦他：“不用打啦。我从那边儿过来，先去了派出所。刘所长已经安排人过去。”

“所以嘛，不整治不行！”李清泉一拍桌子，“不能让这些人弄得乌烟瘴气。再发现这种偷鸡摸狗，大罪不犯、小事儿不断的，先让民兵押着到工地上来，给我老老实实干活。我看，这些人就是闲得没事儿干，浑身痒痒。”

2

吃过晚饭，按惯例，各营营长都聚集到指挥部，汇报各自进度，学习上级新的精神，部署新的任务。王树义的龙门营进度迅速，完成质量比较高，那面流动红旗，一直飘扬在他们工地上。其他各营进度各异。

进展最缓慢的，依然是公社营。

“长林啊，对你们这个营，进行严厉批评一次！”李清泉神情严肃，“这样子怎么行啊？这是拖大家的后腿儿。我不管你再想什么办法，三天之内，我要看实际效果。”

马长林欲言又止。

“你啥话也别说！事实摆这里。什么理由和借口，现在都行不通！”李清泉扭头面向其他几个人，“另外几个营的进度，也不尽人意。要是这么干法儿，一冬天整不了几亩地。就这样子，全公社整地改土完成，我看得到下个世纪。大家回去后都动动脑子，想想办法。我先把话撂这里，哪个营保质保量完成任务，哪个营就先回家去跟老婆孩子团聚，准备过大年。干不完的，哪怕是过几天大雪纷飞，冰冻三尺，你也得干！”

散会后，李清泉把王树义和邱大海留下。

“先和大海说个事儿。我们几个今天合计一个事情，明年想在你们邱家搞个种黄烟的试点。”

“种黄烟？”邱大海问，“这是新鲜玩意儿，以前真没弄过。”

“李书记，把我们龙门也当试点吧？”王树义一听，极力要求，“我打听过，我们那儿的土质，也很适合种荒烟。”

李清泉笑着面对邱大海：“大海，我看你就是不如王树义脑子活泛。你看看，人家早就有所准备啦。”

“他是个啥人？脑子一转，就是鬼心眼子。再说，他当书记多少年啦？”

王树义反驳他：“我这怎么能叫鬼心眼子呢？这叫想方设法，寻找致富门路。”

“你是咋想到的？”李清泉问他。

“这还是你老家七里寺的李书记给我的建议呢。有一回，我过去送皮子，又跟他喝一场酒，其间就说到这个事儿。回来以后，我就一直琢磨。不过，跟我们老书记一商量这事儿，他不大同意，主要担心有两个。”

“耽误种粮食，影响产量。再就是怕弄不好，白搭进去人力物力，招人非议。对不对?”

“对呀，他当时就这么说的。”

“你王树义，啥时候也变成个娘们儿啦? 合计好了，就下手干! 这样吧，你们两个村都考虑下，明年开春，开始动手! 听说现在有个新品种，叫黄金叶。种子的事儿，你们记着跟马长林对接，让他安排农技站的人去进。至于怎么种，怎么烤烟，这一系列不懂的事儿，你们自己也去想办法，找行家问，去学习。这个马长林比较在行，你们也可以去问他，就跟树义你请老皮匠一样，要把最好的烤烟师傅，给请过来。”

“坚决按照指示办!”邱大海回应很干脆，“我马上着手安排这事儿。还有个问题，咱这搞试点，规模也不大，烤好的烟往哪卖?”

“这你愁啥? 闺女养大了，还怕嫁不出去啊? 只要手上有货，还怕没市场? 博城那边儿就有烟站。只要咱们搞好了，规模大了，我去争取，在咱们罗庄专门设个烟站。”

“干! 我们干! 另外，还有个事儿跟您汇报下，我看今年整的地大部分的种不上麦子了。开春后，我想引进一批新品种地瓜，这也算是个试点吧。”

“嗯，你想得很对! 另一个事儿，和王树义有点儿关系。”李清泉看着王树义，“我跟韩社长初步协商一下，准备挤出点儿钱来，买一台手扶拖拉机，作为这次大会战的奖励。”

“真的?!”王树义呼一下就站起来。

“李书记，为啥说这事儿只跟王树义有关呢? 奖励嘛!”邱大海两手一张，笑嘻嘻的，“我们邱家干得也不差啊。”

“邱大海，全公社的人都来给你干活儿，你还好意思要奖励?”王树义扭头冲着他嚷起来。

李清泉点点头，微笑："树义这话说到点子上啦。大海，说实话，这次大会战，最受益的就是你们邱家。这个谁不明白？你们就是干得再好，把拖拉机奖给你们也不合适。"

邱大海咧着嘴一笑，不再吭声。这笔账怎么算，大家都懂，你不能揣着明白装糊涂，他没好意思再坚持。李清泉扭头冲着王树义："不过，我丑话说在前头。除了邱家，还有八个营，八块工地。拖拉机对公社营来说，意义不很大。再说，公社营明显也干不过你们。所以还剩下七个。谁完成得快，质量达标。这台拖拉机就奖给谁。目前看你们营成绩的确最大，进度最快。但最后怎么样，我可不好说。"

王树义两手握紧："你等着瞧吧，这台拖拉机，就是龙门的！我对我们的敢死队，那是绝对有信心！我要回去一说，他们得高兴得睡不着觉，当晚上就得爬起来干活！"

"嗯，这个事儿，我明天要在大喇叭里宣布！"

"李书记，看看谁来啦！"就在这时，韩瑞强走进来，身后跟着一位妇女。几个人一起去看，李清泉哎哟一声，哈哈一笑："当家的来啦！"

原来，来人是李清泉的爱人张秀玲。

"弟妹早就来啦，"韩瑞强说，"把你办公室收拾得干干净净的，正盘算着走着到这里来。刚好，我回公社，就带她过来了。"

"真是多亏韩大哥，要不，这三更半夜的，我还找不着门呢。"张秀玲跟大伙儿不熟，稍有点儿拘谨。

李清泉给她介绍过王树义和邱大海，扭头笑问："你跑这里来干啥？我们都在干活呢，你这不是来添乱吗？"

张秀玲笑着不吭声。

"瞧李书记你说的，嫂子大老远来，那是不放心你，关心你啊，小别胜新婚嘛!”邱大海紧跟一句。

李清泉一挥手:“老夫老妻的啦,谁看谁都烦气。”

几个人一起笑起来。张秀玲更不好意思,把手里的包袱一放,问:“你们有啥需要拾掇的?”

邱大海哎哟一声:“一看,嫂子就是勤快人,你还是先歇一歇吧,这工地上,你能有啥忙活的?”

王树义问:“嫂子你吃饭了没?”

“我吃啦。在他办公室里,随便吃了点儿。”

李清泉也摆手:“这些个事儿,你们不用管她。”

“对,树义,我估摸着,这个事儿咱也不能管,得书记亲自张罗。”邱大海笑眯眯地问,“李书记,你还有指示没?要没有,就不打扰你两口子啦。”几个人一起道别,邱大海突然回身,又一本正经问,“书记,今晚上要不要组织几个小伙子来?”

“干啥?”李清泉反问。

“活跃活跃气氛,闹闹房吧?”

李清泉赶上去,抬起腿来,要去踢他,邱大海双手一捂屁股,连蹦带跳逃跑。三个人嘻嘻哈哈走出去。李清泉这才扭回头来:“真的吃过饭啦?”

“吃啥呀?晕了一路的车,现在还没缓过劲儿来。”

李清泉赶忙倒水:“那赶紧歇一歇?是不是晓娟回去了?”

“嗯,她回去一说,我更不放心你,就过来瞧一瞧。你那胃病,真的没再犯?”

“没犯。你看我不是好好的吗?我在这里你不用担心。你看,这帮子兄弟可好啦。他奶奶身体最近咋样?”

“老太太好着呢,你别担心。我走的时候,她还嘱咐我,叫我在这里多待几天呢。”

“晓刚呢？最近学习咋样？”

“哎哟，太阳从西边出来啦？突然惦记孩子学习啦？”张秀玲口气里略带责备，“从小到大，你也没管过几天。你的儿子，你还不知道？从来不跟我提学习的事儿。平时住校，星期六回到家，一眨巴眼儿功夫，就不见个人影子啦。摸鸟蛋，套兔子，逮蝎子，摸鱼儿，捞虾米，心思全都用在这上面儿。”

“男孩子嘛，哪一个不皮实？”李清泉笑，“我和他这么大的时候，都上战场了。晓强呢？小家伙咋样？”

“跟他哥差不多，哪一个也管不了。”张秀玲站起来，“你这里有啥洗洗涮涮的？”

此时，张秀玲在管庄一个社办企业干临时工。李清泉的老母亲，原本在老家住，由李清泉姐姐弟弟照料。李清泉调任罗庄后，劝张秀玲辞去工作，在家照顾正在读初中的晓强，另外，抽空把母亲接来住上几天。对辞掉工作这事儿，张秀玲没听他的，说：“就你挣这几十块钱，还大大咧咧的，能剩下多少？这可是一大家子人吃饭呢，我不去挣点，咋过日子？”

李清泉哪里能顾得上家，也就任她自己主张。

“还真是有，那袋子里有一堆脏衣服。没办法，工地上嘛，晴天一身土，雨天一身泥。你先喝点儿水，等会儿吃点东西再说。”

“反正，我也吃不下去！”张秀玲把衣服往盆子里塞，“喝口水都不行，还是老想吐。”

“那就别洗啦！工地上的人都穿成这样，无所谓。”

“别人无所谓，你总得拾掇利索点儿。你得开会呀，见领导呀。一到会场上，把人家领导熏倒了咋办？”

李清泉哈哈大笑起来。

“这一屋子的臭味儿!”张秀玲皱皱眉头，端着盆子往外走：“我还不如出去透透气。水在哪里?”

李清泉站到门口，给她指一指：“稍微一摆就行，这里缺水，别太浪费。”

张秀玲去洗衣服，李清泉拿起饭盒，去食堂瞧瞧，看还有没有饭。几个女人还在那里收拾着，一见他来，一个妇女起身问：“李书记，你还没吃饭呀？大锅里的菜早都打完啦。”

李清泉说：“我倒是吃过，你嫂子从老家过来，还没吃呢。菜卖完了那就算啦。”说完，扭头要走。

“你先别走，那我给嫂子单独炒个菜就是。”

“不用啦，单独炒多麻烦呀!”

“有啥麻烦的？就一会儿工夫。”另一个女人也急忙凑过来。

不一会儿，菜炒好，还加了点儿肉。李清泉刚掏出钱来，女人连连摆手：“不用交钱啦！嫂子大老远来一趟不容易，就吃个菜，还交什么钱?”

李清泉笑着摇头：“那可不行！这钱必须得交!”

女人只好接过去。回到指挥部，张秀玲已经在屋子里，一见他端菜进门，问：“这么晚啦还有菜?”李清泉笑：“夫人来啦，怎么着也得开个小灶。”张秀玲伸头一瞧，抿嘴一笑：“还有肉啊?”

“必须得有！做菜的嫂子都说啦，你大老远的，来一趟不容易。”

“你别说，这会儿一看到肉，还真是饿啦。”

吃过饭，张秀玲说：“你陪我出去转一圈儿吧？这个点啦，吃上一顿，得消化消化食。”

李清泉一皱眉头：“你自己到院子里一转就行。你见谁家两口子，半夜五更的，到处乱转悠。”

“外面黑灯瞎火的，我主要是不熟悉路，怕走不回来。”

“你还能走多远呀?”李清泉稍做犹豫，站起身来，“好吧，我就陪夫人视察一下我们的军营。”

次日，天还不亮，外头就响起号声。那时，李清泉早已起床，去外头转一圈儿走回来。张秀玲也早早起来，在屋里转来转去，看看这里，瞧瞧那里，实在也没啥事儿可干。回头一瞧见李清泉，笑着说：“这一大早的，不忙活一阵儿，还觉得不适应呢。在家里，鸡呀，兔子呀，早就开始张罗着喂啦!”

“你就是个忙碌命，歇着还不好啊?”

“你说得对，就是个操扯命。”

“那你去工地上推车子去吧。”

“你别说，那活路，我完全能干。我年轻那会儿，跟男人一样往地里推粪。”

“别逞能啦。”李清泉嘟囔一句，“要不，吃过早上饭你就回吧。”

“行啊，我在这里也确实没啥事儿。你那胃病，真是不要紧啦?”

说起李清泉这胃病，是老毛病啦。那是60年在管庄公社当社长时候坐下的病根儿。那时饥荒刚过，粮食依然短缺，因营养不良，得水肿病、干瘦病的到处都是。救灾、度荒的形势异常严峻，李清泉又是个闲不下来的，经常头顶苇笠，翻山越岭，去查看地里的墒情和庄稼长势。有时候，看到社员在干活，袖子一挽就下手，刨地、挑水、除草、割麦子、推小车，啥活儿都干。公社里的好多村子里的社员都认识他，也不跟他客气。赶上饭点儿，在地头上，李清泉就跟社员一起，碰上啥就吃点儿啥。饥一顿、饱一顿，没个规律。于是，身体开始抗议。

有一回，一个社员递给他一块地瓜，吃完后他跟社员一样，跑到河沟里的泉子旁边儿，趴下身子，咕咚咕咚大喝一气。没想到，当天晚上，胃就开始闹腾。更没想到，这一次的胃病，来势凶猛，持续时间也长，竟变成慢性病。接下来好多年，李清泉被这病闹得，不得不去周边几个县域到处求医问药，可还是没能除根儿。有时候疼得厉害，没法工作，只好回七里寺休养几天。张秀玲看着心疼，也到处给他打听偏方。在她极力坚持下，她才带着孩子搬到管庄。一家五口，总算能住到一起。那时，生活水平也稍稍提高，张秀玲到处打听偏方，或者在饮食上想方设法给他调理，胃病才逐渐好转起来。

“天冷啦，多穿上点儿衣裳。千万别喝凉水，吃饭也要吃热乎的。”

“怎么还跟嘱咐小孩儿一样？”李清泉一皱眉头。

张秀玲瞧他一眼：“我还不知道你？”

吃过早饭，李清泉正要骑自行车送妻子去马路上的公交车站点，韩瑞强急匆匆走进来：“李书记，我今天回去处理几个事儿。先去中心校看一眼，看看窗户、门口、炉子啥的收拾得咋样。然后，再去煤矿医院瞧一眼李远志和李大壮的老娘。”

“正好，把你嫂子捎到坐车的地方。”

韩瑞强稍稍一愣：“嫂子接着走呀？既然来啦，多待几天吧。”

张秀玲接口道：“我来看一眼就放心啦。啥事儿也插不上手，再说，家里头还有个小的呢，我也不能多待。”

3

午饭过后，李清泉正坐在那里研究图纸，韩瑞强急匆匆赶来。李清泉抬头一瞧，先问：“那孩子的脚咋样啦？”却突然发现韩瑞强脸色不对，“咋啦？出啥问题啦？”

“我没顾得上去看孩子，就打了个电话问了问，李医生说刚拍了个片子，问题不大，得慢慢恢复。”

“那就好。咦？你脸色不对头，身上不舒服啊？”

韩瑞强欲言又止。

李清泉急了：“你个老韩，啥时候变得娘娘们们的？”

韩瑞强压低声音：“我觉得，苗头有点儿不对！恐怕有人又想搞事情。”

“谁呀？潘新民？”李清泉立马想到这个人。这一次，潘新民借口身体有病，要去市里做检查，没跟随大部队到会战现场。

“我拿不大准，但我估摸着，应该也差不多。”

“他想干什么？”李清泉脸色一沉。韩瑞强压低声音，但声音里暗含悲愤，“昨天晚上，魏家村有一伙人，砸了魏海峰家的房子！”

“这帮狗日的！”李清泉噌地一下子站起身，“问题严重吗？”

“我骑车子去看了一眼，挺严重的，院子里，屋里，乱七八糟的。”

“有没有伤到人？魏海峰呢？他老婆孩子呢？”

“我联系不上魏海峰。”

“联系不上？啥意思？难道，他们还真的动手打人啦？住进医院去啦？”

“我简单了解过，没有发生正面冲突。我觉着，可能魏海峰一家子是到亲戚家躲起来啦。”

“嘭”的一声，李清泉一拳砸在桌子上！

他站在那里，脸上青筋暴起，好半天，一句话说不出来。为了不耽误工副业生产，李清泉这次没让魏海峰随队。而且还交给他一个艰巨任务：加班加点，研制水泥。李清泉早就看出，接下来治理河道、兴修水利的一个薄弱环节，就是公社目前还不能自主生产水泥。魏海峰老家在公社西北方向的魏家。此前，魏海峰担任过魏家大队书记，当选公社党委委员的时候，属于三不脱离干部，相当于半工半农。得益于孙为政慧眼识才，早些年将他调到公社，任工副业办公室主任，变成半脱产干部。他老家离公社不远，老婆孩子还在村里。在邱家会战如火如荼开展之际，魏海峰在家当然也没闲着，正在组织一帮子人，绞尽脑汁研发制造水泥。没想到，这时间节点，竟发生如此恶劣的事件！

“李书记你先别生气。我总觉着，这次的事儿，没这么简单。”韩瑞强悄声说，“我还听到一个不好的消息。这两天，有从管庄公社来的人，悄悄打听你的消息。”

“让他们来啊！”李清泉突然伸手捂一下肚子。

“你怎么啦李书记?”韩瑞强急切地问。

“我没事儿。”李清泉摆摆手。

可他自己心里很清楚。这几天，老胃病似乎又有所冒头。只是他一直没吭声，甚至对妻子张秀玲也没提这事儿，怕她担心。此时一听说这个消息，怒火一下子升上心头，胃居然尖锐地疼起来！他伸手抓过暖瓶，一摇晃，里面没热水。韩瑞强瞧见他脸上的汗珠子都掉下来，赶紧抓起暖瓶就往外就跑。等他提着一壶热水进来，见李清泉捂着肚子，趴在桌子上。

“得赶紧去医院！我去喊一辆拖拉机来。”

“别！老韩，我就是一时气愤，可能岔了气，不要紧的，一会儿就好。”喝了几口热水，李清泉慢慢平静下来。“老韩，我就搞不懂。怎么一直到现在，还会发生这种事儿?”

“唉！”韩瑞强坐到李清泉对面，长叹一声。

“你还记得咱们在龙门参观那天吗?在那座崮顶上，我给你们讲过，我老家有座马头崮的事儿。我跟你们说，有一天，我自己一个人爬到马头崮顶上。”

韩瑞强不知道李清泉重提此事究竟何意，只默默看着他，不说话。

“老韩你知道的，我这人，直肠子，说话一向不管不顾。在博城石门乡干书记的那年，我才二十九岁，说话比现在还直。有一回，区委会上，我不管不顾，大胆发表自己的意见，毫无顾忌地揭露批评当时普遍存在的一些敏感问题。咱不能一个个的，都装瞎子，对吧？你们都不说，好吧，我来。我说，有些个干部，思想工作跟不上，对农村的困难视而不见。有些领导，官僚作风严重，光知道高高在上布置任务，从不深入基层，去实地了解老百姓的疾苦。上边儿千头万绪，下面一团糟乱差。大家不从根子上去找原因，去解决问题。上古时候，大禹治水，还知道采用疏导的方法，可现如今却是硬堵！哪里漏水，去堵哪里，哪里有闹的，就摁住哪里。还有，对干部要求不严，管理不严，有的干部家属瞒产不报，有的干部，甚至恶劣到乱搞男女关系！有的干部，家里明明不困难，暗地里却接受救济。你瞧瞧啊老韩，我这人，是不是很叫人讨厌？我心里也知道，这些话，让很多人心里很不舒坦。可我看在眼里，憋在心里，不说出来我也不舒坦呀！然后，你肯定知道啦，降职，变成副书记。再后来，调到管庄，变成团委书记。当然啦，后来又干了社长。结果呢，因为我大力提倡发展工副业，又被有些人扣上大帽子。那一次，我被贬了职，还做了检查，于是回到老家待了几天。那天，我特意换了身新衣裳去爬马头崮。一大早，我就出门儿，一直到晚上，后半夜，才回到家。老韩，你知道，我上山是想干啥？”

韩瑞强嘴巴慢慢张开。

他已经猜到啦。

“我当时真想从马头崮最高的那个地方，呼啦一声跳下去！干脆，一了百了！可就像那天我跟你们说的一样，我站到那最高点上，突然看到这一辈子都没看到过的壮丽风景！我一屁股坐在那里，思考好久好久。然后，我对自己说，李清泉啊李清泉，你不能死！死，是最没出息的。死，什么都证明不了！所以，从那以后，我啥都不怕！你知道吗？等我回到家，在大门口看到什么？你弟妹，拿个手电筒，就坐在当地上，一动不动。我还寻思，她是等我等得睡着了吧？没想到，我慢慢走到跟前，低下头刚要叫她，她突然伸手扇我一巴掌。她说，你去哪啦？我找你整整一天一夜！那时候，天都快亮了。”

李清泉扭头看看旁边儿，韩瑞强看到他的眼角湿润。

韩瑞强抬头看着屋顶，悄无声息，伸手擦一下自己的眼睛。

“你让我想起孙书记来。”他哀叹一声，“孙书记当年，也有这种遭遇。我记得，那一年，他在老家，我趁着晚上悄悄去看他。那时候没人敢靠近他。幸亏我那天去得及时，再晚一天，孙书记可能就不在人世。他自己一个人，坐在煤油灯下，盯着眼前的一个大碗，后来我才知道，碗里是农药。”

韩瑞强陷入沉默。

李清泉紧咬着下嘴唇，脸上青筋暴突，似乎浑身哆嗦着！

“好啦！咱们不说这些陈芝麻烂谷子啦！”好半天过去，李清泉一挥手，“走吧，叫上李世聪，咱三个去看看魏海峰。”走到门口，似乎突然想起来什么，“把派出所刘所长也一块叫上。”

“叫上派出所的，好不好？”韩瑞强有点儿迟疑。

“有啥不好？这是典型的私闯民宅，打、砸、抢！”

派出所只有两辆一侧带拖斗的三轮摩托车，俗称“偏三”。李清泉、韩瑞强、李世聪在公社办公室里集合时，两辆“偏三”也驶进院子。派出所所长叫刘大宝，他急匆匆跳下车子，跑进李清泉办公室。

“刘所长你来得正好，我们仨也刚凑起来。”李清泉抬头打招呼。

“李书记，我刚听说这事儿，具体怎么办，你拿意见，你只要说可以，我立马就部署去抓人！”刘大宝嚷道。

“老刘你先坐下。”李清泉慢悠悠地说，“咱们先开个碰头会。我认为，一个公社党委委员，正在全力以赴、没白没黑投入到公社的工副业生产，而他的家里，却遭到打、砸、抢！这绝对不是小事儿！如果不严厉惩处，会让全公社有上进心的干部心寒！甚至，会影响咱们整个公社大干快上的劲头儿!”

李世聪点头：“李书记说得对，我赞成!”

“咱们先去魏家，看一看现场情况。然后，尽快找到魏海峰和他的家人，详细了解一下情况。对啦，喊上魏家大队书记、大队长，一起去现场。”

几个人没有反对意见。

于是，两辆摩托车开进魏家，直接到魏海峰家。

这阵势，在村里引起不小的轰动。魏海峰家的大门口没安装门楼，就是个木板栅栏，被砸得稀巴烂，倒在那里。

“你们看看，这就是一个公社党委委员的家，负责全公社的工副业，自己家的大门还是这种木头栅栏。就这个样子，还给人家砸得稀巴烂！这帮王八蛋，怎么下得去手啊!”

李清泉一边说，一边踏步走进院子。院子里也是一团乱，锅碗瓢盆，乱七八糟扔一地。两间北屋的门、窗户都开着，门框掉下半截，地上一片玻璃碴子。东边屋门口，还用两道白纸条，扯成一个大十字，将屋门封住。李清泉疾走过去，刺啦一声，扯下纸条，哗啦哗啦揉作一团，狠狠地扔到院子里。

“刘所长，让你的人把这些都记下来，列出损失。”

不一会儿，院子外面慢慢聚集起不少看热闹的人。

又过一会儿，魏家大队的书记才急急忙忙跑过来。

“你这时候才来，是不是有点儿官僚啊?”李清泉一只手叉腰，另一只手一挥，“你给我解释一下，这怎么回事儿?”

魏书记嘴唇翕动半天，没敢开口。

“魏家大队的领导班子是干什么的？眼睁睁看热闹吗？还是你们也有参与？”

魏书记连连摆手：“李书记，这个事儿我们真不清楚。我们也拦不住。”

“拦不住？还是没人拦？”

“李书记，”魏书记向前走几步，压低声音，“我能不能单独和您汇报一下？”

“你现在跟我汇报什么？”李清泉伸手指着他，“昨天晚上，你干什么去啦？你又没去邱家，你们村，是大队长带队，这我很清楚。昨天晚上出的事儿，你不赶紧跑到邱家向党委汇报，你到底想干什么？这种事儿，是能瞒得住的吗？”

魏书记低着头，一声也不敢吭。

“魏社长一家子人去哪里了？”

“可能是，到崔家，他丈母娘家去了。”

“可能是？你也拿不准，对吧？我不管他在那里，马上安排人，去把他接回来！那些搞打砸抢的，都是些什么人？刘所长，请你安排人查一查，一个都不能漏掉！”

魏书记嗫嚅道：“还有几个，是外村的。”

“还有外村的？”李清泉眉头一皱，这个情况，他倒是没想到。他扭头面对刘大宝，“刘所长，我建议安排人去，一块儿都给抓来！”

“好！李书记，我看咱们还是先去大队部，问清楚都有哪些人。”

魏家村里参与闹事儿的几个，没多久，就全被带到大队部，在墙根下一摆溜蹲着。这些人倒是一个也没跑。一者他们也没地方跑。这时候，没有大队、公社的介绍信，你在外面瞎逛，就是盲流！再说，这些人大部分还是半大孩子，其实都没太当一回事儿。他们自己还觉着理直气壮。再退一步讲，这是集体行为，大伙儿一起干的，还有一点儿法不责众的侥幸心理。

经过挨个询问，李清泉慢慢意识到，这次的事儿，还真是不简单。魏书记想单独跟他汇报，也正在此。参与这次行动的，除了魏家几个小孩子，还有公社大街上几个皮孩子。尤其还有几个，居然是距此遥远的下隋大队的。

李清泉的眉头紧紧拧成一团！

他突然意识到，韩瑞强的揣测果然没错！这是一次有组织、有预谋、有针对性的行动！几条线索汇总起来，参与该事件并起带头作用的，正是韩瑞强提到的四大金刚之一。而下隋的人，为什么也跑过来参与？这倒也不难推测。李清泉在全公社大会上，以那样一种方式，训斥隋家书记和大队长，还把书记撤了职。他们尽管当面表态，未必心里就服气。

这一次，恐怕真不是针对魏海峰，而是冲他李清泉而来！

那个名列四大金刚的汉子，外号“三金刚”。他自己对外吹嘘，曾是罗庄一带颇为知名的二郎通背拳武师刘敦先的弟子。其实，不过是自己练过一阵子拳脚而已。面对荷枪实弹的派出所警察和民兵，他倒是没敢反抗，乖乖地被摁在摩托车上，拉到魏家。

就在那时，魏海峰急匆匆赶来。果然，他是安排妻子和儿女先躲到岳父家去。魏海峰走进大队部，一瞧那架势，赶紧把河清泉、韩瑞强叫到旁边一间小屋子里。

“你个魏海峰，家里出这么大事儿，为啥不去跟我们汇报？”李清泉先熊他一句。

魏海峰一脸着急：“李书记，这个事情，不能闹大。”

“为啥？”

“我为什么没去跟你们汇报，就是出于这种考虑。一个是，我自己琢磨着，他们的来头，其实不是针对我，是针对咱们整个党委，针对咱们的工副业发展，往大里说，这是发展大方向问题啊。你们在邱家正在集中精力搞会战，不能因为我个人这点儿小事受到影响。公社的工副业发展，也不能因此而受到阻挠。再一个，这一次，他们打出的口号，无非跟几年前一样。我魏海峰几年前受的罪，比这还要厉害！所以，对我来说这根本没啥。第三个原因，这次参与的，绝大多数是我们魏家的，都是我本家兄弟，不能做严肃处理！如果那样，会进一步把矛盾激化的。”

“啥意思?”李清泉一瞪眼，“难道，就这么算啦?”

“李书记，我魏海峰的成长经历中，受过的苦难比这个厉害多少倍！这个，韩社长可能更清楚一点儿。我从小就跟着母亲外出要饭，一路向南走，一直走到河南。什么苦，什么罪，我没受过?从离开魏家，到再返回村里，整整十六年！相比那背井离乡的十六年，这一次，不过就是一次小打小闹而已。何况，从河南回到老家之后，我家族里也没有亲人，乡亲们没有嫌弃我们母子俩，先给我们找地方住，后来又划了这宅基地，这才慢慢扎下根来。我不能对本村的人下狠手，那是忘恩负义。尽管这些人砸了我的家，可他们都是受人撺掇的。更何况，大部分都是小孩儿，他们啥也不懂。”

“你的意思呢老韩?”李清泉扭头面向韩瑞强。

韩瑞强点头：“我觉着，海峰说的，有道理。其实，你心里恐怕也已经明白，这一次的矛头是对谁来的。至于背后那人是谁，咱们大家心里也都有数。”

李清泉站到窗前，沉默半天，然后扭回头来：“把李世聪和刘大宝都叫来，咱们开个会。”

几个人凑到一起，李清泉说出主导意见。

“综合各方面的信息、意见、建议，我觉着这次事件，咱们还是表面要高调，具体处理上则要低调。除了带头的那三金刚，其他人，以处罚为主，必须要让他们负责赔偿魏海峰家的损失。你们觉得怎么样？”

另外几个人一起去瞧魏海峰。

“我同意这个意见。”魏海峰点头，“另外，我还想组织一次魏家村的全体社员会议，我跟大伙儿阐明一下，公社党委做出这个决定，是经过综合考虑的。同时，我也想跟大伙儿，说说我的心里话。”

于是，统一意见。刘大宝带人，分头整理参与人员笔录。然后，根据具体损失，作出处罚决定。最后，由魏家村参与人员，负责修缮好魏海峰家的损毁门窗。

说来也巧，就在李清泉他们即将离开的时候，孔强骑着自行车进了大队部。他来跟魏书记合计抽调民兵训练的事儿。没想到，跟那个“三金刚”一打照面，立马认出来，正是在路上设卡拦截车辆收费的那人。于是，刘大宝安排人，先把“三金刚”带到派出所关起来。这边忙完后，突击审讯他。顺着这条线索，又挖出他其它的违法犯罪来，一并做处理。

“三金刚”很快被转到县看守所。

经过这次打击处理，公社里的小痞子们收敛不少。四大金刚，打掉一个，其他三个好多年不敢露头。

锦　川

1

白天劳动，晚上开会，这早就是惯例。当天晚上，邱家会战指挥部内，几个营的营长全部到齐后，李清泉简单通报这次事件，阐述公社的出发点。所有与会人员对这一处理结果，都持赞同意见。

此议题过后，马长林汇报一个好消息："李书记，今天下午，县委刘书记到咱工地上来了。"

"哦？刘书记来，你咋没去喊我呢？"

"来不及啦！刘书记就是路过。他把车停在桥头那里，就带着个随从人员，俩人直接到公社营的工地上来，倒像是微服私访。我说去叫你，刘书记说不用，说就是顺路瞧一眼，马上就走。"

"恐怕那时候你也不好找我，"李清泉点头，"我们都在魏家呢。刘书记有啥指示没有？"

马长林翻一下小本子："我简单梳理一下。刘书记问得很仔细，主要两个问题：一个是，这次大面积动土，完工的时候小麦种不上，会不会减少今年的种植面积？我回答说，这次整地改土，以荒地为主，同时采取随整随种方式，对已经整理好的土地，先灌溉，后播种，尽可能增大小麦种植面积。整体上，不会减少小麦种植面积。另一个问题是，我看你们挖的土壕沟有的三四米深，有的填方一米多厚，怎么保证不破坏熟土层？"

"咦？"李清泉笑，"刘书记问得很仔细呀，你咋说的？"

"是啊，刘书记是内行。我说，不管是挖方，还是填方，我们都是先把熟土层剥离到一边儿，等到地面达标以后，再把熟土运回来。熟土层保持在零点三米以上，绝对不影响种庄稼。刘书记对我们的做法，还是挺满意的。"

"刘书记做什么指示没有？"

"嗯，我想请刘书记在大喇叭里讲几句话，刘书记不愿意，说，你们干的很好，我就不乱吆喝啦。他的意思，我整理三条。第一，对咱们进行充分肯定，夸咱们干得不错。县委领导很满意。第二条，要求公社、村级干部，不管做什么事情，心里时刻都要以老百姓为出发点，要解决老百姓的实际问题。第三条，要实事求是，不能冒进，不搞形式主义，不能干劳民伤财、得不偿失的事儿。说到这里他还举一个例子，说前些年有个地方的领导，为表现干劲儿，叫姑娘们也和男人一样光着膀子干活，刘书记说，这就是典型的瞎胡闹！"

散会以后，韩瑞强没有马上离开。

李清泉正在整理着笔记，突然抬头问他："老韩，你说，我那次在大会上对下隋的书记，是不是太严厉？"

韩瑞强立刻明白他是啥意思："你那么做，根本没毛病。"

"那你觉着，隋家有人去魏海峰家里闹事儿，这是什么信号？"李清泉盯着韩瑞强的脸，“只是个人行为吗？下隋的大队书记，他就根本不知道这件事儿？”

“这个，我说不好。”韩瑞强迟疑一下，“不过，有一点儿可以确定，这背后是潘新民在做文章。据我了解，那个三金刚，跟潘新民走动得很近。”

李清泉沉思半天，突然问：“这个潘新民，到底啥来头？”

“据说有个亲戚在市委。”韩瑞强低声说。

李清泉点点头，半天沉默不语。

“话说到这里，我不妨直说。对这个人，咱们都应该防着一点儿。”韩瑞强说，“此人活动能力挺强的。所以，我觉得你今天当机立断，拿出那样的主导意见，是对的。”

李清泉盯看韩瑞强半天：“看来，我得立刻去一趟县委。”

韩瑞强也点点头，面带微笑：“我也这么想。”

第二天一早，部署完工作，李清泉先打电话给县委办公室，询问刘书记当天行程安排。不一会儿，那边儿回话，刘书记并不外出，在办公室等着他。李清泉这才打电话给董文博，然后骑着自行车出门。俩人在半道上汇合，把自行车架到车斗里，直奔县委而去。

“你不坐镇指挥战斗，跑我这里干什么？”

见面后，刘书记开口第一句话就问他。

“昨天下午，没当面学习刘书记指示，我怕学得不够深刻，赶紧跑来当面聆听。”李清泉一边笑着，一边掏出个小本子来。昨天晚上，韩瑞强走后，他在那个小本子上写了很久，一直到凌晨两点多才睡觉。

刘书记打量着李清泉的脸半天，突然问：“你不是来跟我要钱吧？”

“不是。”李清泉急忙摆手，“这一回，我绝对不要钱。”

“那就好。说吧，为啥而来？直奔主题。在我这里，虚头巴脑那一套没用。”

李清泉展开笔记本：“我确实是来汇报一个大问题的。”

接下来，他把有人砸了魏海峰家的事情，从头到尾汇报一遍。刘书记越听，眉头皱得越紧。等李清泉汇报完毕，他扭头冲着窗外，看着一棵光秃秃的杨树，半天不语。等再扭回头来，脸色依然很难看，像是极力压抑自己的愤怒。好半天后，才缓缓开口。

“首先，我觉着魏海峰是一位好同志。他能从大局去考虑，不进一步激化矛盾。第二，你对这个问题的反应，以及处置，还算妥当。矛盾解决在内部，不要继续扩大化。第三，你回去准备一下。明天上午，召开一次公社党委扩大会，让派出所所长、武装部长、工副业办公室负责人等也都参加。我要过去讲话。”

李清泉愣住！他半天没说出话来。

“清泉你记住，派你去罗庄的时候，我说过这种话，要放开胆子，甩开膀子，把罗庄当作一块试验田来种。现在，我依然还是这么说。县委对你，对你们罗庄，都充满信心！有什么苗头，动向，我桌子上这台电话，随时保持跟你畅通。咱们一起来解决！”

“刘书记你这么说，我感觉底气更足啦！”

“我就是不这么说，以你李清泉的智慧，也完全能把握大局。这一点儿，我还是相信你的。对啦，前几天，我到市里开会。领导们指示，要在公社一级，大胆推进机械化改革，积极倡导提高自主生产能力。县委初步意见，想把你们罗庄，当作一个试点。很快，咱们就出台具体的实施意见。”

“这是天大的好消息呀！”李清泉顿时站起身来，“书记您放心，我们一定能把这个试点搞好。”

跟刘书记道别，到院子里，一直到上了车，李清泉心里那股兴奋劲儿还没下去。董文博偷偷瞄他一眼："李书记，看来有好消息。看您快乐得合不拢嘴啦！"

"嗯，绝对好消息！"他大手一挥，"回家！"

"回家？回哪个家？"董文博不解。

"回邱家呀。"

"好的！"董文博答应着，发动起车子。

路上，李清泉扭头问："小董，我听说，你对机械这一块儿很有研究？"

董文博答："研究说不上，不过我倒是真喜欢去琢磨。上一回，送孙书记去县里报到，车子半天发动不起来，我觉着真是丢大人啦！当天回来，我就打开前头盖子去找原因，很快就让我拾掇利索。李书记你瞧，从那到现在，打火一直很顺溜。"

"只要肯动脑子就好。那我问你，要是让你去造拖拉机，你觉得有问题不？"

"造拖拉机？"董文博瞪大眼睛，"李书记啊，您可别吓唬我！我就从来没想过这个问题。"

"当然，不是叫你一个人去干，可你至少比别人懂得多呀。开着这辆车到处跑，倒是挺舒服，挺风光。目前来看，这个工作也还不错。可是，将来呢？将来咱们生活好了，车多起来，当个司机，就不见得是啥好工作。你总不能开一辈子车吧？"

"您这么一说，我突然觉得，造一台拖拉机，也不是什么天大的事儿。一台农用拖拉机，它的零部件，装配原理，至少比我开的这辆车简单得多呀。无非把一些分解的零部件拼装起来嘛！难度是，那些精细细活儿，发动机之类的，咱可能做不了。但只要有技术人员，有图纸，我觉得咱们自己造拖拉机，也完全没问题。"

李清泉呵呵一笑："你看，这就叫人有多大胆，地有多大产！你考虑下，要是舍得离开你这一亩三分地，下一步，我就安排你们几个先出去学习。"

"没问题！我愿意去！"董文博高兴地说。

次日，罗庄公社党委委员扩大会议召开。

县委刘书记、县政府宗县长，俩人居然同时出席！可见，县里对这次公社会议高度重视。对李清泉来说，这几乎就是一次定心会，或者说，是再次指明方向的会。刘书记讲话中，进一步强调以农业为主导，工副业紧随其上，全面发展的总体思路。

"我再次强调，领导干部，要以身作则，起好带头作用，不要搞歪风邪气！不要拖大家后腿！尤其是，不要犯主观主义错误！不能乱扣帽子！"说完这句话，刘书记稍做停顿，扫大家一眼。

潘新民低着头，假装在本子上做记录。

"我们所有工作的出发点，必须紧紧围绕广大基层老百姓的需求，要解决好老百姓日常生活中遇到的所有难题！凡是阻碍发展，甚至，破坏生产的行为，要严惩不贷！"

会议结束，刘书记、宗县长急匆匆离开。临上车前，刘书记把李清泉叫到一边儿，悄声说："我知道，还有个问题，你心里依然不踏实。为了让你李清泉全力以赴，轻松上阵，我跟宗县长已经达成一致意见，把潘新民同志调离罗庄。"

李清泉站在那里，又是好半天没说话。

刘书记没再说什么，伸出一只手，拍拍他肩膀，转身上车。

一个星期后，公社接到正式文件，调潘新民到县教育局任副局长。

邱家会战竣工，王树义率领的龙门营收获最大，果然如愿以偿，将一台八马力手扶拖拉机开进龙门村。

那一天，龙门村又一次沸腾起来！硬是像把年提前过。

王树义早把这一好消息告诉在家的老书记。当那辆拖拉机拉着罗村营部分社员一进村口时，老槐树下顿时响起鞭炮声。村里的大人孩子，乌乌压压聚在一起等在那里。大家都想看看，龙门村第一台手扶拖拉机长个啥模样。拖拉机一停下，小孩子们呼啦一下，争着抢着要爬上车玩儿。大人们也围拢过去，转过来转过去。

看着高兴的人们，老书记居然老泪纵横，一连划好几次火柴，都没把旱烟袋点上。王树义走过去，微笑着帮他点上烟。这一老一小，又在大槐树底下蹲下来，目光一起去打量人群。

"小子，你好样儿的！"老书记赞叹一句。

"还不是你老人家带得好？"

"咦，越来越会说话啦！"老书记眯着眼睛，"你回来，我该彻底退休啦！"

"那不行，你老人家永远都不能退，你还得给我当坚强后盾呢。老马识途嘛！"王树义哈哈一笑，"对啦，还有个重大收获。李书记指定咱们龙门，作为种植黄烟基地的试点。这一次，您可不能再反对啦。"

"真是李书记说的？"

"没错，他亲口说的。"

老书记看着远处的群山，沉默半天，叹息一声："江山代有才人出啊！我们老一辈的思路，严重跟不上节奏啦。现在由你做主。你想干什么，就干什么吧。我全力支持。"

王树义早安排人杀一头猪、一头羊，还留下两包豆腐。大队部院子里，早就支起一溜大锅，猪羊炖熟，切成碎片，又继续炖好一阵子。那时节，大队部外已经排好长长的队伍。本来，按老书记意思，为厉行节约，只买点肉，犒赏一下罗村营参战部队。王树义笑着说："干脆，全村人一起乐和乐和，杀头猪，宰只羊，按全村人头分一分。”

“全村得有多少人啊，够分的吗？”老书记有点儿心疼。

“咱不是还有白菜、豆腐吗？一包豆腐不够，整两包！”

这天晚上，参加邱家会战的社员都聚集到大队部，喝庆功酒。龙门村已经好久没出现过这样喜庆气氛。

多年后，一个当年的小伙子回忆说：“那一天，整个村子里都飘荡着浓郁的肉香味儿。”

这年春节，李清泉一家子团聚一起，住进公社后院儿那排平房最西头的两间。

事情是韩瑞强悄悄办的。

那一天，他骑着自行车，到马路边儿的公交车站点，将李清泉的爱人张秀玲送走后，又站在那里，思索良久。接下来，他开始到处找房子。公社里原有的宿舍，实在没有空闲的。后院儿那两间屋子，原本堆满档案资料。他找来几个人，把屋子腾出来，又让李世聪找人粉刷一下。从院子里拉起一道墙头，在一个墙角，垒起一间简易小厨房。这样就变成一个独立小院儿。他在张罗这一切的时候，李清泉在邱家工地上，毫不知情。直到邱家会战结束，李清泉回到公社，突然发现，办公室里那张床不见了。韩瑞强这才告诉他实情。

那时候，张秀玲已经在那小院儿里忙活起来。

小儿子晓强也转到罗庄读初中。为此，小家伙有点不乐意，因为到一个陌生地方，好伙伴又得重新建立，好在，从小学到初中，已经折腾几次，他也习惯了。只是，晓娟依旧在管庄供销社上班，依韩瑞强意思，也将她调到罗庄供销社工作。可李清泉死活不同意。

“老韩，你替我张罗这一些已经够多啦。别的坚决不行！管庄离这里没多么远，比回我老家近多啦！等条件再好一点儿，我给孩子弄辆自行车骑着，她就能经常过来了。”

至于大儿子晓刚，对于这个新家，则谈不上太有感情。好处仅仅是，他可以经常回来，一家五口人团聚。就像张秀玲说的，从小到大，他跟父亲在一起的时候，就太少太少，根本说不上多么依赖他。这孩子出生在老家，小学没读完，就转学到管庄，然后到县城念高中，一直跑来跑去。对于这种生活，比他弟弟晓强更习惯。倒是有个好处，不管到哪里，晓刚都能很快认识一帮子新朋友。在适应新环境这一点儿上，他像是无师自通。

2

刚过完年，李清泉就带着一群人，从青莲寺那儿走起，开始对那条无名河的勘察。随行人员有韩瑞强、马长林，还有两名勘测员邱月娥、崔力娇。一行人站在青莲寺西边儿的大桥上，向上望去。

这条河一路走到这里，已经变得非常开阔。此时不是雨季，河里水不算大，到下游流淌得也缓慢。河床上，露出嶙峋的巨石来。桥的东边儿通往崔家，桥头不远处，就是中心校、烈士祠、青莲寺等。

“这条河，你们都想好名字没有？”李清泉扭头问。

几个人都笑着摇头。

“邱大姐，你家王校长是知识分子。他就没有什么建议？”

“李书记，你别叫我邱大姐，把我喊老啦。”邱月娥脸上不笑，一副正儿八经的样子，“再说，邱大姐，邱大姐，一叫不清楚，听起来就像是臭大姐。”

有一种昆虫，俗名叫臭大姐。浑身发臭，不小心拿手抓上，那股子臭味洗都洗不去。有的地方也叫臭屁虫。其学名叫椿象。

邱月娥话音刚落，几个人一起哈哈大笑。

“那我喊你啥？叫大姐不是显得更亲吗？”李清泉也忍不住笑。

“咦，不对，叫嫂子更亲。”邱月娥还是不笑，“嫂子小叔子，挤眼睾鼻子。”

众人又是哈哈大笑。其实，这玩笑话的原版应该是，“姐夫小姨子，挤眼睾鼻子。”意思是说，姐夫跟小姨子，完全可以打打闹闹。这道理，跟嫂子小叔子之间的关系一致。邱月娥活学活用，当然是跟李清泉开玩笑。对于她的爽快性格，李清泉早听说过，也偶尔见识过。只不过，他这人不善于讲笑话，开玩笑。多数时候，看起来挺严肃。再加上平日里打交道的人，多数公事公办，好多人心里都视他为领导，所以能跟他开玩笑的，除了邱大海几个，其他的很少。因此，邱月娥一开这种玩笑，尽管李清泉也觉着好笑，但一时之下，竟不知道如何应答，只抿着嘴儿偷笑。邱月娥也知道尺度和分寸，此时才说：“俺家那口子，李书记你不也见过吗？勉强就算个知识分子吧，三棍子打不出个屁来，你叫他想一条河的名字，是真难为他。”

李清泉指点着她：“唉，我有点儿同情王校长啦。和你在一块儿，不知道受多少欺负。”

“李书记，你正好说反啦。老实人也有发火的时候。知识分子要讲起道理来，绝对一套一套的，反正，我招架不住。”邱月娥不再开玩笑，“起名字这事儿，俺家老王确实不在行，但有个人我觉着肯定行，就是咱们学校的崔校长。好几个小孩儿，都是找他起的名字。他们今天都在学校里，说是寒假开学前，老师们先碰个头。”

“崔校长？崔子韬，崔卫国他爹？”

“对呀，咋把他给忘啦？”韩瑞强也笑着说，“这位老先生知识渊博，应该对这条河的历史有所研究。小崔，要不你去学校看看，要是崔校长也在那里，就把他请来。”

崔力娇答应一声，快步跑去。

不一会儿，王丰儒、崔子韬俩人一起赶到。

李清泉笑：“这下好啦，智囊团全部都到齐。”

打过招呼后，王丰儒说：“李书记，这个事儿，你算找对人啦！崔校长是标准的罗庄通。他对咱们整个罗庄的角角落落都做过研究，还不是一般的浅层研究。大到罗庄历史演变，小到每个村庄名称由来。”

崔子韬连连摆手：“王校长过誉，我不过略微了解一二而已。”

“崔老师不必太谦虚。今天请你来，就是给我们上课的。”

李清泉赶紧上前跟崔子韬握手。

“这条河到目前为止，还真没个正式名字。因为它是条季节河，一年里头，河里有大水的时候其实很少，顶多也就算是一条大沟。说它是河，都有点儿勉强。要真是大河，咱们罗庄也不至于十年九旱。所以，那边的人叫这条河为西沟，这西边的人叫它东沟。”说到这里，崔子韬微微一笑，“李书记，你们要不着急，我多啰嗦几句？”

“不急不急，我们今天就是来勘察的，为下一步治理这条河做准备。”

“哎哟，这可是功在千秋的大好事儿。这条河，真是得治理一下啦！”崔子韬展开话题，“咱们罗庄的面积，总共七十平方公里。这条河呢，由南向北，贯穿整个公社，流域面积达到二十公里。也就是说，占全公社将近三分之一。这条河对咱们的重要性，可见一斑。就是把它视为罗庄的母亲河，都丝毫不为过。要寻找其源头，这条河，大概形成于远古时期第四纪寒武系和奥陶系。它的发源地，好多人认为是咱们公社的龙门大队。其实不是，应该是紧挨龙门的官庄公社的石桥村才对。因为上游支流很多，视觉上不好判断。这个结论，是我实地去走过一遭才得来的。石桥那边儿的支流，更长一点儿。

不管怎么说吧，经过上游一道一道沟壑，不断汇集起来，一直到肖家，才算是形成一条像模像样的河。然后向下，七扭八拐，落差也不断加大，不断加宽，最宽的地方，能到三四百米。从肖家往下，一直到咱们站的这一段，落差相对比较小。我是指地面到河底的深度。这一片儿，应该说是上天赐予我们的天然粮仓。再往下，由于多少年的冲刷，河道下陷，有的地方得四五米深，治理起来很有难度。另外，有个现象非常有意思，不知道大家注意到没有？那就是，公社一共三十二个村，分布在这条河的东西两侧。巧合的是，河东十六个，河西十六个，不多不少。”

“真是这样啊？”马长林问，“我还从没算计过呢。”

“所以，我说这条河，完全可以算是咱们的母亲河。三十二个村，就是她的子女。母亲对子女尽心呵护，哪一个也不让跑得太远。李书记，假如咱们罗庄未来发展得更好，开发旅游，光这条河，就能串联起很多景点。佛教、道教圣地有好几处，从下游这个青莲寺开始，往上有三官庙、禹王庙、双塔寺等等，自然景观也很多，有千岩洞、磨山、石盆子、月亮湾等，可以说，人文景观相当丰富。”

“听君一席话，胜读十年书啊。”李清泉感慨一声。

崔子韬摆摆手：“我再简单说一下咱们罗庄历史。咱们脚下的这块土地，早在六千年前就有人类居住。从目前已经出土的文物来看，咱们这里，在大汶口文化、龙山文化时期，就出现过繁荣。三国时期，设置县。春秋战国时期，齐景公在这里设过城池。自古及今，本地以及周边，历史文化名人层出不穷。拿这条河来说吧，就有一河三京官的说法。哪三位呢？河上游，明代崇祯年间任都察院御史的安伸，中游，明末大司农主事王鳌永，下游则是明末的户部尚书仇维祯。所以，咱们罗庄绝对可以说是历史悠久，文化灿烂，人杰地灵。”

“崔老师这么一梳理，让我们对开发这条河更有干劲儿啦。”李清泉又问，“那关于这条河，史书上就没什么记载？或者说，这河的两岸，就没有什么石碑啦，古建筑啦，上面有过此类的文字记录？”

崔子韬稍做思索，突然笑起来：“李书记您这一问，我倒想起个人来。前几年，我曾沿着这条河往上走。其实，也没什么特别目的，就是想学那个徐霞客，写一点儿游记散文之类的东西。当时，在肖家，遇到一位老人，叫冯荣谱。大家有没有觉得这名字有点儿文雅？所以，我就牢牢记住。聊起来之后，我惊讶地发现，此人可以说是一位乡下大儒。他对四书五经之类的古籍，颇有研究。只不过因世事动荡，算是隐居山野而已。他当时就说到，当年的罗庄，从齐景公那时起，就是一座城池，四面都有围墙，东南西北四个方向，都设有城门。现在，只剩北边儿还仅存古迹，现在那里还有一座青石砌的门楼。据老先生说，他小的时候，东门还保留着，就是面朝着这河的方向，上面有块大方青砖，题写着锦川两个字。不过，这门楼建于何年代，毁于何年代，我到现在也没查到资料。”

“锦川？”

“对，锦绣河山的锦，川河的川。”

李清泉沉思片刻，扭头面对众人：“你们看，这河流的名字，可不就有了吗？我看，咱们就叫她锦川河！锦，锦绣河山，锦上添花。川，一马平川，川流不息。寓意已经再好不过啦！”

众人纷纷叫好。

“这名字好！”崔子韬一竖大拇指，“我觉着，也能经得起历史检验。早在唐代，大诗人王勃有一首诗里，就提到这两个字，明月沉珠浦，风飘濯锦川。”

“崔老师，这可是您的功劳啊！是你帮我们打开视野，开阔思路啊。你来看，”李清泉指着上游，“站在这里，我们还看不到邱家桥。但是，我们已经打算从那个地方往上，整出万亩良田来，真正把这一片，打造成咱们罗庄的粮仓!”

崔子韬一下子握住李清泉的手：“这是功在当代，利在千秋的好事儿！我辈之福，子孙后代之福啊！也再次验证那句话，历史，是人类创造的！这条河的命名，我觉得，也是一件承前启后的大事儿。我现在正在整理咱们罗庄的大事记，回去后，我就把这一条写进去。咱们今天这帮人，都是一件大事的见证者。我相信，在将来，锦川这两个字儿，一定会发扬光大!”

“崔老师在整理罗庄大事记?”李清泉很惊讶，“好啊！为我们的子孙后代，留下珍贵的历史资料，这才是功在当代，利在千秋的事情。您静下心来，好好做，等时机成熟，咱们做正式出版。”

崔子韬一听这话，再一次激动地握紧李清泉的手：“李书记，现在可是很少有领导在乎这个呀!”

“崔老师，像您这样的人，就是咱们罗庄一宝。”李清泉扭头看众人，“这就是文化的力量啊。咱们一定要重视像崔老师这样的人才。我们整天从这条河边儿走，根本意识不到，隐藏在背后还有这么多文化。经人家崔老师这么一说，我们顿时就感到，今天咱们决定的这个事儿，意义真的非常重大！崔老，刚才你说到曾经走过这条河，那对于治理这条河，您可有什么良策?”

崔子韬又摆摆手：“我不过是个教书先生，对于治理山河，运筹帷幄的事儿，那是李书记你们的长项，我哪有什么见识？即便能想到一点儿，你们恐怕也早想到啦。”

“还请崔老师知无不言啊。”

“那我就再继续班门弄斧。大自然貌似鬼斧神工，雕刻出这锦绣河山来。但实际上，仔细想来，其内在的规律，还是人与自然和谐发展，共生共存。

我刚才说，这条河两岸，恰好一半一半，各有十六个村子。其实，这不是河流选择的村落，而是村落选择了河流。换句话说，是人选择依河而居。这就叫，物竞天择！因为自古及今，人类都是依河而生存的。一个是人类离不开水源，另一个，人类离不开粮食啊，而种粮食，当然离不开水源。所以，如果让我提建议的话，那就是，整地改土的同时，一定不要忽略植树造林，尤其河的上游那一带。有了植被，才能在地下储存水分，才能让季节河变成四季长流，才能保障河两岸的土地始终拥有水源。另一个问题是，三十二个村分隔两岸，看上去非常和谐，但实际上，相互之间的走动，现在还很不便利。你们继续往上走，就会发现，有些村子，尤其东边山区的那几个村子，出来一趟太麻烦啦！得穿山越岭，到这条河边儿，然后下坡穿越这条河，再上坡。空着身走路，人都累得不行。如果再挑着担子、推着小车呢？更艰难。旱季还好，雨季河里的水滚滚而下，特别是小孩子，要蹚过河来，那得多危险啊！可如果不走近路，这些人进一趟公社，就得绕一个大圈子，走好远好远的路。解决这个问题，当然是架桥铺路。一句话，连接两岸的桥还是太少啊。那一年，咱们站的这个位置还是座老桥，水都漫上来，上游冲下来树木、杂草，甚至还有死猫死狗，乱七八糟的东西，全堆到这里。到最后，这座桥承受不了冲击，哗啦一下子，垮掉了！结果，下面两三个村子被淹，死了三个人。如果上游这样的桥多建几座，就会缓和水势。两岸再扩大植被面积，就不至于泥沙俱下，那么一般情况下的洪水，就不会造成水灾。”

“您的建议非常好！”李清泉转身面对其他几个人，“你们看，咱们就得多听听，多转转，这样才能成为明白人。崔老师一席话，给我们下一步治理锦川河，提供非常好的思路啊。我看，以后咱们得请崔老师去公社里，给咱们多上上课。”

“惭愧，惭愧！老朽只是一家之言。”崔子韬连连摆手。

“这一家之言好啊！不愧是书香门第，教育的子女也好。”李清泉说，“你那个儿子崔卫国，我前几天也见到啦！小伙子有文化，有视野，尤其是有干劲儿！是个不可多得的人才！”

“李书记高看犬子啦！他还是个孩子，需要好好进行一番磨炼。唉！”崔子韬叹息一声，“当年，我确实是怀有私心，不赞成他去川河工地。当父母的嘛，都是想让孩子安安稳稳地过日子。可现在，我的思想转变啦。未经一番寒彻骨，哪得梅花扑鼻香。让孩子摔打一番，是好事儿！”

3

一行人由下游继续向上走。河两岸根本没有通行道路，大家在荆棘丛中走走停停，一边讨论，一边进行着大致记录，进度异常缓慢。大伙儿都带了饭，中午在河边儿简单吃一顿，稍做休息继续前行，到傍晚，才到邱家跟肖家之间。

几个人就地停下，或站或坐，开了一个小会。

“根据此前考虑，咱们所在的这个位置，应该是接下来治理河道的重点所在。也就是说，是这次考察、规划的重中之重。”李清泉挺着腰身，看着远处，“接下来，咱们要大战三年！让咱们脚下这一片土地，真正变成个粮仓！上游的起点，就是肖家，下游终点，是邱家大桥。我们要干一件前所未有的大事儿：咱们的锦川河，从这儿开始，我们就让她躲到地下去！”

邱月娥和崔力娇第一次听说这个规划，顿时惊讶得张大嘴巴。

“老天爷！地下河水流动，地上是庄稼？”邱月娥惊叹一声，“李书记，这真是要惊天动地啊！”

“嗯，是惊天动地！还是一场大仗，硬仗！但以后，咱们眼前可就是一马平川的土地。秋收季节，麦浪翻滚，一地金黄。那是个啥场景啊！”李清泉双手叉腰，站在落日余晖下，脑子里已经浮现出那个壮观景象。

“天将降大任于斯人也！”马长林望着远处，突然来这么一句。

“哎哟，”李清泉扭头瞧他，“没想到，马社长还是个文武全才呢！韩社长，此情此景，你不赋诗一首？”

韩瑞强笑：“今天碰到的文人墨客太多，我怕露丑，算了吧。”

几个人笑闹一番，李清泉挥挥手：“走！回家吃饭！这样吧，明天咱就别大部队一起前行啦。马社长，你带着邱大嫂和小崔两员女将，从邱家到肖家这一段，好好勘察一下。”

邱月娥哈哈一笑：“你们瞧，李书记改口成邱大嫂啦！”

“我是怕叫邱大姐，容易让人给你起外号啊。”

“对，改得好。以后咱们几个，谁也不准把臭大姐这个事儿往外传！”邱月娥故意一绷脸，“谁给我传出去，我就住到谁家不走啦。”

乡下集体干活的时候，给别人起外号，也是逗乐子的一种常见方式。短短的邱家大会战过后，就有些男人名列“四大黑”“四大娘们儿”“四大迷糊”之类。邱家一个男人，因为推车子下蹲时，刺啦一声裂了裤裆，就被人传出个外号叫作“大裤裆”。邱月娥知道这外号一旦叫起来，就成个标签，不好改正，所以及时做警告。

大家很快进入讨论工作状态。李清泉之所以留下这几个人做前期勘察，就是接下来，需要更为细致的方案，更加精准的数字。这一次，增加了铺设河道，修建涵洞，将会增加好多倍的石料，水泥呢。

“我和韩社长，直接赶到龙门，慢慢往下走。我们要做的事情，是看哪些地方需要架桥，哪些地方需要植树造林，增加植被面积。”

为节省时间，第二天一大早，李清泉让董文博开车拉上自行车，把他俩送到龙门。随后，让董文博返回。他没有提前告知王树义，当俩人赶到大队部时，没找到他。一打听，原来，刚过年，王树义就带着他的突击队前往槐树峪，开始大干一场。

槐树峪位于龙门村西边儿，有一道小山梁将这条沟跟村子隔开。上次参观龙门的时候，王树义就提到这条沟，说要能把这道山梁打开，修一条路过去，不但能增加槐树峪好大一片土地，而且继续将路向前延伸，会大大缩短龙门跟公社驻地之间的距离。当时，李清泉看一眼那道山梁，没吭声。他心里很清楚，在现有条件下，那基本上相当于愚公移山！他甚至苦笑着想，真要是有个神仙，大手一挥，就把这山梁移开，那该多好呀！

此刻，他忍不住扭过头去，再次瞧那道山梁。

顿时，他被眼前的一幕惊呆！

只见山梁这边儿，正有一群人缓慢爬坡！再仔细一端详，发现那些人用肩膀抬着的，居然是那台手扶拖拉机！

这个王树义，果然是抬着拖拉机进山里耕地！

“老韩你瞧！”李清泉沉默半天才开口。

韩瑞强顺着李清泉的视线看过去，也愣住！半天后，他扭过头去看李清泉，却见这个脸色乌黑的汉子，脸上居然流下泪水！

“这就是艰苦环境下直面苦难的父老乡亲啊！这就是王树义的敢死队！”李清泉伸手擦一下眼睛，“年前的时候，和树义在一块儿，他说过一句话：拖拉机有多沉？我们抬，也能抬上山去！当时，我寻思那就是一句玩笑。真没想到啊，这家伙，真是抬着拖拉机，去治理槐树沟！”

韩瑞强半天无语。

“那次，咱们来参观，他提出来，要打通这道山梁。我当时考虑，工程量太大啦。可今天我看到这个场景，突然想试一试。”李清泉像是自言自语，

“老韩，你觉着咋样？过些时日，咱们带一帮人来，帮着王树义把那条山路给他铺开!”

“好!”韩瑞强点头。

此时，他对李清泉做什么事情，都已经不会怀疑。反倒有个感觉，这个人只要想干啥事儿，那就肯定能干成啥事儿。

就在那时，老书记拄着拐杖，蹒跚着走来，老远就打起招呼：“哎哟，李书记，韩社长，你俩咋不提前说一声啊？那不，树义带着突击队去槐树沟啦!”

李清泉急忙迎上去：“我俩就是随便一转。老书记，你最近身体可好?”

“好着呢!”老书记呵呵笑着，接着又夸起王树义来，“树义这孩子，带着大家下了大力气，我们龙门确实发生翻天覆地的变化。我现在，吃得好，穿得暖，没啥愁事儿，身子骨也硬朗好多哪。”

“那就好啊!”李清泉笑起来。

“走，到我家喝口水，先坐一坐，我打发个人去喊喊树义。”

“不用喊他，我们也不去你家。你知道吗老书记？从你们这儿淌下去流经咱们公社的这条河，现在有正式名字啦，叫作锦川河。今天，我跟老韩，就是打算从这源头开始，沿着河往下游走。下一步，咱们要重点治理这一条河。”

“你们这一茬子人哪，要干好多我们想干都不敢干，也根本干不了的大事儿呀!”老书记先是瞪大眼睛，稍后连连摇头，大发感慨。

“您老可别这么说，没有老前辈们打下坚实基础，我们哪有这胆子?”

跟龙门大队老书记道别，俩人沿河而下，起初好大一段儿路，都是沿河而修。不一会儿，宽阔点儿的路消失，俩人跳下自行车，拐进树林，站到小山头上，四下望去。有的地方要沿小路拐进去，直到没法行走。后来，他们沿着一条窄窄的小路，来到河边儿，下坡之后，却见河上架一座独木桥。

李清泉抬起头，向上游看了看：“这里，可能就是崔老师说的行走不便的地方吧？你瞧这座小木桥，稍微大一点儿的水，就能冲垮，那边的人出来，可不真就难啦？”俩人推车子过桥，又开始爬坡，爬到山顶，累出一身汗来。

韩瑞强建议：“我觉着，咱们还是得返回去，再继续向前走，不知道啥时候才能绕出去。”

俩人就地坐下，李清泉回头打量一眼：“老韩，这上坡下坡，还真是个问题。你估摸着，这个位置，能不能修一条大坝，建个水库？这边的人出入，可以走大坝。还能储存下水，解决周围这一片的用水问题，再一个，修建几座大坝，也能减缓下游咱们修筑地下暗渠那一段的水流压力。”

“嗯，一举多得！”韩瑞强点头，“等找技术员来好好勘测规划一下。看看这地方的地壳构造，适合不适合建大坝。”

李清泉笑道：“韩社长对这个很懂行嘛！”

“不是懂，是有过血淋林的教训！前几年，在竹西那边儿，曾修过一座水库，就没有提前勘测好，你猜怎么着？大坝修起来以后才发现，有好几处渗水点没发现，洪水来的时候，倒是能起到阻隔作用，可用来存水，根本不行。”

“嗯！”李清泉连连点头，“人也不能光有胆子，没知识，没文化，是吃大亏的。所以，我这心里，还是一直惦记着学校里缺老师的事儿。”

“你这一说，我倒想起一个人来，就是那个小崔，我觉得，她的文化底子还是不错的，完全可以去教小学。”

“嗯，那小丫头，脾气性格倒是像个老师。要不，先试用一段时间看看？”

天黑的时候，俩人才赶到肖家跟马长林他们会合。

这一次考察勘测，可谓意义重大。不光一条无名河有了响亮的名字，经过实地行走，河两岸的状况，也在一行人心里有个整体印象。对于万亩粮仓的计划，更加奠定基础。

几天后，马长林就带着邱月娥他们几个人开始实际测量，规划。

这项工作基本完成后，崔力娇收拾行囊，前去中心校报到。她去农技站，本是王丰儒推荐，此时见她转了一圈儿，回到学校，自然十分高兴。王丰儒接着就领着她熟悉环境，并特意嘱咐崔子韬："崔校长，我听说，要按辈分，力娇要喊你爷爷，你这位爷爷，可得好好带一带孙女儿。"

崔子韬呵呵一笑："你瞧，儿子不愿意当老师，孙女儿来啦！我也算了了一份心愿。力娇，不懂的地方你随时来问我。你一定能行的！"

这天上午，韩瑞强走进李清泉办公室的时候，后者正在低头看一张报纸。

"老韩，我看人家这个公社的做法，咱们完全可以借鉴学习。"

李清泉把报纸递过来，韩瑞强接过来一瞧，报道的胶东半岛一个叫登城的公社。

"咱们这次集体会战，虽然说也有战果，但也暴露出很多问题，比如，社员的积极性问题、工分计算的问题等等。"李清泉往上扯扯那件旧黄军大衣，"要不，趁着春耕还没开始，咱们去学习学习咋样？"

"嗯，"韩瑞强点头，"这面身边儿的旗帜，完全可以去学习借鉴一下。"

"那就全体党委委员，再加上各村的大队书记。"

"这样一来，人也不算少啊，吃住行，得花不少钱。"韩瑞强稍做沉默。经过一段时间磨合，俩人差不多也已经熟悉彼此工作作风。韩瑞强这么一说，李清泉眨巴一下眼睛，微微一笑，"那控制下人数，二十个人左右，名单你定，突出一下大队书记和大队长。我联系矿上，借一下他们的车用用。对啦，你留下看家，这样我放心。"

俩人正说着话，魏海峰风风火火走进来。

魏家出现的风波，算是基本已经平息下去，没有扩大影响。表面看，魏海峰还是稍受委屈。不过，他感觉这样的处理是妥当的。年底，趁着魏家村开党员扩大会，魏海峰出现在会场，说了一番发自肺腑的话。他先是感谢村里对他们母子多年来的照顾，然后声明，自己永远是村里的一员，身上流淌的，是魏氏家族的血液。因此，永远不会做不利于本村本家族的事情。

李清泉知道这事情后，连连夸奖魏海峰识大局，境界高。

“你是来跟我们说好消息的吧？”没等魏海峰开口，李清泉笑眯眯地问。

“李书记，我们造出水泥来啦！”魏海峰非常兴奋。

“好小子，真给咱弄成啦？”霍的一下，李清泉站起身来，“走，去看看。”

三个人骑着自行车，赶到公社西北角的临时小水泥厂。几个工人正在那里忙活着。魏海峰带着李清泉和韩瑞强来到一个角落，指着一块块状混凝物，“这是我们经过试验后的成品。”

李清泉蹲下身去，拿起旁边一块锤头轻轻敲一敲：“嗯，感觉硬度还可以。”

“你使劲敲，敲开断层看看。”

李清泉抡起锤头，敲下一块，拿起来端详一下断口，站起来递给韩瑞强。

“海峰你厉害呀！”韩瑞强赞叹说，“这么说，咱们也可以生产水泥啦？”

“依咱们的条件，大规模生产恐怕还不行，”魏海峰摸了摸头皮，“这只是简单的制作方法，土办法烧制水泥。原理就是把石灰石、黏土磨成面儿，再高温烧成熟料，把熟料和炼铁后剩的矿渣子再加一起，磨成粉，就变成水泥。我准备带着这批水泥，去找市里水泥厂的技术员给检验一下，看能否符合标准。”

“一口不能吃个胖子，路得慢慢走嘛。”李清泉脸上还是挂着止不住的笑容，“我就问你一句话，按咱们目前能力，生产的水泥只供咱们公社用的话，能不能供得上?”

“那我觉得没问题!”魏海峰打包票，“虽说产量暂时不大，自己用，完全可以。就是厂房，我觉得得另找个地方，这里离公社驻地太近，而且是上风口。一旦扩大规模生产，怕是有污染，咱得为将来着想。”

“这个好办，你和李世聪合计一下，去考察个地方建厂房，争取尽快开工!”李清泉一转身，“这样吧，速战速决。咱们回公社，喊过李世聪来，一起合计一下，另外，我还要交给李世聪一个重担呢。”

他没继续往下说，另两个人也没问。不一会儿，几个人聚齐。先商量水泥厂选址，调配技术人员、工人等事宜，很快就敲定个大概，几个人再次对李清泉的雷厉风行暗暗佩服。

不料，李清泉又抛出个惊天计划：造拖拉机!

韩瑞强早已有心理准备，这位李书记，脑子里冒出任何想法，他都已经丝毫不见怪。因为他早就意识到，此人不经深思熟虑，是不会轻易下一个决断的。提出来的事情，哪怕看起来再异想天开，总有能力有办法，把想法转变为现实。而且他想干的事情，除非你有充分到可以驳倒他的理由——事实上，在那种情况下，李清泉也会欣然接纳。

可李世聪和魏海峰还是第一次听他提到这个话题，当即就呆住!

老天爷!这时节，不要说造拖拉机，就是手上有钱，出去买拖拉机都很难。

“这个事情，就由你李世聪主抓。接下来，咱们不光要造出拖拉机，还要造出收割机、播种机等等，以后，农技站扩大规模，我看，可以分出来一个农机厂。我不管你想什么办法。总之，你召集人员，把拖拉机给我生产出来!”

万山红遍

❶

几个人在合计制造拖拉机的时候，有个人却正在准备出门，去买拖拉机。

此人正是邱大海。

王树义把一台手扶拖拉机作为奖品开回龙门，把邱大海直接馋坏了。一天傍晚，他半蹲在邱家会战开出的那片土地旁边儿一个小山头上，嘴里叼着旱烟袋，眯着眼看着远处，眼前浮现出一台台大马力的拖拉机耕地播种的场景。

“我操！这不就机械化、现代化啦？”邱大海嘟囔一句。随即，扭头瞧瞧身边儿，周围一片空旷，没有一个人。他顿时笑出声来，“老邱，瞧你现在蹲着的这个架势，叼着根旱烟袋，动不动冒出一句粗话，标准一个老农民啦！”邱大海站起身，长舒一口气，又嘟囔道，“老农民有啥不好？你本来就是农民嘛，再说，这叫接地气。”

韩瑞强的通知还没下，邱大海先跑到镇上来找李清泉。

这次，是他要跟李清泉借钱。

“我打听好啦，有朋友介绍的，能从东北厂家直接买拖拉机。您瞧好就行，我带上俩人，日夜兼程，直接把车开回来！”

他在那里说，李清泉眨巴着眼睛，一直没吭声，等他说完，又是半天不语。

邱大海终于忍不住，问：“李书记，你说句话呀。”

李清泉这才说：“听起来，你这个设想不错。但我怎么觉得，有点儿不踏实呢？”

“你不是说过嘛，不去试一下，怎么知道事儿能不能成？”

“我这句话，你倒是记住啦。”李清泉一笑，“那就去试试，以你的脑袋瓜子，总不至于上当受骗。另外，你跟树义要个电话号码，他哥王树仁就在那边儿工作，而且已经是大领导，说话总是顶用。有个熟人好办事儿。钱的事儿嘛，我先借给你一部分，公社现在也穷，你知道的。”

邱大海眯着小眼睛，连连点头：“嗯，知道，知道。”

于是，就在李清泉带着一帮人赶往登城的时候，邱大海三人也登上前往东北的火车。

邱大海信心满怀，满以为，十天半月后，就能将一台崭新的拖拉机开回来。甚至，临行前，还精心准备一大块猪后座作为礼品。没想到，赶到沈阳，跟人接上头，却被晾在宾馆，连等数日不见确切消息。慢慢地，邱大海才反应过来，遇到骗子啦！人在异地，不得不小心翼翼，见事不好，他果断让同行去买返程车票，抽个空子，登上火车就赶回来。三个人自山东跑到东北，一路省吃俭用，自己身上带着煎饼咸菜，钱一分也舍不得花，返程时因为怕对方人找碴，偷偷摸摸前往火车站。因此，这一行，连出去转转的心思都没有。去时信心满满，回时灰头灰脸。

邱大海一提起这事情，就觉着窝囊。

李清泉他们登城一行，倒是收获满满。登城公社书记非常热情，亲自陪同一行人参观两天。尤其是各村用工人员的工分换算方式，登城公社书记一句“工换工，月月清”，让李清泉的思路顿时大开。就在一边参观的同时，他的脑海里，就将接下来罗庄即将成立的一支军事化管理队伍，勾画出一个相对比较完备的雏形。

农业建设大队，简称，农建大队！

李清泉眼睛一亮，对，就叫这个名字。这将是全公社一支尖刀力量！用来攻克接下来所有艰巨的任务，比如，治理锦川河，打造优质粮仓。比如，开凿万米山洞，将川河水库的水引入罗庄大地。比如，修建巨龙一般蜿蜒覆盖整个社区的灌渠，彻底改变靠天吃饭的局面。再比如，龙门大队那一道看起来根本不能战胜的山梁！

返回罗庄当晚，李清泉就把党委委员集合起来，商讨农建大队的筹建事宜。

那个夜晚，李清泉办公室里的灯一直未灭，几根老烟枪整得屋子里烟雾缭绕。直到有人反应过来，窗外已经透亮起来。一帮人整夜未眠，每个人眼圈红红的，但眼睛里，却闪耀着激动的光芒。

每个人心里都清楚，这个夜晚，一拨人做出的决定，将要书写罗庄历史上新的一页！

邱大海返回罗庄第二天，就跑到李清泉办公室，详细汇报行程。李清泉听完，不动声色，盯着邱大海看半天。

“情况，就是这么个情况。”邱大海两手一张，尴尬一笑。

李清泉这才哈哈大笑：“我当时咋跟你说的，我感觉就是哪里不对头。

你个邱大海，我老觉得你够精明，咋脑袋一热，揣上钱就往东北跑。你也不想想，东北是啥地方？你以为当年，咱们山东老少爷们儿闯关东容易吗？”

“我这还不是让拖拉机逼得？”邱大海搔搔头皮。

“放心，咱们自己造！很快，咱们就有自己的拖拉机。”

“真的啊？”邱大海瞪大眼睛。

“你不在家这几天，公社敲定好几件大事儿。一个是我们几个班子成员研究好啦，咱们自己造拖拉机、播种机这些农用机械，省得到处去求爷爷告奶奶。第一批学员，我已经派出去。半年后，他们回来，将成为第一批骨干力量！另外一个，我们去登城考察学习回来，大开眼界，咱们决定成立一支队伍，叫农建大队。这支队伍，比参加你们邱家大会战的队伍，力量将会更大，管理也会更加完善！韩社长正在组织人马，拟定详细的章程。”

邱大海张大嘴巴，半天说不出话。

这两个消息，足够惊人！尽管邱大海对李清泉的工作作风已经相当熟悉，但还是为这大胆的构想所震动。准备离开的时候，东北一行带来的挫败感、沮丧感，在邱大海心里，已经一扫而光。随之而起的，是一股子激情澎湃的斗志！

接下来，要干大事儿啦！

“差点忘了一件事儿。”他刚要走，扭头又回来，从包里掏出几张纸，面带笑容，“李书记，真是无巧不成书，我们仨返程的时候，刚进山东地界儿，遇到一个老头，一听我们仨口音，主动跟我们打招呼，您猜怎么着？他就在咱们这一带打过仗。聊过几句之后，又有一个重大收获！这个老头，认识李大壮的老母亲王桂荣！”

“我操！真的啊？”李清泉呼地一下站起来！

李清泉这句粗话，这个举动，倒是把邱大海吓一跳。

“对呀，我当时也很激动！一下子想起来，你不是嘱咐过一件事儿吗？王大娘不是一直想找回组织关系吗？我就问他，那您老人家，还记得王桂荣老人入党的事儿吗？老头说，她入党的时候，我倒是没在现场。但她是党员，这个确定无疑。我们几个人都知道！我还在那村里养过伤呢！”

“太好啦！”李清泉搓着双手，“那你把他的联系方式记下来了没？”

“我做事情，你还不放心？我得把事情敲实落啊。我紧接着，就找出纸笔来，我说，大爷你慢慢想，越详细越好。他一边说，我一边记。最后，我让他签了名字，摁了手印，后面还留下联系方式，你瞧瞧！”

“大海，你立了一大功！我觉着，这比开辆拖拉机回来还重要！”李清泉笑着接过来，仔细看一遍。

邱大海递过另一张纸：“这上面，是他根据记忆，又记起这几个人来，但只是大体地址，要去一个一个找的话，我估摸着得花点儿功夫。”

“花点儿功夫不要紧，我马上安排人去落实，最好再找到一两个见证人。那大娘这事儿，就基本敲定啦！大海呀，”李清泉紧紧握着邱大海的手，“你这真叫歪打正着，知道吗？你了了一位老人最大的心愿！我明天就去把这个好消息告诉她。”

按照邱大海记下的名单，李清泉派人去周边几个公社一一查找。

一星期后，又一个好消息传来，名单上记录的一位老人，就住在博城县一个小山村里。他是王桂荣老人入过党的间接证明人。而且，这位老人听说王桂荣患重病住院，提出一定要跟她见一面儿。

于是，历经转折，这位走路蹒跚、满脸沧桑的老人，在李清泉几个人陪同下，站到王桂荣的病床前。

短短数日，王桂荣老人看上去已十分憔悴，似乎说话都没了力气。但一瞧见那位老人，突然眼睛一亮，嘴唇抖动半天，两行泪水夺眶而出。

李清泉和另外几个人立于一侧，屋里顿时一派寂静。

两位老人谁也没开口，对视好半天，老头子慢慢坐下，伸过手去，抓起王桂荣的手，自此就一直没松开。

“桂荣啊，你还能认得我吗?”老头的声音发抖。

“大春子，潘大春嘛。”王桂荣脸上浮起笑容，“老啦，看你这一脸褶子。”

“牙也没啦!”老头张开嘴，“你看看。”

屋里的气氛轻松下来，李清泉擦一下眼角，冲着另几个人悄悄摆下手，几个人慢慢走出病房。

临出门前，只听老头说：“桂荣，你记得不？那年，要不是你喂我一口水，一块窝头，我早就没啦。”

李清泉站到走廊，看着窗外，一派心潮起伏。但心里是真的高兴。他已经把材料汇报到县里。有关领导根据现有材料，迅速做出决定，恢复王桂荣老人党员身份。几天后，当李清泉将崭新的党员证递到王桂荣手上时，老人慢慢举起来，端详好半天，脸上始终带着安详的笑容。

“孩子，谢谢你!”她终于开口，“我没啥牵挂啦。”

又过去一周，老人病情再次恶化。当李大壮从川河水库大坝急匆匆赶到医院的时候，老人已经永远闭上眼睛!

2

连韩瑞强都不知道，孙秋霞后来又去过两次川河大坝。

虽说，表面看孙秋霞还是跟同学一起，为大家表演文艺节目。但几个聪明的小青年儿，心里都明白，孙秋霞第二次，第三次到来，似乎已经有别的内容。第二次到来时，孙秋霞跟崔卫国没有更多交谈，只是互相打量的目光里，分明夹杂着别的内容。马超英冷眼旁观，顿时明白，崔卫国在她催着赶着之下，已经写过信，而且孙秋霞肯定已收到。但表面看，却揣摩不出她心里什么想法。因为，这一次孙秋霞并没留下吃饭，甚至没跟崔卫国多说一句话。照马超英的性格，哪里能憋得住？孙秋霞一走，她就去问崔卫国。

"老崔，赶紧告诉我，进度如何？"

崔卫国看她一眼，一声都没吭。

"崔卫国你啥意思啊？成不成的，你总得给媒人回个话吧？"马超英紧追不舍，"就你俩这事儿，我给你们操多少心啊？"

"你叫瞎操心！"崔卫国扭回头来，"再说，你算哪门子媒人？"说完扭头就走。马超英伸出一根手指头，指点着崔卫国的背影，好半天，才悄声嘟囔一句："我要再管你俩这破闲事儿，我就扇自己一个大嘴巴子。"

可在两个当事人心里，却已是心知肚明。

崔卫国的确迈出一大步，他给孙秋霞写了一封信，有些矜持，有些含蓄，字里行间，看似没有表露什么，只是谈工地上的感想。依照孙秋霞的聪明劲儿，其隐含的意思，实际已表露无遗。孙秋霞回一封信，当然也没有什么过分话语。看起来，更像是两个革命青年，交流成长心得。崔卫国盼星星盼月亮一般，收到信后，并没有立即打开。因为，旁边有很多人。万幸的是，马超英没在那里。否则，崔卫国收到孙秋霞的信，这消息，不出半日就会成为工地上的新闻。崔卫国不希望那样，他希望这是他跟孙秋霞两人之间的秘密。到傍晚，吃过饭，他才半跑到一座小山坡上，借着汽灯的灯光，一字一句读那封信。虽说，没有搜索到让他激情澎湃的字眼，但是，他从中读出一种鼓励。

这已足够！

看完一遍，崔卫国站起身，顿时感觉，四周的一切是如此美丽！而此时的他，将是整个工地上乃至整个世界上，最幸福的人！

他很快就写下第二封信，悄悄发出去。

不几天，孙秋霞的回信飘到工地上。

当他们第二次见面时，俩人已经通过两次信。孙秋霞对这小伙子的内心，已经有所了解。崔卫国用大篇幅的文字介绍自己的心路历程，介绍自己为什么要到川河工地，而不愿意在学校当孩子王。尤其是，崔卫国的文字里洋溢出来的那种诗意，以及浪漫情怀，让孙秋霞极为欣赏。

第三次的见面，实际上已是一次约会。

在先前抵达的信里，孙秋霞委婉表示，她这次来工地上，午饭不会在那里吃，可是她提到一个地点，离工地不远处的一座小山头，那里有棵老松树，站在树下，能把整座即将竣工的大坝尽收眼底。她顺便添加一句，她准备在那里花费一个小时的时间，好好欣赏一下美丽的风景，好好领略一下这一伟大工程。崔卫国盯着"一个小时"那几个字，看了老半天。

那一个小时，恰是午饭后的休息时间。

那天中午，散工之后，崔卫国打上饭，没去跟一帮年轻人相聚，而是回到宿舍，将饭盒放进自己书包。然后，换上身新衣服，背起书包，悄然出门。顺着一条小道，朝着那棵大松树的方向而去。当他赶到那里时，孙秋霞已经坐在树下。

这是两个年轻人第一次单独在一起，更加心慌意乱的倒是崔卫国。

俩人对视一眼，迅速挪开。

片刻过后，孙秋霞伸手一指前方，说出第一句话，破解尴尬："你瞧，这就是壮举!"随即，她站起身，看着远处，朗诵起毛主席的词，"风樯动，龟蛇静，起宏图。一桥飞架南北，天堑变通途。更立西江石壁，截断巫山云雨，高峡出平湖。神女应无恙，当惊世界殊。"

"我正是默默念诵着这首词，来到这工地上的。当然，我更喜欢那一首，独立寒秋，湘江北去，橘子洲头。看万山红遍，层林尽染；漫江碧透，百舸争流。鹰击长空，鱼翔浅底，万类霜天竞自由。”

崔卫国也慢慢轻松下来，脸上恢复自信。

“这个工程，会载入史册。你可是大功臣啊。”孙秋霞莞尔一笑。

“只能算是之一。我来得晚，不能算什么贡献，更比不上那些受过伤甚至付出生命的。”

这个话题，真是很好的切入方式，崔卫国慢慢走近孙秋霞，几乎已经彻底放松下来。

“孙老师，我给你带饭来啦！你先吃点儿。”

“你还给我带了饭？”孙秋霞抿嘴一笑，“那你呢？这是你那一份吧？”

“我吃过啦。这就专门给你打的。”

孙秋霞眨巴一下眼睛：“你肯定还没吃。我一个人，也吃不下这么多。咱俩一块吃吧，你看，这顿午饭，很有意义啊。”崔卫国抓抓后脑勺，稍稍沉默后说：“我就带一把勺子。”孙秋霞呵呵笑起来：“这漫山遍野，到处是筷子。我上次来，就看到工地上有人掐两根树枝子当筷子。”

崔卫国也笑了，于是不再推辞，转身去旁边儿折两根草棒来。

“开始吃！许多年以后，我回想往事的时候，肯定会记着这一天，我跟崔卫国同志，在山顶上吃了一顿很有意义的午餐。”

接下来，俩人边吃边聊，话题依然没有那么直白地触及情感。孙秋霞以一个老师的成熟和敏感，主导着话题的变换。崔卫国越来越坦诚，放开。最后，俩人坐在那棵老松树下，甚至开始抢着说话。

“你瞧，你其实很健谈的，可之前咱们俩见面，你咋不大说话呢？”孙秋霞歪着头问。这句话来得有些突然，崔卫国抓一下后脑勺，没做回答。此时，出现片刻沉默。孙秋霞扭头看着远处。

“其实，我这次来，是有一件事儿想听听你的意见。”孙秋霞揪一根黄草棒，捏在手上，“我想回公社的学校教书。”

“哦？”崔卫国有些惊讶，“你咋想的？人家都是想往县城跑，你咋往下面走呢？”

“崔卫国，我可是认真的。你可别像他们一样，都那么俗气。”

崔卫国有些迟疑，孙秋霞回罗庄公社，对他来说，当然算是好消息，至少心理上感觉离她更近了些。可是，孙秋霞到底心里咋想的呢？她回来的目的是什么？为了镇上学校缺老师？回报养育过她的这片土地？还是，为了他崔卫国？

此刻，他才发现，一个他从来没想过问题摆在面前。那就是，如果两个人真的谈起恋爱，而孙秋霞在县城教书，他崔卫国怎么办？将来，川河大坝工程完毕，自己还是要在罗庄的，当然，还可能会直接回村里当农民。那该怎么办？崔卫国想到这些，突然一下子意识到了俩人的差距。

他有了强烈的自卑感！

“你在想什么？怎么不说话？”孙秋霞问。

崔卫国站起身来，望着远处，悄声问：“是什么原因，让你想回来教书？”

“你先回答我，你为啥要给我写信？”

崔卫国没想到，孙秋霞把一个滚烫的山芋又递回来。崔卫国知道，这个问题，已经直接触及本质，几乎是把他逼到绝境。索性，豁出去啦！

“因为，我喜欢你！”崔卫国终于明白无误地把自己的想法说出去了，紧跟着一股子轻松感升腾起来，但随后而来的，又是心急如焚，他不知道这句话出口之后，孙秋霞将会是什么反应，他急需要一个答案，哪怕这个答案不是那么明确。

这一次，轮到孙秋霞低下头，轮到她沉默不语了。但看上去，这句话起到很大作用，她的脸庞似乎稍稍发红，她的身体似乎在微微发抖。孙秋霞把黄草棒塞进嘴里，悄声咬着。

对崔卫国来说，接下来那一段静默，像是他被架在火上炙烤。他觉得，那是一个穿越了千年万年的过程。甚至，他一度想逃离那个地方。

“我可能太冒失了，”崔卫国抓抓头皮，“对我来说，你是高不可攀的，我配不上你！”说完，崔卫国想站起来。

孙秋霞此时却突然抬起头来，直盯着他。崔卫国立刻感觉有些眩晕，孙秋霞的脸上一抹红晕，让他几乎看呆了。

“刚才我还要你别那么俗气，你这些话，可就小看我了。什么高不可攀？我是大家闺秀吗？我不照样也是从农村走出来的吗？”孙秋霞一边说，一边眉眼里带着笑意。

崔卫国几乎就是兴奋得浑身颤抖起来：“那就是，就是，你同意啦？”

“我可没说哦，现在，我先回答刚才那个问题，想回镇上中学教书，我可不是为了你。”孙秋霞莞尔一笑，“至于，后面这个问题嘛，看你的表现啦。”

崔卫国唰地一下起身，原地就蹦起来！

此刻，傻瓜也能听得出来孙秋霞的意思。

接下来那整个下午，一直到晚上，崔卫国兴奋得像是在做梦。这种感觉，太美好了！它让人浑身每一根血管里都流淌着欢快的声音！在工地上，崔卫国推着泰山车，甚至唱起歌儿。就连常跃进都感觉到不对头。

“卫国，你咋跟打了鸡血一样呢？”

这一点上，马超英要比常跃进聪明许多，她早就察言观色好一番了。中午，崔卫国没在食堂旁边儿跟她们吃饭，已经属于反常，联系到孙秋霞在工地上出现，此意味就更为不同。下午一上工，马超英倒是强忍住，没主动去招惹崔卫国，但一直在一边悄然观察。当她发现崔卫国干着活儿，忍不住偷着乐的时候，就心知肚明了。

“跃进，你真是大傻瓜！你没看出来，咱们的崔卫国同志，正式开始谈恋爱了吗?”

常跃进张大嘴巴，扭头去看崔卫国背影：“这么说，他跟孙秋霞老师，还真是成啦?”

3

崔卫国当天晚上就给孙秋霞写信。这一次，已经不再含蓄，表现得有些大胆，有些火热。当然，尽管孙秋霞的意思已经表露无遗，但崔卫国需要更多更明白无误的答案，或者说，恋爱中的男孩儿女孩儿，有些话语是说不完也听不够的。对于孙秋霞的回信，这个小伙子，是绝不放过任何一个字的，甚至标点符号，那些逗号，句号，问号，似乎都暗含着无限的玄机。

一个很突兀的时刻悄然而至。当然，于崔卫国来说，其实毫不知情。

有一天上午，大喇叭里突然响起来：“罗庄营的李大壮、崔卫国同志，请抓紧时间，到指挥部一趟!”

崔卫国直起腰，先看看大喇叭，然后看看离他不远处的李大壮。

“老崔，就是喊你的，你发什么愣啊!”马超英说，“赶紧去呀!”

“这是啥意思?”崔卫国嘟囔一句，“为啥叫我去呀?”

“叫你跟李社长，肯定是好事儿呀！老崔我跟你说，说不定是我表扬你那稿子起大作用了，要是领奖，你可要正儿八经请我吃饭!”

“你就知道个吃!”

就在那时候，李大壮也咋呼道：“崔卫国，你快点儿!”崔卫国赶忙跑过去，跟在李大装身后，忍不住问：“李叔，叫我去干啥？我就一个干活的。”

“你问我呀，我问谁去？”李大壮也是摸不着头脑。

俩人一前一后走进指挥部，却见屋子里除了总指挥，还坐着另两个陌生人。

不一会儿，就清楚了那俩人是县里的领导。可崔卫国心里更迷糊，按照他的人生经验，还猜测不出县里领导找他谈话，是什么目的。不过，他已经敏感地意识到，似乎一个关于自己的重大事情即将到来。

两个陌生人却分做两帮，分头跟李大壮和崔卫国谈话。

跟崔卫国谈话的那个人很严肃，脸一直绷着，这让崔卫国更加忐忑不安，而且，询问的话题也更敏感。一个是，崔卫国在川河工地积极争取入党，心里是怎么想的？另一个是，崔卫国前几年在学校的表现怎么样？

崔卫国虽然心里惶惑，但一一如实作答。

积极要求入党，一是自己作为一名优秀团员，早就想向党组织靠拢。对自己来说，能成为一名党员，是光荣而自豪的一件事情。另外，还有受教书的父亲影响，这同样也是父亲的希望。关于第二个问题，答案很简单。崔卫国当时的选择，就是离开学校，回农村干活，这不需要多解释。

随后，陌生人的脸部肌肉似乎松弛不少，又问一些崔卫国家庭成员以及亲戚关系等问题，一边问一边记录。这场谈话，进行了大约一个多小时。等崔卫国出来，李大壮那边儿的谈话还没结束，但似乎那边的氛围特别轻松，因为崔卫国能听到李大壮爽朗的大笑。他没离开，就坐在外边等。

不一会儿，李大壮也走出来，县里那人还把他送出来，笑着跟他握手道别。崔卫国看一眼工地，突然心态出奇的平静。

他已经基本确定，有个事情就要到来，或许，他就要离开这里啦！

跟在李大壮身后走几步，他依然没吭声。李大壮突然停下，扭回头，端详着他。崔卫国也站在那里：“李叔，你干嘛这么看我？”李大壮突然抿嘴一笑："卫国，你这孩子果然是有定力。你咋不问我到底是啥事呢？"

"我知道，是关于我的一个大事儿。要是能说的话，我不问你，你也告诉我，要是不能说，我问了也是白问。"

"江山代有才人出啊！"李大壮伸手拍一下崔卫国的肩膀，感慨一声，"我的确现在还不能说，因为，我确实还不知道是啥事儿。但有一点儿，我可以跟你讲，崔卫国，你祖坟上冒青烟啦！不出意外的话，你在这工地上待不了几天啦！"李大壮扭头就走，刚走两步，突然又扭回身子，"卫国，回家告诉你爹，让他请我客。这一个多小时，我为你说了一大箩筐好话。"

一个星期过后，崔卫国接到通知，到县里参加青年干部培训班学习。

原来，县里要解决一批干部，能够解决城镇户口。推荐人选的通知，早就下发到罗庄，李清泉为此专门召开一次党委委员会。最后确定，推荐崔卫国，而且经过研究，实际也是李清泉的主导意见，崔卫国经岗前培训以后，到罗庄公社，担任团委副书记。

去县里报到前，崔卫国先回家一趟。这种敲定了的消息，总是传得飞快，崔子韬早就听王校长传来的好消息，已经激动得睡不好觉。当崔卫国背着铺盖卷儿以及洗脸盆等日常用品走进家门的时候，家里的桌子上，早已经摆了好几样菜。而母亲还在饭棚里忙活。他一走进院子，母亲就手里举着一把勺子，瞧着他，呆愣在那里！父亲呢，坐在屋门口外一张木头凳子，一见到他，也站起身来。

"爹，娘，我回来啦！"崔卫国一脸笑。

母亲几乎是小跑着走过来，歪着头看："哎哟，咋瘦成这样？"

崔卫国把行李先往磨盘上一放："啥叫瘦啊，娘你不懂，这叫结实。"

崔子韬自始至终站在一边儿，没说一句话，等到崔卫国的母亲转身去继续炒菜，这才开口："洗手洗脸，咱们吃饭。"

这个夜晚，崔卫国第一次跟父亲喝酒。

次日一早，崔卫国起床准备出发时，父母早就起来忙活半天。按照前一个晚上崔子韬说的，崔卫国应当先去公社，去感谢一下李清泉书记。

“卫国，这叫知遇之恩！哪怕你是一块金子，也得有人挖掘和发现。李书记对你对咱家，是有恩的，咱们不能忘了。”崔子韬说着说着，还流下眼泪。

这是崔卫国第二次见到李清泉。

那个时刻，李清泉早就在办公室里。崔卫国敲门而入的时候，屋子里就他一个人，正披着那件破旧的黄大衣，在桌子上一堆纸上写写画画。一开始，他并没抬头，只是说一句：“老韩你先坐，我先弄完这一点儿。”

他还以为来者是韩瑞强。

崔卫国站在那里，一时不知道该说些什么，就没作声。稍一会儿后，李清泉觉得不对，一抬头，发现是崔卫国：“哎哟，是卫国呀，我还以为是韩社长。你这个孩子，咋也不说话?”

“我怕打扰了您的思路!”崔卫国抓抓后脑勺。

“你倒是实诚，快坐下坐下！是不是今天要去报到?”

“是啊李书记，我爹让我来向您辞行，他本来也想一起来感谢您，让我拦下了。我觉得，李书记您太忙，怕打扰你。”崔卫国没坐下，面对李清泉的时候，他稍微有一点儿紧张。

“那些虚套就不必啦。”李清泉一摆手，“你坐下，我跟你聊两句。”

崔卫国这才坐到李清泉桌子对面儿。

“到县上学习，跟工地上可大不一样。在工地上，也是学习，是磨炼意志。当然，你干得很好！获得很多荣誉，学习积极分子，先进青年，先进民兵，还光荣入党！但荣誉代表着过去，现在是正儿八经去学知识啦，一定要记着，好好学，学牢靠，不能给咱罗庄人丢脸。”

“嗯，您放心李书记，我一定记着您的话！”崔卫国答。

“回来以后，我可是要你挑重担子的。你要是不给我长脸，我可真收拾你！”李清泉面带微笑，话却说得有些狠。

崔卫国连连点头，心里说，这位李书记还真是名不虚传。

到县里报下到之后，趁着没开班，崔卫国先去了县一中。那已是下午，崔卫国在校园外面转悠老半天。看着熟悉的校园，他顿时感慨万千。此时的他，跟当年离开的他，已经完全不同。崔卫国低头看看自己的手，已经生出硬硬的茧子，那是刚到工地不久后，就开始生成的。手背上呢，晒得乌黑乌黑的。他照过镜子，脸上也晒成这样子。

“你已经像个老农民啦！”他自言自语。

然而，此时此刻，他已经完全没有那天中午面对孙秋霞时的自卑。尽管他心里清楚，对于他的农民身份，孙秋霞并不在乎。要知道，如果那时候他俩的事情公开，将会引起轩然大波。孙秋霞的家人，还不知道用什么样的方式来阻拦她。什么？一位堂堂的县里的老师，要嫁给一个农村人？崔卫国将不会为自己争辩什么，可让孙秋霞委屈，他是会难过的。至少，按照世俗观念，崔卫国现在身份上已经是城里人，而且将来是在镇上工作。这样的身份悬殊会差一些。

“放心吧秋霞，我会努力的！”他暗暗对自己说。

“你怎么来啦？”对于崔卫国的到来，孙秋霞有点儿惊讶。

崔卫国笑眯眯的：“我来看看你！”

“疯了吧你？”孙秋霞压低声音，看看身边儿，却是一脸笑容，“我可不想马上成为一个新闻人物。尽管，我现在已经差不多是了。”

“回罗庄的事儿，你跟学校里提出来啦？”崔卫国问。

孙秋霞连连点头：“我爹跟我娘也被我说服，接受现实啦，主要是我爹犟，我娘觉得挺好，说那样就离家近，可以直接回家吃饭，多好！”

崔卫国不吭声，只是偶尔扭头看一眼孙秋霞，俩人沿着操场的跑道在转圈儿。

“对啦，你怎么突然到县城来啦？请假啦？”孙秋霞站住。

崔卫国依然微笑，不吭声。

“你一定是有啥事儿瞒着我，对不对？”

“我来学习，参加个培训班。”

孙秋霞挥手拍崔卫国肩膀一下：“这种好消息，怎么不早告诉我？”

“来不及给你写信啦，打电话也不方便。”

“学什么呀？机械？还是爆破？工地上派你来的？”

“是镇上。我以后，不去工地啦。”

孙秋霞站住，又端详崔卫国好一会儿：“快，把好消息一起告诉我！”

“是一个干部培训班。回去以后，我就到公社上班啦。我以后，不是农民啦。”

孙秋霞看着崔卫国，好半天，眼角流下泪水来：“崔卫国，我嫌弃过你是农民吗？”

崔卫国一脸着急：“我，我不是这个意思。你怎么哭啦？”

“我是替你高兴的。其实，你知道，我根本不在乎你的农民身份的。但是，你到公社上班，我当然更高兴！说明我真的没看错人，我知道你是上进心很强的人。”她扑哧一下笑起来，“这样好啦，你学完回去，咱俩可不就离得更近啦？”

“嗯，离得更近啦！以后，我每天送你回家！”

“别耍贫嘴啦！以后回到罗庄，还不定干什么工作，公社里那么忙，我姨夫是个啥状况我又不是不知道，你还有时间接送我？”

抢 收

①

春夏之交，县里将罗庄公社作为机械化生产试点。经过党委会反复研究，专门划出公社西北角一片地，作为试点基地。

一切差不多从零开始，邱家会战的大部分人马，又在那片土地上开始鏖战，建厂房，安装设备，以农机厂为主体的基地建成。

举行落成仪式时，市委分管农业的田副市长参加，县里几大班子领导全部到了现场，公社里的锣鼓队擂出气势，震天作响，到处旗帜飘扬。

已经学成归来的崔卫国，此时就站在人群中。现在的他，已是公社团委副书记。为了让锣鼓队和秧歌队营造出更热烈的气氛，他们一帮人已经奋战好多天。果然，如孙秋霞所言，那些日子，他连去见孙秋霞的时间都没有，吃住都在办公室，眼睛都熬得通红。

想到孙秋霞，他开始在人群里四处寻找她的身影。

孙秋霞要在接下来的文艺演出中演唱。果然，在另一堆人里，他看到了孙秋霞。或许是心灵感应，孙秋霞在有个瞬间，也扭头朝他看过来。俩人相视一笑。

宗县长主持，李清泉介绍发言，县委刘书记动员发言，最后，市政府田副市长总结发言，会议结束，简短的文艺演出开始。

送走田副市长，刘书记又转回身，面对李清泉，意味深长端详半天。

“书记您作指示！”李清泉故意一脸严肃。

刘书记笑一声，伸出右手，握成拳头，朝着李清泉胸口一顶：“姓李的，接下来，该你主演啦！”

“书记放心，一定演好！”李清泉斩钉截铁。

刘书记压低声音：“要是演砸了，滚回你的博城老家当农民去！”

“到时候不用您撵，我自己到您办公室递辞呈。”

的确不能演砸！李清泉很清楚，县里，市里，都看着这里呢。就在当晚，李清泉就召开党委扩大会，专门研究接下来的发展道路。崔卫国作为会务人员在旁边参与的。他一边在本子上做记录，一边内心热血沸腾。他为一帮人对未来的规划而激动不已。散会的时候，已是深夜，李清泉单独叫住李世聪，俩人一起从会场往外走。

“知道我为啥喊住你？”

“知道。”李世聪一笑，“我看见刘书记和你说悄悄话啦。虽然我没听见，可他说了些啥，我有数。”

“刘书记说，姓李的，接下来是你主演啦，演砸了，你给我滚回博城老家当农民去！世聪啊，你说，刘书记这是啥意思？”李清泉嘿嘿而笑。

李世聪站住，而且，身体绷直：“李书记，刘书记啥意思我不清楚，可您啥意思，我很明白。我要演砸了，我也回老家当农民去。”

李清泉一拍他肩膀："我就要你这句话。记着啊，李世聪，你跟我李清泉，是一根绳上的蚂蚱。"

魏海峰在马不停蹄生产水泥，李世聪启动制造农业机械的步伐，许多人心里已经很清楚，罗庄已经悄然发生本质变化。

这个变化，已经算是颠覆传统理念，开启罗庄作为新型农业社的步伐。这个开端，为此后罗庄的发展，奠定良好基础。

多年过后，冠名"锦川"的各种农业机械、副食品，如雨后春笋般出现在市内外，甚至推向全国，命名锦川河、机械化试点，就成为这一现象的源头。

李清泉回到那个小院儿的时候，很清晰地听到一声鸡鸣。他抬头看一眼天空，东边的地平线已经渗出一抹白。西边天空，一弯月亮，静静地挂在那里。尽管身心疲惫——是真的身心疲惫，但李清泉心底，似乎依然有潮流在暗自涌动。他坐在门口的台阶上，摸出一根烟，擦一根火柴点上，慢悠悠地把烟雾喷向夜空。

这一个春夏之交，对于邱大海来说，更是意义非凡。

市里组织一批参观团，去山西阳泉学习艰苦奋斗精神，邱大海成为团员之一。临行前，先到李清泉办公室汇报情况。

"唉哟，大海，我发现你越来越讲规矩啦。"李清泉开起玩笑。

"跟着书记走，水平觉悟高！"邱大海一皱眉头，"是不是不大押韵？"

"少来这一套，一跟你放松，你就更来劲儿，坐下，听指示！"李清泉一指面前的那张椅子。邱大海一坐下，"吱呀"一声响。他又站起身，伸手摇晃一下那把椅子，"李书记，该换一把啦。你看，都快散架子了。"

李清泉先是不吭声，等邱大海重又坐下，才神情严肃地说："你这番话，让我想起一个人来。"

邱大海顿时明白，李清泉指的是老书记孙为政：“你说的是孙书记吧，我也好久没见他老人家了。”

“唉！”李清泉叹息一声，“大海你说，我这辈子，欠多少人情账啊。前阵子，为了给川河工地受伤的小伙子找好药，孙书记亲自给咱们跑，那孩子现在一天天好起来，我夸下口，要请孙书记吃饭，还要一起请医院的李大夫，可到现在，都没兑现。”他抓起钢笔，在桌子上的日历本上写了一行字，“我得先记下来。”

“你这整天忙得，跟头轱辘的。这样行不行，我学习回来，你再请老书记，我作陪。”

邱大海身子往前一凑，眨巴起小眼睛。

“你倒真是会算细账？明知道我是不会给你接风的，硬往前蹭啊？”

邱大海一本正经：“这样节省你的时间嘛。我这个意思，倒是其次，关键我也是好长时间没见老书记啦。”

“这把椅子，只要还能坐，我就不换。因为它有纪念意义，它见证了孙书记为罗庄人民付出的心血。有时候，一抬头，看到这把椅子，我就能想到我第一天来报到，我和老书记促膝长谈的情景。”

邱大海低头看一眼：“要是将来的某一天，建个罗庄纪念馆之类的，这把椅子完全可以摆进去，当文物。”

“咦，这次大海你算说了句正经话。”李清泉一笑，“说归说，闹归闹，咱们切入正题，你知道，派你去学习什么？”

“学习农田水利建设先进经验。”

“你还算是有脑子。”

邱大海不开玩笑：“根据党委的决策，我估摸着，接下来，农田水利建设方面，也是一场硬仗。”

“对，但也不光这一条。派你去，整体上就是开阔思路，打开视野，学习人家战天斗地的精神。具体说，除了农田水利建设，还要探索学习科学种田技术。我知道，你在这方面，脑袋瓜子灵光。这次去的，可以说，都是全市各个公社的顶尖人才，脑子都很好使。到那里以后，可能会碰到全国各地的生产高手，这是多好的机会呀？我对你的要求就是，从一上火车就开始，多和人家交流，看在眼里，记在本子上，记在心上，脑子还要跟上，到时候，我不听你看到了啥，记了啥，我就听你的好规划，好建议！”

“李书记放心，我记住啦！”

“我早就说过，我要给你压担子的。回来之后，处理一下村里的事情，到公社来上班，负责农科站，到时候种子、农药、化肥等等，那一大摊子事儿，你给我抓起来。你要是干不好，看我怎么收拾你！所以，这次派你去学习，要干些啥，我不多说啦。”

“好！”邱大海稍做沉默，点点头，说了一个字。

邱大海背着铺盖卷，带着几张烙饼，登上前往山西的列车。上车后，将行李卷就地上一放，坐在上面，嘴里啃着烙饼，还在回想李清泉的话。

突然感觉，这一行，身上的担子是如此重大！他扭过头去，看着窗外飞逝的场景，心里默默念一句：“我带着责任和使命，奔你而来啦！”

到阳泉，一下车，邱大海不由得嘴里又想吐出一个字的口头禅，但硬硬地还是咽回去。这是在异地，得讲文明。可是，眼前一堆一堆小山一样的煤炭，让这个曾经下过煤井的汉子惊叹不已！与这里比，远山矿的产量，那简直太小儿科啦。

接下来，行走在沟沟坎坎上，参观当地人战天斗地的业绩，邱大海更是感慨不已。即便是没跟李清泉做过保证，对于邱大海来说，他也不会放过任何一个细节。

在邱大海行走在那沟沟坎坎里的时候，李清泉、韩瑞强他们在家里也一刻没闲。李清泉计划把全公社兵力集中成两支，一支前往龙门，支援王树义，打通那条通往野狼窝的山路。而且已经迅速集结，赶往龙门。另一支，则是在肖家村附近的锦川河两岸，开展整地改土会战。

关于后一行动，韩瑞强第一次跟李清泉主张不同。

他不是不知道李清泉的本意，是为进一步治理锦川河铺设道路，为下一步实现地下河流地上万亩良田奠定基础。可是，眼下小麦马上就要收割，调整大批劳力，去整地改土，万一遇到天气状况，要进行抢收，会受到大影响。

“夏收，一定要保障！不能让一粒麦子浪费。同时在肖家整地改土，也要同步进行！困难嘛，啥时候没有？要克服嘛！”

李清泉斩钉截铁，语气里透出不容置疑的霸气。

这一次，韩瑞强看他半晌，没吭声，转身走出他办公室。李清泉往后背一靠，看着房顶，好半天没说话。

从他到罗庄之后，这是韩瑞强第一次如此强烈得跟他意见相左。

半天后，李清泉走进韩瑞强办公室。

韩瑞强看他一眼，还是没吭声。李清泉在他面前坐下，抽出一支烟，递过去，韩瑞强摆摆手。

“怎么啦？真生我的气啊？都是为工作，值当的？”

韩瑞强一探身子：“这跟刚才的事儿，完全没关系。我现在，是真不能抽烟啦，一抽就胸闷。”

“哦”李清泉把烟收回去，“咋回事儿？去矿上医院查一下啊！”

“查什么呀？”韩瑞强一摆手，“这是家族遗传的老毛病，一感冒就咳嗽，支气管炎。唉，我跟你说这个干什么？还是谈工作。”

“我这不就是来跟你谈工作的吗？”李清泉自己点上，“老韩，你知道我为什么坚持要在肖家开工?”

“我能不知道?你不就是为锦川河那万亩粮仓着想，要赶进度嘛。可是李书记，这眼瞅着，就要开镰，你把整劳力基本都抽走，一帮在龙门，一帮在肖家，万一天气不好，来不及抢收，粮食产量受影响，咱们怎么向县里交代?”

李清泉沉默半晌，慢慢站起身，开始往外走。

韩瑞强看一眼他的背影，突然心里一酸，他好像第一次发现，李清泉的腰有点儿弯了。他站在光亮处的发黑的背影，让人觉得心疼。

“李书记，你就不说点儿啥?就这么走?”韩瑞强追问。

李清泉站住，慢慢转回身来。韩瑞强看不到他的脸，但能判断出，李清泉在做一个艰难的决定。

“好吧，老韩，这一回我听你的。肖家战役暂时先不打，收完麦子再开始。但是，龙门那支队伍不能撤!我要完成王树义那个心愿，我要让他收完麦子之后，就可以在那条沟里垦地种玉米。要是天气有变化，需要抢收，安排车去，随时接他们回来!”

“来，李书记，我要抽支烟。”韩瑞强不动声色地笑。

“哼!你现在想抽?我还不伺候呢!”李清泉刚要转身，又停住，“我命令你，去一趟医院，仔细检查一下身体!”

“放心吧，这你别管!”韩瑞强摆摆手，“我先和马社长合计一下夏收的事儿。”

2

韩瑞强推门进屋前，半天空突然传来隆隆的雷声。他转回身，抬头瞧着天空，眉头紧皱。上午，云层开始堆积，天气变得燥热无比。韩瑞强站到窗子前好几趟。最担心的天气，似乎真的到来！幸好，雨倒是没落下来，而且，几乎没有风。但这并没有让韩瑞强紧绷的心放松下来。他感觉不太妙！这种讨厌的天气，他太熟悉了。这是狂风暴雨来临前的征兆！

“老天爷，果然是来啦！”

韩瑞强打量天空的时候，院子里那棵槐树的树头开始摇晃起来。起风了！韩瑞强几乎瞬间感觉到凉意。他扭头就往回走！

“老韩你干嘛去？”腰上系着围裙的肖玉莲站到门口。

“我得回公社。”韩瑞强一边走，一边大声说，“你先吃！”

“回公社干啥？再急，也先吃饭呀！”肖玉莲甩着双手，话没说完，只见韩瑞强已经走出院子。她嘟囔一句，“老天爷要下雨，这你能管得了啊？”

韩瑞强急匆匆往公社赶的时候，狂风突然而至，吹得他几乎站不住脚。他心里顿时连连叫苦：“坏事儿啦！”此时，地里的小麦正挺直腰杆，顶着沉重的穗头，雨倒并不十分可怕，最怕的就是狂风！狂风过后，大片大片的小麦，全都倒在地上，如果再加上暴雨，麦穗泡在雨水里，那将会造成大面积减产。韩瑞强跟马长林已经骑着自行车，下去转了一大圈，今年的小麦长势喜人，应该说是一个丰收年。可没想到，盼望一季，眼看着粮食要归仓，却遭遇这种鬼天气！

韩瑞强跌跌撞撞走进李清泉办公室的时候，雨点开始啪啪地敲打窗户。李清泉站在窗口，紧皱眉头在抽烟。他早看到韩瑞强，等后者进屋，俩人只是对视一眼，彼此都没说话。

“老韩，你觉着现在开镰能成吗？”稍做沉默后，李清泉问。

“昨天我去转了一圈儿，虽然感觉还是稍欠火候，但根据天气预报来看，情况很不乐观。要是接下来连着下雨，再加上大风，就比较麻烦。”韩瑞强咬咬下嘴唇。俩人正说着的时候，雨点已经密集起来。

就在那时候，他俩同时看到崔卫国急匆匆跑进院子，直接奔李清泉办公室而来。

“这大中午的，你咋又回来了？”韩瑞强问。

“我本来想去学校，半路上下起雨来，我回来看看有什么事儿没有。”

李清泉微微一笑：“卫国是个好同志！”他突然转回身，“老韩，不能再等啦！下决心吧，开始抢收！”

韩瑞强有点迟疑：“可是，麦子割回来，要是下雨没法脱粒，很快也会发霉。”

“赌一把！要是这大风把麦子全都吹倒，泡到水里，说不定等天晴的时候，麦子在地里就发芽啦。再说，全倒在地里，割都没法割！趁着雨还没那么大，收吧！”

“好！”韩瑞强转身就走，“事不宜迟，我去打电话下通知。”

就在此时，李世聪和马长林也一前一后骑着自行车进院子。

李清泉一挥手：“老韩，部署抢收的工作，你和马长林去落实。另外，通知公社所有车辆去龙门接人。给王树义打电话，工地上的人员，能想办法往回走的，分期分批地走！赶紧回村，抢收小麦！崔卫国，你跟着我走，咱们沿河去看看，得做好防汛工作，——你去骑上李社长的自行车。”

“李书记，你在家，我跟崔卫国去！”韩瑞强转回身来。

“我去就行，你指挥抢收！”李清泉摆摆手。

此时的龙门工地上，王树义也做出果断决定，开山工程停止！立刻安排拖拉机、马车等，先送就近的人，回村抢收小麦！其余的人，跟龙门村的人一起，全部开进麦地，开镰收割！等公社派来接应的车辆一到，这些人赶紧回村支援抢收。工地指挥部里没有电话，王树义没法跟公社联系，但他做出与公社党委一班人同样的选择。

李清泉和崔卫国一前一后，赶到邱家大桥的时候，雨已经下大。同时，看到邱家大队的社员，已经在地里忙碌起来。李清泉眯着眼睛往远处看去，雨水顺着他的脸往下淌。他心说："看来这个邱大海，已经先行一步，开始收麦子了。"

崔卫国下了自行车，站在李清泉身边，沿着他的目光，也向上游望去。

"卫国，我最不放心的，还是这条河!"李清泉大声说。

崔卫国没说话。

他就是在这条河边长大的，当然知道这条河一旦发威，是很可怕的。不光沿河两岸的庄稼受影响，而且会直接危及老百姓生命。崔卫国已经很清楚李清泉的未来规划。知道此时他们面前整个一大片，地面上将出现大片良田，而这条虽不十分宽阔的河流，将隐藏进地下。如果这一次大雨造成山洪，极有可能，将会对李清泉这一巨大规划产生影响。你如果亲眼看见山洪像巨龙一般滚滚而下，如何将它约束住，改变它的性情，让它乖乖地在地下流淌，这对下决心掌控它的人来说，在心理上将会产生极大压力。

好在，目前这点儿雨，还造不成那番惊心动魄的景象。

崔卫国扭头看一眼李清泉。

此刻，这位公社书记在他眼里突然之间更像一位可亲可敬的老人。

就在此时，雨稍稍小一点儿。天空有一大片区域，甚至稍稍泛亮。李清泉看起来心情轻松一点儿："走，咱们去邱家那边儿，去练练手。"俩人来到邱家大队的麦地里，加入进收割小麦的队伍。邱大海在另一侧，还根本不知道。一个社员跑过去告诉他，他才小跑着向李清泉而来。

"书记，又来支援地方啊？您老是这样，我怎么给你记工分啊？"

李清泉直起腰来："你别老是耍嘴皮子啊！一直到现在，你正儿八经请我吃顿饭没有？"邱大海呵呵一笑："那就今晚上，我正好再仔细地介绍一下，我去参观学习的心得体会。”

“去一边吧。”李清泉一挥手，“你明知道，这个节骨眼儿，我没闲工夫跟你磨牙。不说废话，你是不是早就开始收割啦?”

“我们确实早开始动手，有些地里的麦子，早已经可以收割啦。”邱大海面带自豪，“我们可能是比较早动手的，有一批粮食，已经入仓!”

“你还是让人比较放心的。”李清泉一边手上没听，一边大声说。

邱大海瞧一眼崔卫国：“这个小伙子，是崔卫国吧?”

崔卫国忙说：“是我啊邱书记。咱们见过面儿，就是没打过招呼。”

“我看你割麦子这架势，也没少干过活呀。小伙子真不赖!”邱大海真心称赞。

“就这活儿，经常干嘛!”崔卫国也笑起来。

说着话的功夫，突然大雨如注，夹杂着狂风！李清泉直起腰，仰面看一眼天空，又低头看一眼远处，被大风吹得东倒西歪的麦子，嘴里嘟囔着骂一句。邱大海靠过来，大声说：“李书记，你别干啦！到我们大队部休息一下。这个天，你也没法去别处啦!”

李清泉没回话，只是望着忙碌着的社员。

在如注的雨水里，他们手上的动作更加麻利。好多人身上都没穿雨衣，也没披塑料布，衣服紧贴在身上，头发紧贴在脸上，可是每一个人都顾不上直一下腰，像是机械地一遍又一遍重复着收割动作。

突然之间，李清泉的鼻子一酸，泪水涌出，跟雨水混杂在一起。

这就是抢粮食啊!

不管是在什么年代，农民好像都一直在跟老天爷抢粮食！农民知道粮食的珍贵，知道每一粒粮食来之不易，知道有粮食人才能活下去！因此，他们珍惜每一粒粮食，绝不允许每一粒粮食被糟蹋。尽管是在抢，但他们割得很仔细，割过的麦茬很干净。李清泉很清楚，要是在平日，前面的壮劳力一路割过去，后面就会跟着妇女孩子再捡过去，地里几乎是不放过任何一个麦穗儿的。

得走啦！李清泉想，必须沿河走一走，我才踏实。假如雨季来临，河两岸的人家，就是重中之重！绝不能再出现之前房屋塌陷，或洪水冲走老百姓的事件！尽管，此前开会强调过防汛工作，但自己不去走一走，还是不放心！

水患无情，必须防患于未然啊！

可当他再一次直起腰身的时候，突然之间，站在那里一动不动！他不想让邱大海和崔卫国察觉，但自己很清楚，老胃病又一次开始对他进行猛烈攻击！借着狂风暴雨做掩饰，邱大海和崔卫国也的确没看出什么。李清泉强忍着疼痛，跟崔卫国深一脚浅一脚从地里出来，脚底上的泥巴让行走变得更加困难。

走到自行车旁边儿，李清泉实在忍不住，一只手摁着胃口，一只手撑住自行车，站在那里，良久没动。他身上已经湿透，雨衣根本不起作用。

“李书记，你怎么啦?”崔卫国起初没在意，正想蹬上自行车，突然发现情况不对，急忙问。

李清泉摆摆手：“老毛病，不要紧，我稍微缓口气。”

“你这样哪行？咱们赶紧去医院吧?”崔卫国赶紧撑起自行车，跑过来搀扶李清泉。

“我没事儿！这病都多少年啦。歇一歇就好。”李清泉摆摆手，翻身骑上车子，“走，小伙子，咱们得到处转转。”

崔卫国张着手，盯看李清泉背影一会儿，赶紧骑上自行车，追赶上去。

李清泉知道，如果山洪暴发，上游的水汇集到肖家，将会形成可怕的洪峰，一旦漫过河堤，淹到河岸边的村子，后果不堪设想。他突然记起，上次沿河考察的时候，肖家村的河边儿，就有一间老屋子，里面住着一位五保户老人。那老屋是泥坯垛成的，已经有些年岁。屋子里到处漆黑斑驳，屋子外的墙壁到处是坑坑洼洼。那座老屋子，能否经得起风吹雨打，可是个大问题！上次，李清泉就跟肖家大队书记嘱咐过这事儿，让他在村里找间房子给老人住，不知道书记是否落实。

李清泉和崔卫国赶到肖家时，天空乌云密布，大雨如注。虽说是下午四点左右，四周却是雾蒙蒙一片，好像已是傍晚。俩人直接去河边那间屋子，刚进院子，就见那位老人手里扯着一块塑料布，准备爬上一架梯子到屋顶。

“你这是干啥?”李清泉快步跑过去，“你下来，赶紧下来!”

老人扭回头一瞧，大声咋呼道：“李书记啊，你咋来啦?”

李清泉一手扶梯子，另一只手连连摆着：“快下来，快下来！你这老胳膊老腿的，大雨的天，还上房顶去，这是不要命啦!”

老人慢慢退下来：“赶紧进屋避避雨。”

李清泉看一眼房子，没吭声，弯腰钻进屋里，顿时明白老人为啥要上房顶。屋子里，地面上摆着三四个瓦盆，有的叮当作响，有一个已经形成小水流落下来。

李清泉眉头紧皱，一句话也说不出来。

“叫李书记笑话啦!”老人居然笑嘻嘻的，“外头下大雨，里面下小雨。要不，我才不上房顶呢。您俩坐下，我给你烧水喝。”

崔卫国扫视一眼屋子四周，心情顿时沉重起来。屋里几乎连件像样的家具都没有，还要我们坐，坐哪儿呢？地面上到处是水，到处滴滴答答。

“走！你跟我们走!”李清泉一扭身。

“去哪里啊?”老人问。

“先跟我到大队部，这雨越下越大，你不能在这里啦。”

没想到，老人不愿走："没事儿，我这里挺好！就这点儿雨，不碍事的。天晴以后，我再拾掇一下屋顶就行啦。李书记，我知道您很忙，你们赶紧到别处去。"

"这没得商议，听我的!"李清泉语气不容置疑，"走，赶紧离开这间屋子!"

"我不走!"老人突然哭起来，"李书记，俗话说得好，破家值万贯！这老屋子，我都住几十年啦，要死，我也要死在这里头。"

"你咋就这么犟呢?"李清泉一皱眉头，想要发火。

"我不是犟，我就是不愿意走!"老人嘟囔。李清泉扭头看崔卫国："我还不信呢，还有能犟过我的。小崔，把他背出去!"

崔卫国笑眯眯的，走到老人身边，弯下腰："来，大爷，我背你!"

"我又不是没有腿脚。我就是不走!"

崔卫国扭回头，两手一张，就把老人抱起来。崔卫国感觉很奇怪，老人的身子骨，居然这么轻！瞬间过后，他就忍不住想掉眼泪。

李清泉却笑："就是，我看你走不走。"

刚到门口，突然听到身后咔嚓一声响，李清泉走在后面，连想都没想，就一步跨出门框，这才下意识地迅速转身，只见那道房梁靠背墙的那一头，已经塌落下来！他迅速转身，推着崔卫国："快走！离远一点儿!"

三人站在院子里稍远的位置，再一回头，只见整间屋子的屋顶呼啦一下，全部沉下去!

三个人站在雨地里，呆愣无语!

片刻过后，老人挣扎着站到地上，突然一下子，扑通一下跪倒在地上!

"完啦！完啦!"他嘴里嘟囔着这两个字。

崔卫国张着嘴巴，呆呆地看着眼前这一幕!

眼前发生的这一切，对这个小伙子造成的震撼，是无比巨大的。什么叫百姓疾苦！这就是了。他家里的条件，虽说也不太好，但比上不足，比下是有余的。此前，他真的没想到，还有人是这样生活。如此残酷的现实，比任何书本上的语言文字，都有教育意义。

片刻过后，李清泉捂着胸口，慢慢蹲下身去！

崔卫国瞧见，忙蹲下身去，问："李书记，胃又疼啦?"

李清泉看着那位老人，伸手一指那倒塌的房子，带着哭腔说："卫国，现在我是心疼！你瞧，现如今还有这样的场面，我李清泉无能啊，我愧对他们!"

③

事实证明，罗庄公社全员抢收小麦的行动是完全正确的。周边几个公社，因为犹豫不决，想再等一等，结果小麦全都乱七八糟平铺在地里，等几天大雨过后，麦粒果然已经开始发芽，造成大减产。而罗庄公社，在雨季刚开始，就把地里的小麦收进场院，收紧闲置的仓库，牛棚，随时翻晾，以防发霉，等太阳一出，及时揭开塑料布或搬出屋晾晒，几乎没造成什么影响。

尽管如此，随后的党委会上，李清泉作出深刻检讨。

"在这件事儿上，我犯了冒进主义错误。要不是韩社长及时果断阻止我，罗庄的另一部分壮劳力，将集结在肖家，进行整地改土大会战。那样一来，会造成更大损失。所以，我要做出深刻检讨，同时感谢韩社长!"

大家稍稍沉默，随即，响起一片掌声。

长期以来，他们都领略到李清泉的雷厉风行，甚至，可以说是一种霸道。几个人已经习惯于他的指令，习惯于服从他的决断。此时的李清泉，诚恳地向大家检讨自己的失误，让大伙儿又看到他的另一面。

人都会犯错误，可贵的是要认识到错误，并深刻反省。

这次雨情，没造成人员上的伤亡。尽管，锦川河的水骤增数倍。在下游看，甚是壮观。暴雨过后，李清泉先后站到邱家大桥和下游中学旁边的大桥上，观察水势。尤其站在邱家大桥上，他皱着眉头，向远处看好半天。

这一天，视察完水情，李清泉和韩瑞强又一次顺腿迈进青莲寺。公社派一位老人住在里面。他很勤快，日日打扫。因此，看上去寺内不但清净，而且还算干净利索。一进大门口，李清泉甚至嗅到浓重的香火气。他四下一打量，连连点头："跟上次来比，简直换了模样啊!"

韩瑞强悄声说："这位看护，是我挑的。姓周，一位退休的小学老师。"

李清泉回身看他一眼，点点头。

"这个周老师，老婆年轻时候身体就有病，所以，两口子这辈子都没要孩子。前几年，他老婆去世。现在就剩下他孤零零一人。"

"哦?"李清泉有点惊讶。

俗语说，不孝有三，无后为大。不止在乡下，就是在城里，不能要孩子也是一件大事。尤其对男人来说，压力巨大。如果因此而离婚，也不会引起人的谴责。这周老师因为妻子不能生育，宁愿一辈子不要孩子，并相守一生，真的很不简单!

"这位周老师，平日里也喜欢读书，尤其佛学一类的书籍读得很多。前阵子，我到这里来，他流露出一个意思。"

"他要出家?"

韩瑞强点点头："是这个意思。"

李清泉半天不语，然后叹息一声："人这一辈子，什么事儿都能遇上。等到老了，大彻大悟啦。我知道你意思，人各有志，何况修行的事，历朝历代传承下来的，本来也无妨。但现在，咱们面临的时代背景不同。这个事情，恐怕要跟县里市里分管宗教事务的口，去打听一下。我们脑子里一定要绷紧一股弦，不能出问题。如果他真有此意，政策又不允许，不妨先在此清修，守着这古迹，做个俗家弟子，不也挺好吗？”

韩瑞强连连点头。

俩人正说着话，只见里面走出一位老人。说是老人，是因为此人须发皆白。李清泉一瞧之下，心说，还真是有一副仙风道骨的模样。虽然穿着粗布衣裳，神情举止上，却是与众不同。

“这是什么风，把您两位吹到这里来啦？”老人呵呵一笑，“来，进屋里喝水。”

韩瑞强一摆手：“周老师，我跟李书记，就是进来一转，接着就走。”

李清泉跟周老师握过手，笑着说：“听韩社长介绍过，周老师果然勤快。这里面让你打理得井井有条，是真费心啦！”

“李书记夸奖，愧不敢当。这是我应该做的嘛？你们放心，有我在这里，我会好好看护着的，绝对不会让一砖一瓦有损失。”

在周老师引领下，李清泉和韩瑞强在寺内转一圈，李清泉越走，越是连连称赞。偌大一个寺院，在周老师护理下，变得井井有条。有些厅内，的确香烟缭绕，此前所嗅到的气息，正是由此发出。站到院子里，李清泉忍不住问：“打理成这样子，是需要花费的。资金都哪里来的？”

韩瑞强扭头看那位周老师，后者面带微笑，稍做沉默后说：“放心吧李书记，我这一生积攒下来的那点汤汤水水，几乎都用在这上面啦。另外，不瞒两位说，我现在四处行走，到处化缘。说起来，佛门净地，本来不需要金碧辉煌，就是一间茅舍，粗茶淡饭，也是可修行的。可是，既然祖上已经留下这一大笔宝贵财产，我觉得，我有责任把它保护好。”

李清泉心里一震。好半天，他都没吭声。

出了寺门，李清泉抬起头，透过几株松柏的茂密的叶片，看看天空，像是自言自语：“老韩啊，这个地方是有灵气的。我们的确应该好好保护。”

“最起码，这是一处有文化底蕴的文物古迹。另外，这儿还是一块红色教育基地。”李清泉指了指旁边烈士祠的方向。

就在这时，从学校方向的小路上，突然走来两个人，原来是崔卫国和孙秋霞！

崔卫国一瞧见他俩，似乎脸上微微一红。孙秋霞倒是大大咧咧，快步走过来打招呼：“哎哟，两位大领导，咋跑这里来啦？”

孙秋霞积极调回罗庄中学的消息，韩瑞强早就告诉李清泉。那天一大早，韩瑞强一进李清泉办公室，就笑眯眯地说：“李书记，你的心思现在成真啦。”

“啥心思？”李清泉不解。

“你不是思思念念地想让秋霞回公社中学来教书吗？”

“哟，瞧你老韩说的，”李清泉还打马虎眼，“你家的直系亲戚，我可不敢挖过来。”

韩瑞强两手摁着办公桌：“现在不用你挖，她自己要求调回来啦！”

李清泉呼地一下子站起来：“真的啊！这太好啦！”

几天后，李清泉见到孙秋霞，对她好一阵表扬。可是，不管李清泉，还是韩瑞强，此时都不清楚，崔卫国跟孙秋霞俩人真的谈起恋爱！尽管，那次在川河工地上，见到崔卫国的时候，两个人都瞧出一点儿苗头。但李清泉整天忙于工作，对于自己女儿晓娟的事儿都顾不上，心思更不可能在崔卫国和孙秋霞身上。而韩瑞强，当时只当个笑话，一笑了之。他内心也感觉，这俩孩子之间，还是有些悬殊的。而自己的外甥闺女如此优秀，让男孩子产生点想法，再正常不过。

可一见到这架势，韩瑞强顿时恍然大悟！

李清泉面带微笑，面朝韩瑞强："老韩，今天好像是星期天。"

"对，星期天。"韩瑞强点点头，不解其意。

"星期天好啊。"李清泉还是在打哑谜的样子。

崔卫国站在那里，眼睛不知往哪儿看，好像浑身不自在。孙秋霞哈哈一笑："您俩这是干啥呀？不是星期天，就不能给属下们提供点时间，见个面儿啊？"

这话说得已经相当明白。

崔卫国忍不住扯一扯孙秋霞的衣角。

"你扯我干什么呀？李书记又不是大老虎，他也不会吃了咱俩。是不是啊李书记？"孙秋霞笑嘻嘻的，干脆，一把拉过崔卫国的手，"既然叫你们俩碰到，我们干脆不藏着掖着啦，我跟崔卫国，谈恋爱啦！"

崔卫国脸更红。

李清泉和韩瑞强对视一眼，一起眨巴眼睛，都不说话。好半天，李清泉扑哧一声笑："你俩就是天生一对！我举双手同意！你们谁的家长不同意，我去做工作。"

"好，保密工作做得不错，居然你小姨到现在都不知道。"韩瑞强指点着孙秋霞。

崔卫国和孙秋霞都低着头偷笑。

"老韩，我觉着，咱俩再傻乎乎地站在这里，有点儿多余啦。"

"嗯，我觉着也是。"

这俩人，像是说相声的，说过之后，李清泉挥挥手："各忙各的。我建议啊，你俩到寺里头去转一转，里面是真清净。"说完，两人转身就走，走过几步，身后孙秋霞的笑声传过来，似乎她憋了半天，终于憋不住啦。李清泉突然转回身，冲崔卫国摆手，“卫国，来，你过来!”

崔卫国一愣，随即快步走过来。

李清泉抬起胳膊，把手腕上的表摘下来，端详一眼：“卫国，你李叔没啥贵重东西能表示祝贺的。这块表，要不嫌弃我戴过，你就收下，当作我给你俩的贺礼吧。”

“这可不行啊李书记，太珍贵啦!”崔卫国连连摆手。

韩瑞强也说：“李书记，这手表对你来说用处大着呢，确实太珍贵！你别这样子。”

“这俩孩子，我是打心眼里喜欢。他俩能走到一起，我心里比什么都高兴！来，卫国，我给你戴上。”李清泉抓过崔卫国的手，给他戴上表，又悄声开起玩笑，“知道我给你这块表啥意思不？以后，跟人家秋霞约会，一定要记得守时。男子汉大丈夫，说话要算数，一言九鼎！说好几点，几点就必须到，必须还得提前到。还有，女孩子都不好对付。特别是人家韩社长这外甥闺女，那不是一般人物，你一定要小心，否则以后有你的亏吃。”

韩瑞强在一边悄然而乐。

孙秋霞在一边儿也不禁捂上了嘴巴。

万米山洞

1

让我们的目光，再回到川河大坝工地上吧。

站在崔卫国和孙秋霞吃那顿很有意义的午餐的地方，俯视下去，你会感慨，人类力量是多么强大！那条大坝，似乎在转眼之间已经露出雏形，即将合拢！

这是个巨大的工程！陆陆续续，这项工程进行了差不多八年！

八年！一个人的八年，可能会发生天翻地覆的变化，可能会由一个毛头小伙子，成长为一个成熟稳重身体健硕的青年！可能会由一个浑身力量无穷的青壮年，变成一个脸上写满沧桑皮肤黝黑的中年汉子！然而，他们见证和书写了一段辉煌的历史！

回到公社后的崔卫国，又回工地两次。他忘不了那种沸腾的场面，忘不了自己推着泰山车健步如飞的镜头，忘不了在艰苦环境下仍然斗志昂扬畅谈理想信念的那帮朋友。当他第二次去那里的时候，罗庄营工地上人们已经大大减少。常跃进和马超英，兵分两路。马超英依然在川河大坝主体工地上，常跃进却转战大坝东北方向的主干渠工地。

此时，副社长李大壮回到公社，主抓全面的水利建设。主干渠的分段任务，变成罗庄营的主战场。所谓主干渠，就是李清泉所说，县里做出的重大决策：打通山脉，修建水渠，将川河水库的水引入淄城县，盘活整个淄城的灌溉用水。

主干渠打通以后，川河水库里的水，经由此渠滚滚而下，便可分流全县各个公社。因此，该工程尤显重要。川河大坝工程临近收尾，县里已调动部分主力部队，投入到这场无比艰巨的任务中。

任务确实艰巨！在没有现代化的大型挖掘设备的年代，要硬硬地凿开一座又一个座山，而且，依靠人力和简单原始的挖掘工具。其难度，可想而知！

崔卫国没去主干渠工地，但他站在一个山头上，冲着那个方向，目视良久。在那个方向，偶尔会传来隆隆的炮声，他顿时感到热血沸腾！他甚至有点羡慕常跃进。这小子，又亲自参与一场大战！

马超英依然活蹦乱跳，似乎浑身充满激情。这一次见面，她兴致勃勃告诉崔卫国，她已经向领导提出申请，请求去农机站工作。

“知道吗老崔，我现在有个理想，我要开拖拉机！在咱们罗庄生产出第一批拖拉机的时候，我要成为第一批女拖拉机手！”

要知道，那时候即使是男人，能开拖拉机的也不多。女人开拖拉机？简直就是异想天开。可崔卫国看着马超英因为常年在工地上风吹日晒而黝黑泛红的脸孔，竟不由自主被她的情绪所感染。

女人开拖拉机，又怎么啦？人定胜天这句口号，不是一次又一次被验证过的吗？这道川河大坝，不就是见证吗？

“放心，你的愿望一定能实现！”这一次，崔卫国没有打击马超英，“我回去后就把你的想法，汇报给李书记。”

“是吗？老崔，我就知道你够意思！”马超英伸出右手，跟崔卫国击一下掌。

没过多久，马超英从川河工地撤回，初步心愿达到，先去李世聪副社长那里报到，随后到农机站当了工人。这个风风火火的姑娘，经过三年川河工地的劳动洗礼，现在变得更加成熟，更加豁达。而且，她把在工地上干活的那股劲儿，也带到车间。很快，差不多整个公社的工作人员都知道，农机站来了一位铁姑娘，风风火火，大大咧咧，干活不输于男孩子。

李清泉在谋划他的更大计划，尽快成立农建大队！

尽管眼下千头万绪。龙门大队开山工程继续推进，王树义带领一部分主力正在那里披星戴月赶进度；马长林带领的规划设计组，已经进入田野，进一步在邱家到肖家一带，做详细的设计规划；魏海峰在加班加点，研发制造水泥，准备下一步扩大规模投入生产；李世聪带领农机站一班人马，紧张忙碌开始大型农业机械生产工作。

首当其冲的是拖拉机！

罗庄公社自主生产的第一辆拖拉机！

王树义、邱大海曾经望眼欲穿希望拥有的拖拉机！

当然，还有川河工地、主干渠工地上人马，正在与恶劣的大自然搏斗。李清泉坐在办公室，一闭眼，仿佛就能看到一帮人在凿山辟地的场景。上天降大任于斯人也！李清泉想起许多天以前，李世聪背诵的这句话。的确，这就是上天降大任于自己。生逢此时是幸运的。因为，你要见证、参与这一系列惊天动地的大事件。你在为子孙后代打下基础。

李大壮急匆匆地走进李清泉办公室。

“李书记，主干渠工地上，咱们的罗庄营进度太慢。”李大壮眉头紧皱，“我刚去了解了一下，最近这几个月，平均下来，每天才挖进十几公分！就这速度，要打通隧道，得到猴年马月。”

“为啥这么慢？”李清泉也有点急。

“首先，咱们那一千来米的山洞，确实是硬骨头——当然，其他营的情况，也都差不多，凿开山洞嘛，就是面对石头墙。具体困难是地方太窄，人虽然多，根本施展不开手脚。一天放三次炮，洞里的浓烟化不开，耽误时间。然后就是，三人一组地排车，往外运石头渣，效率非常低。”

“那依你看，有什么办法能提高效率？”

李大壮龇牙咧嘴：“说实在话，这些年在川河工地，我们都是在地面上运土运石料，这种像挖煤一样打山洞，我还真没好经验。”

李清泉半天不语，沉思良久后说：“接下来，还有场更大的硬仗要打！大壮你来瞧，”他起身站在墙上那张罗庄地形图前，“主干渠在这里，打通之后，水流引到全县各地，要是引入咱们公社，还得要打通这一座山。这，就是我们说的，万米山洞！”

“对，这个我也研究过，这是必经之路。我估计，主干渠一开通，随后全线的主力部队，就会转站到这地方。”

“那可是一条万米山洞啊！”李清泉感慨道，“只要水能从这个洞口流出来，那意味着，咱们整个罗庄，今后都不必再为缺水而发愁。所以，我们必须有信心，打好这场硬仗。”

“主干渠那里，咱们营的人，都是我在川河大坝曾经带的兵，要论干活，哪一个，都不是孬种。可现在他们跟我一样，找不到提高速度提高效率的好办法，所以，整体士气有所下降，一个个低头耷拉角的，愁住啦！现在，天还不算冷，要进入冬季，更是麻烦。而且，工程总指挥发了火，要求咱们尽快想办法，马上更换营地指挥，至少派个公社副书记挂帅，鼓舞士气。”

“这也太教条啦，跟谁带队关系有那么大吗？”李清泉嘟囔一句，然后问，“那你觉得，谁去合适？”

“我去吧！我今天来就是请战的。好歹，那帮人我都熟，都是在川河工地上一块打拼的。”

“你不能去啦！”李清泉一口否定，“眼下，公社这边，还有好大一摊子事儿，你还得顶起来，不能等着万米山洞打通，咱们还没做好准备，你让水白白地流进锦川河啊？整个公社，至少要修三条主干渠，才能保障覆盖全公社。”

“说实话，我捉摸一圈儿，每个人都在忙自己的事儿，还真没有更合适的。”

“我想起一个人来。”李清泉突然盯看李大庄，“你觉得，崔卫国怎么样？”

“说实话，我是真看好这小伙儿！有文化，有头脑，还肯下力气。”李大壮眨巴一下眼睛，“可是——”

李清泉一摆手：“你是觉得他分量不够吧？还是觉得他太年轻，嘴上没毛，办事不牢？”

李大壮摸摸后脑勺。

李清泉看着地图，又沉默半天，突然转身：“我觉着这小伙子行！就他啦！”

2

“啥？让我去带着人挖山洞？”崔卫国愣住！

“怎么啦？有压力呀？”李清泉反问。

“压力是真有，但不是干活的压力。干活我不怕，就是没有心理准备。”

崔卫国抓头皮，“我就一个团委副书记，您把这么重的担子交给我，我担心弄不好。”说这番话的时候，崔卫国内心却激流涌动。

几天前，他去川河工地时，还羡慕常跃进，没想到，现在机遇从天而降。这个历经摔打过的小伙子，确实在内心里渴望这样一种锻炼机会。在公社担任团委副书记，平日里虽说忙碌，但大都是心累而身体轻松的文职工作，这对于习惯了工地上热火朝天场面的崔卫国来说，还真是有种不适应。

“你就说，愿不愿意去？”

“愿意！我愿意！”

“愿意就行，废话少说！”李清泉大手一挥。

正是他典型的做事风格。事情一旦敲定，接下来，就看行动，看成绩。就跟他到罗庄报到时说的那九个字儿一样，少说，多干，看成绩！

“你收拾一下！明天一早，我派车把你送去！”

“没啥可收拾的，铺盖一卷就可以走，今下午就去！”

崔卫国扭头就要出门。李清泉内心一乐。心道，我果然没看错人！这小伙子跟我真是投脾气。

“你就不去跟人家秋霞打个招呼？”他问一句。

崔卫国回过头，咧开嘴一笑：“您放心，在这方面，秋霞绝对支持我。”

当天下午，崔卫国坐上一辆帆布篷吉普车，前往六号主干渠工地。

这辆车，是邱家会战后不久，县里分配给李清泉的。方便他到市里、县里开会的时候用，省得骑着辆破自行车耽误时间。自从这辆车来到罗庄，李清泉只用过几次，就是去开会用。平时，多用于公社人员接送。农机厂以及水泥厂等项目上马，邀请本地外地专家、技术人员增多，这辆车，还真是派上用场。

至于李清泉，私下里他一次也没用过。

有一次，他要到县里去开会，晓刚恰好要返校回县城。儿子知道他的作风，悄无声息先钻进车里。等李清泉上车，走出一段儿，一扭头，这才发现他在车上，脸顿时就黑下来，问：“你咋上来啦?”儿子不吭声。司机在一边当和事佬：“李书记，正好顺路嘛，捎着他去县城。”

李清泉伸手一指：“到前面公交站牌停下，让他去坐车。”

儿子嘟着嘴下车，好长时间见了他都不说话。

因此，崔卫国坐在这辆车上前去工地的时候，就意识到，李书记对于派自己去主干渠工地，是何等重视。甚至，换个角度讲，是冒着大风险的。派个年轻人去带队伍，去啃硬骨头，去解决大难题，这需要大魄力！

他暗暗道：李书记您放心吧，我保证不给你丢脸！

见公社里派来的挂帅人是崔卫国，主干渠工地上的人表现各异。常跃进等那一帮小伙子，笑容都挂在脸上。而另外一些老同志，不免心里开始敲鼓：我们这些人，好歹也是历经锤炼的，都拿不下来，进度缓慢。换上个毛头小伙子来带队，行不行啊?

崔卫国到工地后，没急于表态，没急于催着赶着干活。先是让常跃进陪着，翻山越岭，钻进荆棘丛，实地勘察。面临的实际问题，跟李大壮介绍得差不多。做到心中有数之后，崔卫国召集几个小队的队长，坐下来，研究制定新方案。

“李书记再三嘱咐两件事，一个是，进度！必须要加快！否则，咱们在预定时间，根本完不成任务。再一个，就是安全！李书记用了一个词儿，绝对安全！因为，挖凿山洞的工作，对咱们所有人来说，都缺乏经验，危险性很高。每次进洞，尤其放炮完毕之后，都要仔细观察周围环境，保证自身安全！自身安全，永远放在第一位！”

他先是转达李清泉书记的指示。随后，他分析当前面临的困难，提出个大胆方案。

“现在，咱们的人员够用。因为施工点狭窄，人太多，也挤不进去。我建议兵分两路，其中一路，在这一头继续挖，而且分成三队，实行三班倒。原来三个人拉一辆地排车，我觉得这没必要，改为一人拉一辆。这样，还能够让大家休息好。另外一路干什么呢？经过我实地勘察，这座山头的那边儿，有个低洼的地方，从山北边可以绕过去。在这个低洼的地方，打立井下去，咱们两头同时推进，这样，就多出一个施工点。”

这个建议，让在座的人都眼前一亮！

先前，大家心里都一直认为，眼前就是一座山，另一头有别的施工队在推进，两边往一处赶，谁也没想到，这山岭深处还可以增设开挖点。

次日，一路人马马不停蹄，整修山路，以利于将设备拉进深山，开凿立井。另一路，按照方案，继续推进。

崔卫国也加入运送石渣队伍。他自己拉一辆地排车。常跃进跟他开玩笑：“崔书记，你现在是大领导，不用这么拼命干啦！”崔卫国不做回答，抬脚要踢他。常跃进嘻嘻呵呵跳开。

一开始，一些老同志内心里，确实没有像对李大壮那样来看待崔卫国，毕竟还是毛头小伙子嘛！尽管，崔卫国在川河大坝上干活很下力气，大家有目共睹。但在那时候，他只是一个战士，不负责指挥调度，还看不出其决断和气势。没几天过后，大伙服气了。这年轻人，看上去不愠不火，缺少霸气，甚至表面看心平气和，完全是一个尊敬长辈的后生。可一旦决定做一件事儿，就显出雷厉风行的气派来。且事实证明，他的看法、做法，是对的。好长时间不在工地干活，崔卫国看起来有点儿细皮嫩肉，好多人也认为，当了干部的年轻人，恐怕受不了这力气活。没想到，崔卫国拉起地排车来，依然虎虎生风！不几天，手上裂开口子，肩膀上磨破皮，脸上也明显变黑。尽管如此，崔卫国就跟在川河工地上跟人比赛推泰山车一样，似乎把这当成乐趣。

这期间，发生一件事，让大家更对他刮目相看。

有一天，先前的施工点这一端，出现哑炮。对于常年在工地上的人来说，这种现象，是正常的。川河大坝工地上，也时有发生。可能雷管质量不好，也有可能导火线半路出现情况，比如，遭水浸泡。可在洞内遇到这种情况，跟在野外，危险性完全不同。在野外，可以在一个相对安全的距离，观察哑炮形成的原因。洞内视线不好，观察点会相当近。而且，放炮引发的后续影响，情况不明，每一个炮声响过，得要等好一段时间，还要观察四周岩石的变化，以防岩层松软，出现塌方。当然，洞内爆破的好处是，不会引起冲天而起的石块。于其他人员来说，躲避点相对较近，只要距离洞口稍远一点儿，就比较安全。

崔卫国曾经在培训班专门学习过爆破技术，在川河大坝工地上，也放过炮。对此并不陌生。

这次放炮的，也是一个经验老到的小伙。等待好半天后，洞内不响，他有点儿着急，起身就想进去瞧瞧，被崔卫国一把摁住："再等一等！"

又过好一会儿，炮声还是没传出来。这种时刻，就得进洞操作。那小伙子刚要起身，崔卫国说："我去瞧瞧！"

小伙子说得很干脆："炸药是我放的，我熟悉情况，你别去！"

这个时候，四下里突然寂静下来，刚才还嘻嘻闹闹的人们，都闭紧嘴巴，神色凝重。大伙儿都很清楚，这是很危险的！比室外处理哑炮还要危险，因为那几乎是封闭区域，头顶上说不定哗啦一下子，就会塌方。小伙子弓着腰，悄然逼近洞口。崔卫国稍做犹豫，随后跟过去。

小伙子回头，冲他摆手："往回撤！"

"放心，咱俩做好照应。"

俩人一前一后到洞口，小伙子趴下身子，从一个包里掏出一个手电筒，照向里面观察一番，扭回头说：“不是雷管的问题，还有一段导火线没点着，估计是被水泡了。”

崔卫国放下心来，此时过去老长一段时间了，只要是被水浸泡，再钻进去，重新铺设导火线即可。可就在那小伙子站起身，准备往里走的一瞬间，崔卫国却突然发现，里面有一点火星，顿时大叫一声：“赶紧回来！”

小伙子本能的一愣，回过头来！

“快，往回跑！”

崔卫国呼地一下站起来，跑向那个小伙子，到跟前抓住他的手，往外就跑，刚到洞口，就听到轰隆一声闷响！崔卫国在那一瞬之间，把小伙子扑倒在地，压在他身上！

洞外所有人目瞪口呆！

那个声响过后，一阵刺鼻的火药味在山里弥漫开来，洞口位置被浓烟覆盖，一时，四周一片寂静！仅仅过了几秒钟，从四面八方的树林子里，钻出好多人，往洞口方向奔去！当他们快到洞口的时候，浓烟还未散尽，大家心里咯噔一下子！——洞口的外面，没看见崔卫国和那个小伙子。

“快快快！赶紧进去救人！”

有人喊着，往里面就跑。就在大伙儿要钻进洞里去的时候，却见洞口硝烟弥漫的地方冒出两个土人，根本分不清哪个是崔卫国，哪个是那小伙子！

众人忙上前搀住二人，几个老工人立刻上下摩挲二人的脑袋，按捏身上，腿，查看是否有伤势。崔卫国嗓子被烟呛得嘶哑，一边咳嗽，还一边指着小伙子说：“我不要紧，赶紧看看他，看看他。”确认了二人没事，只有些擦伤，所有人脸上都松了一口气。

崔卫国却几把挣脱开，掉头就往回走。

常跃进见状急地直嚷嚷："还往回跑啥咧，不怕死啊！"

崔卫国大咧咧一摆手，说："嗨，哪那么娇气，小擦伤怕啥的。我再去看一眼，不放心。"话没落音已经拔腿往洞口方向走去。

众人纷纷拉着拽着，说什么也不让他在工地待着。常跃进挥手，马上上来几个小伙子，硬是把崔卫国架回了宿舍。

崔卫国虽然被架了回来，满心里挂挂的还是那个炸了一半的山洞。看看自己一头一身的土，就地就从院里打了水准备洗洗干净，好尽快返回工地去。

正洗着，就听见院门开了。崔卫国被洗下的泥水糊得睁不开眼，影影绰绰就见到一个人进了屋。刚想抬脑袋，却被人影轻轻按住，顺手拿了水舀子给头上浇水。看这举动，不是孙秋霞又是谁，崔卫国心下一暖，未多言，十分配合地洗头抹脸。

二人相互看着，崔卫国的脸皴得黝红，越来像个真正的"老农民"了。看着崔卫国这样子，孙秋霞啥也没说，满脸都是心疼，眼里也隐隐约约泛出了泪。崔卫国倒是慌了，忙说："我没事儿，哎呀真没事儿，别听常跃进他们胡咧咧，你看看，你看看。"边说就边就站起来伸胳膊踹腿的给孙秋霞看，恨不能打上一套少林拳，又因为慌乱，一抬脚踢到了桌子腿儿，给自己疼得吸溜吸溜的。

孙秋霞被崔卫国的冒失举动笑到，表情也缓和下来。她这一笑，崔卫国仿佛得了什么安心的药，马上也嘿嘿地笑着坐下了。孙秋霞拿了软布，小心地给崔卫国手上的伤口擦拭着。崔卫国嘴上没说什么，脸上都是不好意思，心里更是乐开了花。

对于孙秋霞的突然到来，崔卫国心里又惊又喜，自然想和她多待一会儿，但是心里又记挂着工地，不免心不在焉。孙秋霞瞧了出来，偷偷一乐，假装正色说："崔书记，我这么大老远来一趟，你不带我去坝上看看吗？"

崔卫国被孙秋霞猜中了心意一愣，马上就笑了起来，忙不迭地答应：“好好好，这就带你去看看我们的大工程!”

崔卫国带着孙秋霞来了附近的一片高地，俯瞰着整个主干渠，工地上好一片热火朝天。崔卫国滔滔不绝地向给孙秋霞一一介绍：“你看，这整个就是咱们主干渠罗庄段，只要把这块儿打通，这样以后的水就可以直接引入，咱们罗庄就再也不受缺水的苦啦。看到那个山洞没，就是咱‘炸山’的关键，只要通了，这块硬骨头就算啃下了一大半。”崔卫国滔滔不绝，孙秋霞一边听着，一边看着崔卫国汗水频频的脸庞，被他的信念、执着和热情深深打动。

这时候，一个声音传来：“你快别啰啰那个山洞了，刚才都要被你吓死。”

随即蹿上来一个人影，是常跃进：“秋霞，我看他啊，就是隔年的黄豆，不进盐酱，谁说也不听套啊！一个大书记成天这伤那伤的，自己给自己炸了，可把大家伙吓得不轻。”

崔卫国忙说：“你可别瞎嚷嚷，我啥时候成天伤了?”一边冲常跃进使眼色。

常跃进不为所动：“你使眼色也没用，李书记可是下了绝对安全的死命令。我这也是为了咱们大局着想，你可别只顾着逞能，伤着自己，大伙也没心思干活，耽误了整体进度。你再这样，我可要去找李书记报告了。对了，还得找秋霞，我看啊，就她说话好使。”

孙秋霞笑道：“那我可得多来咱们工地，多监督他。他就是这么个性子，心里不想别的，全是早日把咱们主干渠打通。”

崔卫国不好意思的一笑，也为孙秋霞这么理解和支持自己而感动。

经过这么一“炸”，崔卫国专业过硬，又有胆有识，众人对他的信任和佩服，又多了几分，提起来没有不竖大拇哥的。可以说，崔卫国现在已经真正靠实际行动，成为川河大坝上工程上名副其实的“主心骨”和“带头人”了。能够参与川河大坝的建设，甚至亲自带领打通最为关键的主干渠，崔卫国感到自己肩上的责任又沉了一分，浑身也充满了力量，仿佛已经看到了渠水流淌之处，尽是硕果累累，好谷满仓，和乡亲们脸上洋溢的兴奋和喜悦。

③

这个事情，好长一段时间后才传到李清泉那里。他沉默半晌，随后出门，走进韩瑞强办公室，打个招呼，骑上自行车就直奔总干渠施工现场。

当他到达工地的时候，崔卫国已经翻山越岭，到立井那边儿的施工点。李清泉将自行车放下，拔腿就沿着那条山路走去。站到小山头上，俯视下去，就可见崔卫国他们施工的地点。李清泉站在那里，向远处打量一番，又注视干活的队伍半天，随后，坐在一块石头上，掏出一支烟来点上。他突然想，没必要再下去看望，有崔卫国在这里，完全可以放心啦！

此前他本来想，赶来看望一下大家，再次嘱咐他们，千万要注意安全！可一到这里，看到热火朝天的施工现场，看到挥汗如雨赶进度的施工人员，心里顿时感慨万千。尤其，坐在他这个位置，群山环抱的地方，想象一下一条巨龙钻山而过的场景，不由得就神情激动！这些干活的人们，这些离开家乡长年在外的农民，这些亲手筑起一道拦河大坝又转战此地的战士，内心一定更加激动！而安全问题，他已经反复做过强调，崔卫国是历经摔打的，肯定更清楚其重要性。下去看，无非还是重述老一套。

李清泉转身往回走，到自行车那里，推起来就走。

正巧，常跃进看到，忙跑过来问：“李书记，怎么你一个人回来啦？没见到崔卫国?”

“我远远地看了一眼，大家都在忙，我就自个儿回来啦，不打扰他们。”李清泉摆摆手。

“要不我去喊他?”常跃进有点迷惑，“您大老远来，咋能接着就走呢?”

“不用喊，你去忙你的！等崔卫国回来，你悄悄告诉他我来过，就行啦。”说完，李清泉骑上自行车就走。常跃进依然一脸迷惑，站在那里愣了好一会儿。

当晚，碰到崔卫国后，跟他汇报，崔卫国也是一愣：“什么也没说？就走啦?”

“什么也没说。不过，李书记去过那一边儿，估计在远处看一眼就回来了。”

崔卫国沉思片刻，突然心里一热！他似乎明白李清泉的意思了。此时，见面不见面，说什么与不说什么，都不重要。重要的是，李书记他来过，他到工地上来，已经说明一种心情和态度。这举动本身，就证明这位领导想问题和看问题的角度不同。此时，任何话语，似乎都显得多余。激励加班加点施工，看到这群劳累的人们，于心不忍。可不催着赶着，进度缓慢，又让人忧心忡忡。

“李书记他什么意思?”常跃进问，“他应该发表个现场讲话啥的，激励一下大家啊。”

“这正是咱这位书记的做事风格。”崔卫国伸手拨拉常跃进后脑勺一下，“这就是做实事的人。这一点，咱们得慢慢地学习。”

离开主干渠工地，走一段儿山路，李清泉拐向另一条路，那条路，通往龙门。王树义带领的开山队，工程已近尾声。这是几天前王树义电话向他汇报的。王树义的语气里，透着激动。电话这一头的李清泉，也很激动。

他要到现场看一眼，要亲眼看看那帮战士是如何挖开一座山头的。

还没到村口，就听到一阵锣鼓喧天声。这是一种激励人心的声音！李清泉不由自主心潮澎湃。对这个声音，他很熟悉，可是这种声音在一个群山环抱的山旮旯里，心理感觉上，似乎还不多见。他见过太多的关于贫穷和苦难的故事，他熟知这方土地的贫瘠。在这样的困境下，人们哪会有闲情逸致，来整这些玩意儿？一个面黄肌瘦、饥肠辘辘的人，怎么可能会激情澎湃得去表演文艺节目？这些形而上的东西，在适合它的时间节点，是起巨大鼓舞作用的。相反，不适合它的时间节点，起的是反作用。

李清泉想到“形而上”这个词儿后，内心不由得暗笑，他第一次发现自己对这个词儿，有了新的更现实的理解。而此时，这种声音投射出来的，是一种喜悦，发自内心的喜悦。

这个时刻，需要这样的声音。

大场院里，分几个人群。大部分是老人和孩子，有的在练习敲锣打鼓，有的在练习踩高跷，还有几个围成一团，在习练吕剧小戏。老书记居然甩掉拐杖，虽说行走蹒跚，但是从他举止，就能看出内心的喜悦、激动。李清泉跳下自行车，站在那里，面带微笑，看着他正在对一个敲锣鼓的小娃娃比比画画。那小娃娃举起手里的鼓槌，向李清泉方向一指，老书记扭回头，快速走过来。

“清泉书记，瞧瞧我们这支队伍咋样？”人还未近，笑声先至。

“王书记，你们这是要过年闹元宵的架势啊！”

“你这话说对啦！”老书记喘息片刻，“现在，就像天天过年。”他伸手一指，“你瞧，那座山，真的被打开啦！”

李清泉扭头看过去，只见那一道山脊被挖下一截，一条蜿蜒的宽阔的山路，延伸过去，消失在群山中。他没有说话，但眼角有点湿润。

人定胜天！这四个字，再次出现他脑海，另外，随后而来的四个字是，愚公移山！

“为庆祝这条路开通，我们要准备一台大戏！”王书记的语气显得壮志满怀，“我们就是要发挥当年的红嫂精神，年轻人在战场上浴血奋战，我们这些老人孩子在后方支援！也不能落后。”

“我在龙门这里，看到生机和活力，还有希望。”李清泉真心地说，“这样，日子才有奔头啊。”

王书记突然半天不语，李清泉扭过头去一瞧，却见他眼角有些湿润。他突然摆摆手：“清泉，我心里是真高兴！”

“我懂您的意思！”

王书记平复一下激动的内心，开口说：“这道山梁，也是我一个心结。有多少回，我蹲在那棵大槐树下，看着这道山梁子发愁。那笔账，在我心里翻来覆去算了好多年。就是山梁后面那一道沟，能整出多少亩地，能打出多少庄稼。李书记，你知道更主要的一条是什么？那道沟里，有一个天然的泉眼，我去那里头看过无数次，天再旱的时候，那个泉眼也没干过。早些年，咱是眼看着那边有水，干着急，过不去，水引不出来。现在，我们完全有条件，在那里建一座小型水库，把水引到村里来。”

“哦？”李清泉也很高兴，“喜上加喜啊！”

俩人正说着话，突然山梁那边传来喧闹声，同时，伴随着突突突的声响，一台十二马力拖拉机，像是从山顶突然冒出来！随后，呼拢一下子，涌出来的是密密麻麻的人群。他们围拢在拖拉机周围，奔跑在那条公路上，站在公路一边的山坡上，欢呼雀跃！甚至，有人脱下上身的衣服，扔向半空！

“开通啦！”

“开通啦！”

这个声音，在山谷中间冲来撞去！

李清泉突然泪眼蒙胧！他为自己这个时刻的出现感到庆幸。能第一时间在这里感受到这帮开山人的喜悦心情，这是一种幸福！

“我得上山看看去！”他扭头对老书记说。李清泉蹬上自行车，沿着村边一条路骑行好一会儿，才到山脚下，又沿着那条路行走一段，感觉呼吸有点儿困难，就下来推着自行车走。

王树义已经早早地迎了过来。

“李书记，你今天来得正巧，我刚刚宣布，野狼窝环山公路，正式开通！”

“那当然，我是踩着好消息的点赶来的！”李清泉脸上的喜悦无法遮掩。他急匆匆地爬向公路一边的小山头，王树义紧跟其后。到山顶，李清泉不由得赞叹一声：“太好啦！”

只见那条山路穿越山梁，继续向前推进，时隐时现在一道开阔的山坳内。

“这就是野狼窝！”王树义伸手一指，“你瞧，自下往上，能整出多少地来呀！我们龙门，马上再大干一场！”他长舒一口气，“多少年啦！我就想征服这一道沟。”李清泉坐在地上，顺手掏出一根烟递给王树义。王树义也盘腿坐下，俩人好一阵没说话，眼前一阵烟雾缭绕。

“树义，你说说，咱们这么做，收获到的是什么？”

王树义一扭头，似乎他根本没考虑过这个问题。这个问题，不是太简单吗？收获的是土地呀，是粮食呀！于是，也就这么做回答：“我刚才说过啦，是土地，粮食！”

“当然，这是最直接的。可我问这句话，不是这意思。我是说，我们个人收获到什么？”

王树义恍然大悟，他看着远处，思索良久：“踏实。这么做，心里头踏实。”

李清泉伸手拍一下他的后背，顿时感觉到一股反弹的力量。

“说得很对呀，踏实！我们都经历那么多苦难——不对，这个词儿太重！应该是，困难。外界的，内心的，很复杂。可人生不就是这样吗？难得你想得这么透，踏实，很好！只要内心踏实就好，只要内心踏实，所经历的那一切，就都是财富。”

“咦，今天你咋有空跑到这里来啦？”

“我刚从崔卫国那边儿过来。”

王树义顿时感叹一声：“李书记，说起崔卫国，我还真是服你眼光独到，用人得当！我虽说没去现场，可是对那边儿的情况也很了解。你能把这员虎将，派到前沿阵地，是个大手笔。”

李清泉一摆手：“别给我戴高帽子。实话说，压力也大。但我是这么想的，咱们都要老啦！迟早是要交给年轻人的。”

“我还听说，崔卫国这小子，跟韩社长的外甥闺女谈上啦？”

“咦，”李清泉哈哈一笑，“树义，你虽然在这山旮旯里，耳朵倒是够灵通的。那个女孩子，真是优秀！我刚见她第一面，就想把她挖到咱们中学来。没想到呀，这事儿，叫崔卫国给我办啦！现在，她已经在咱们中学教书啦！”

“我可真不是给你戴高帽，你来之后，真是把罗庄方方面面都盘活啦。这就叫，栽下梧桐树，就不愁金凤凰要来。”

李清泉一声感慨：“做任何事情，最终落脚点还是人啊！有人才，才能做成事，我们就需要这样的年轻人啊。对啦，”他话锋一转，“我差点忘记正事儿。我到龙门这里来，是想跟你合计个事儿。”说完，他盯着王树义，半天没再说话。

“你说啊，”王树义等待片刻，忍不住催。

“到公社去吧！”李清泉这才说，“龙门这边儿，你治理得差不多啦，也该放手给年轻人。”

王树义扭头看着面前的野狼窝，良久沉默着。

“你是公社党委委员，去公社是迟早的事儿。你要是不放心，可以继续兼着这边儿的管区书记。”

“没啥不放心的，”王树义脸上浮出微笑，“就是您说得有些突然，突然一下，还真是对这里有点儿留恋，老家嘛，这是自己的一亩三分地嘛！不过，你放心，我王树义，不是那种恋家的人，坚决服从命令！我到公社去，具体干啥?”

“先去挖一条万米山洞!”

王树义“呼”地一下子站起来!

这举止，倒是吓李清泉一跳!

“你啥意思？不愿意干呀?”

“李书记，不谋而合呀！这几天，我脑子里就琢磨这事儿呢。”王树义一脸兴奋，“公社其他领导，一人顶着一摊子事儿，我早就想请战啦！你放心！万米山洞的罗庄营任务，你就交给我，保证完成任务!”

李清泉慢慢站起身来，伸出大手，两人紧紧一握。

“等崔卫国主干渠那边儿一完工，就赶过去跟你汇合。我跟老韩，还有长林他们，要组建一支全新的农建大队，在锦川河，在罗庄大地上，展开一场整地改土大会战！我等待你们胜利，把川河水引进锦川河两岸，就像当年的红军长征，咱们到时候，也来个大会师!”

农建大队

1

“干到腊月二十九，吃完包子再下手。”

“纵有千难和万险，定把锦川变良田！”

“农建战士一声吼，大地也要抖三抖！”

“农建战士无冬天，地冻三尺照样干！”

……

这些口号，在这一年年底，广泛流传在罗庄大地上。这是在李清泉提出接下来“奋战三年”总口号下诞生的。

“奋战三年”，是农建大队成立大会上，李清泉做动员讲话时的一个关键词。

之前党委会上，李清泉就指着墙上的地形图，给各位党委委员，勾画出一幅广阔的蓝图。

“奋战三年！不仅仅是整地改土，治理锦川河，打造粮仓，把罗庄三万五千亩耕地全部变成良田！而且，包括所有领域，比如，我们还要实现农业机械化——”他话锋一转，“世聪，这三年内，我要看到咱们自主生产的拖拉机！”

“没问题！”李世聪丝毫没犹豫！

“还有你，海峰，你那个水泥厂，现在马上就有大用场啦！接下来，咱们所有大工程使用的水泥，都看你的了。”

“没问题！”魏海峰回答得也很干脆！“我们正在加班加点生产。”

“接下来，咱们要山、水、林、田、路统一规划，综合治理。大的工作部署，就三句话，整地改土大会战，水利配套重点抓，修桥铺路穿插干。同志们，尽管咱们前面，面临的困难还有很多，但是我们要有信心，有动力，去迎接困难，战胜困难！咱们都身处一个好的时代！这是真正的大建设、大变革时代！我们应该为赶上这样的时代，见证这样的时代，而感到幸福！”李清泉站起身，走到墙上悬挂的一张大地图前。“大家看，这个位置，一号灌渠也就是主干渠开通以后，川河水库的水，从这里引出来，兵分两路，这儿，又是一个入口，就是万米山洞入口，山的这边儿，这个位置，是出口。等山洞打通，水就淌进咱们罗庄，再怎么走，那就由咱们说了算啦！东、西、中，三条干渠，就像三根巨大的血管，能把血液输送到罗庄大地角角落落，实现全覆盖！你们瞧，锦川河儿万亩粮仓，就在这一片儿。那时候，咱们就实现了川河水、锦川河水、矿水、机井和雨水，五水合一，真正扭转靠天吃饭的不利局面！”

话音未落，会议室内响起一阵掌声！

数日过后，在邱家的大场院内，也就是一年前，邱家会战开誓师大会的地点，又一次誓师大会召开。

这一次，意义更加不同凡响！

经过各方面的考察、研究，罗庄公社农业基础建设大队（简称农建大队）正式成立！农建大队由四个连队组成，由精挑细选的各大队大队书记，为各连队带头人，下面分设班、排和施工技术员组。其人员，是由各大队按壮劳力百分之八的比例抽调而来，总人数为一千人。女劳力占三分之一。公社里，则由李清泉主抓。

接下来，整个公社的垦田、治山、治水的攻坚战，都由这支尖刀队伍肩负。可以说，这一举措，改变了一村一队势单力薄的局面，最大限度调整优势兵力，凝心聚力，拿下一个又一个攻坚难题！随后的鏖战锦川、治理富家沟、会战白石岭等一系列大动作，充分证明，这支力量充满活力。

无疑，在那样的时代，这是一个创举！

这支队伍从创建，到农村实行家庭联产承包责任制，历时整整八年！

八年内，它在罗庄公社的历史上，写下浓墨重彩的一笔！

三年后，公社党委之所以首次大胆提出实现“三个千”目标，也就是：社办工业产值一千万元，队办副业产值一千万元，粮食亩产突破一千斤大关！当然，与农建大队“奋战三年”的口号息息相关。

老天爷好像专门考验这帮战士。

首战锦川，时值寒冬腊月。北风怒吼，滴水成冰！人站到野外，穿着棉裤棉袄，戴着棉帽，冷风也会钻进五脏六腑。李清泉站在那里发表动员讲话的时候，自己都感觉上下两排牙齿，忍不住就要格斗起来！他感觉自己的声音，在风中也变得又细又长。

“同志们，冷不冷啊？”他突然问。

这问话有点儿突兀！台下起初一片寂静。但好多人脸上，忍不住会心一笑。也许，这些农建战士，根本没弄明白李清泉的言外之意。李清泉突然提高声音，像是发出吼声："天寒地冻，让大家鏖战锦川河，我心里也不好受！我想问问大家，干，还是不干？"

"干！"

李清泉一挥手："声音不响亮！听不见！"

"干！"这一次，声音整齐，响彻天空！

"那就好！同志们，拿起手里的家伙，上战场！"

随后，李清泉扛起一柄镢头，大踏步奔进河畔，高高举起，刨开鏖战锦川的第一镢土！土地是坚硬的，震得李清泉的双手发麻，手臂有些疼。但是，他没有停止下来，继续抡起胳膊，向大地，发起冲击！

一千余名农建战士，奔向各自的奋斗场地！

有一瞬间，李清泉直起腰身，拄着镢柄，缓缓地向身边看去，向远处望去。

"问苍茫大地，谁主沉浮？"他想起毛主席这句词。他的目光，落在一柄挥起的镐头上，镐头敲击到地面上，击出一星火花！一个女队员双手握钳子，另一个女队员抡起锤头，敲落下来。握钳子的女队员浑身抖动一下，又稳稳地一动不动！他还看到，河床上一个男子，在奋力撬一块冻得结结实实的石头，撬了好半天，石头纹丝未动！他的目光继续移动，他看到远处的一面面红旗，在风中，发出呼啦啦的声响！

随着一阵咳嗽，韩瑞强的身影出现在他身边。

"李书记，这样子不行啊！"韩瑞强眉头紧皱。

就在一瞬之间，李清泉像是突然才发现，韩瑞强的脸型变得瘦削无比，他一阵心疼。

"是啊，我也看到啦！"李清泉也眉头紧皱，"可不趁着这季节清理好河床，就没法进行下面的工作啊。咦，老韩，你怎么还老是咳嗽？脸色也不好看。”

“嗨，就这天气，你以为你脸上好看啊？”韩瑞强没正面回答。

“我让你去医院查查，你就是不听。”李清泉嘟囔一句。

“我没事儿，”韩瑞强顺手一指，“看看，这整个地皮，都冻到一块，得琢磨点办法啊？”

“我去一趟矿上，”李清泉把镢头一扔，“老韩，你去一趟农机厂，把现有的卷扬机，拖拉机，能调过来的，全都调过来。”

两天后，从煤矿上借的一批压风机用上，农机厂也送来小卷扬机，打炮眼也不再用人力，用上风钻，运送石渣增添了拖拉机，进度明显加快。

这一次，农建战士就近在村里住宿，分散进邱家、肖家等几个村子。指挥部设在肖家大队办公室。李清泉、韩瑞强就住在这间十几平方的办公室里，就在墙角打起地铺。至于那些农建战士，则是分头住进老百姓家里。这一块工作，由韩瑞强来抓，各大队的书记执行。韩瑞强一开始还觉着有难度。这么多人，住进村里各家各户，毕竟男女有别，性格各异。如果处理不好关系，其间不知道会产生啥矛盾。可是，几天过后，韩瑞强放心啦，他收获到另外一种感动。一个是农建战士不愧是各大队精心挑选的，个顶个素质过硬。住进各家各户后，歇工之后，还帮助户主干好多活。比如，挑水，劈柴之类。再一个，没想到是，几个大队的群众，对这件事积极响应，非常拥护。尤其肖家有户人家，一听说是农建战士要住进来，居然把儿子刚结婚的新房都给腾出来。

一位老太太的话，更让人感动：“多少年不见这样的光景啦！当年，八路军、游击队住进俺村里，就是这个样子。”

接下来，还出现意外之喜。有几个男孩子、女孩子，跟房东家的女孩子、男孩子认识、交往，日久生情，因而缔结良缘。

第二年后的一天，有个农建战士走进指挥部，给大家分完喜糖，走到李清泉跟前，摸着头皮，半天没好意思开口。李清泉抬头看着他，恍然大悟："小伙子，你是不是想让我给你当证婚人？"

小伙子连连点头："我就这个意思，可李书记你这么忙，不好意思开口。"

"放心，这活儿，我愿意干！"李清泉哈哈大笑，"我给你提个建议，你跟女方合计下，看她同意不？新事新办，你俩的婚礼，就在农建大队工地上举行！"

"同意，同意！"小伙子激动万分，"这多热闹多有意义啊！"

这一日，鞭炮齐鸣，锣鼓喧天！农建大队工地上，一对新人举办婚礼！

婚礼由韩瑞强主持，李清泉做证婚人，并热情洋溢地给予祝福。

"同志们，你们瞧，这是咱们农建大队结出的硕果啊！"他感慨道。

此时，已是寒假时期，中学的孙秋霞、崔力娇等几个老师，也积极要求加入农建队伍。一开始，孙秋霞和崔力娇她们还是作为文艺宣传队的队员，在劳动间隙，带领着大家学习领袖著作，或者为大家唱唱歌，跳跳舞，鼓舞士气。后来，孙秋霞和崔力娇各自寻找自己能干的活。崔力娇再一次跟随着邱月娥，抡起锨柄装车。孙秋霞则去了后勤组，帮大家做饭。这一次，马超英也跟随了大部队。几个年轻人聚到一起，唱唱跳跳，活力无限。

没想到，寒假结束的时候，崔力娇不愿意回学校继续教书。她要求继续留在工地上。"邱大姐，你去跟李书记和韩社长说说，我教不了书，太累啦！"

"俺那个娘！"邱月娥一瞪眼："俺就从没见过你这种傻丫头，教书难道比在这工地上干活累？"

"这不一个累法。"崔力娇抿着嘴笑。

于是，崔力娇留在农建大队。

这一年春节，真像那句口号里喊的一样，农建大队战士们仅仅在家过了一个除夕夜，第二天就都出现在工地上。

除夕夜，李清泉难得跟家人团聚。由于跟大儿子长久不见面，这孩子似乎对他有些生分，问一句，答一句，几乎不跟他交流。小儿子除了吃饭时间，几乎见不到面，他跟几个邻居家的孩子早已经彻底打成一片。李清泉在不在家，似乎并不重要，早已习惯。闺女毕竟大了，对他嘘寒问暖的，看到他手上冻出疮伤，心疼得不得了。

“你得学会照顾自己，都多大年纪啦，还跟小青年一样去拼呀？”闺女一边埋怨他，一边拿愈裂霜给他抹。

是啊，多大年纪啦！李清泉不由得心里一声感慨，默默地开始梳理自己这一辈子吃过的苦，受过的罪。与之前受的罪比，手上这点儿小伤口，算得了什么呢？

吃过年夜饺子，放过鞭炮，李清泉坐不住。好几次站起来，坐下，然后在院子里转。老伴和闺女心知肚明，不时相视微笑，就是不挑破。

终于，李清泉忍不住啦：“我得去转转！”

“你就在家安安稳稳过个年，还能咋着呀？”闺女说，“至少大年初一，是不能干活的吧？人家都说，只要这一天开工干活，就得忙活一整年。”

“初一不开工，一年到头，也得忙活。”李清泉回身一笑。

他骑着自行车，隔着老远，就见工地上灯火通明。等赶到现场，果然，几个施工点的人们，已经往来穿梭。迎头，却见肖家大队的肖书记迎上来，笑着打招呼：“李书记，这年三十，不跟嫂子和孩子们一起过呀？”

李清泉伸手一指：“你们这不也是没在家过年嘛！”

“这些大部分都是肖家的社员，大家吃过年夜饭，很自觉地就都回来啦！这一次治理锦川河，轮到我们肖家要赚便宜啦，能开出好多良田，所以，大家伙儿干劲十足呢!”

“你去嘱咐嘱咐，少干一会儿，让大家回家过年！忙忙活活一年到头，也得体验一下老婆孩子热炕头嘛，熟悉内情的知道是社员积极性高涨，要不知道的呢？尤其那些娘们儿，还不得埋怨我李清泉不近人情。”

“这您放心，娘们儿要怨，也是怨我。”肖书记哈哈大笑，“再说，大道理不用说大家都懂，我们肖家不管男人女人，没有拖后腿的。”

俩人正说着，却见韩瑞强也赶来了。

“你个老韩，你咋也来啦？这冷的天，你还感冒着。”

“书记都来啦，我不来能行？”韩瑞强开起玩笑，转眼看着工地，“肖书记，你们肖家很积极呀，这是要争夺流动红旗的架势。”

寒暄一番，李清泉和韩瑞强回到指挥部。刚进屋，韩瑞强就剧烈咳嗽一阵。李清泉皱起眉头：“老韩，你这样子真不行，得去拿点儿药吃。”

“药吃着呢。我不是跟你说过嘛，家族遗传，支气管炎，老毛病。这是因为屋里太呛。”屋子中央支一个老炉子，里面烧得是老树墩头，屋子里的确有烟雾。当时，刚搬进来时，马长林想要村办煤井送点煤来，李清泉不让。

“李书记，有个事儿，我得先请示一下你。”韩瑞强突然面带微笑说。

李清泉问：“啥事儿？咋突然这么正式起来啦？”

“我想给晓娟介绍个男朋友，这事儿，得先经你允许啊。”

“哦？”李清泉顿时眉开眼笑，“这种好事儿不需要请示！谁家的孩子？干啥的？”

“瞧瞧，还是亲闺女的事儿上心吧？我这一说，你顿时就眼睛发亮。”

“就别卖关子啦，说说啥情况？”

“先实话实说，孩子的父母条件倒不是很好，都在农村。”韩瑞强先抓抓头皮。

“你个老韩，捡重点的说，孩子是干啥的，年龄多大，人咋样?”李清泉一摆手，“孩子父母是干啥的，这关键吗？咱们不是农民呀?”

韩瑞强一拍手：“李书记你这么说，我就放心啦，这孩子我也认识，人品长相没得说，就在咱中学当老师，教语文，从市里的师范专科学校毕业的。”

“那不行!”李清泉连连摆手。

“咋啦？当老师的，为啥不行?”韩瑞强一脸疑问。

“不是人家孩子不行，是咱闺女文化程度低呀。我们家晓娟，可没上过大学。”

“晓娟我见过的，不是咱自己夸，绝对好孩子。我觉着，这俩孩子般配。没上大学怎么啦？现如今在供销社站柜台，多好的工作呀?”

“这事儿，光咱俩说不算数，就是你这媒人也不算数，现在是新社会，要看他俩投不投缘。崔卫国和孙秋霞，不就是例子吗?”

“只要有你这话就行，我马上安排俩孩子见面儿。另外，有个事儿，我没经你同意，悄悄办了。我协调了一下，把晓娟调到咱公社来啦!”

“老韩，你——”李清泉没继续说下去。

韩瑞强一摆手：“我知道你心里咋想的。李书记，咱这不叫以权谋私，让晓娟到跟前来，帮着嫂子做做饭啥的。就是供销社内部，在不同的公社换个岗而已嘛。”

2

春暖花开的时节，整个肖家到邱家一段的河畔，已经清理完毕。工程进入第二阶段，铺设地基，建筑涵洞。自农建大队开工以来，有一支队伍就在河两岸，叮叮当当，日日夜夜没有停歇。那是石匠组的社员。他们将河底清理出来的石块，按照设计尺寸，凿成方石。这样一段涵洞，石料用方巨大。因此，石匠组自始至终加班加点，凿刻的方石沿着两岸摆得老远去。

没想到，这个工程的影响力，居然辐射到市里，引起市领导注意。

这一天，李清泉正在工地上指挥战斗，突然，两辆小车出现！

李清泉直起腰身，眯起眼睛瞧，不一会儿，就认出第一辆是县委刘书记的车。他赶紧往车那边快步走去，一边儿却瞧见宗县长先打那辆车上下来，扭回头，却迎向后面车里下来的刘书记，以及另一位穿着朴素的男子。李清泉觉得那人有点儿面熟，肯定是某位领导，一下子却没想起是谁。走到那群人跟前，李清泉先打招呼："书记，县长，你们咋来了？也没提前通知我们一声。"

"清泉书记，你可能还不认识李市长吧？"刘书记一转身。

"哎呀！"李清泉恍然大悟！有一次，在市里开会，他只是远远地瞧见坐在主席台上的李市长。"李市长好！真没想到，您能来我们这工地上。"

李清泉赶紧向前握手。

"李市长这次来，本来是要微服私访啊，要不是我消息灵通，他直接杀到你这里来啦！"刘书记哈哈一笑，随即扭头介绍，"这一位，就是我在路上给你念叨的李清泉。"

"清泉同志你好，这一路啊，刘书记全是在夸你这个本家。其实，对你，我早有耳闻啦。"

李清泉观其穿着，早已暗暗钦佩。堂堂一位市长，头上戴的却是普通的蓝布帽子，身上穿着洗得有些泛白的蓝布中山装，脚上则是一双黄军鞋。接下来，李清泉边走，边给李市长一行介绍公社党委的构想，李市长连连赞叹，并随口询问几个直刺要害的问题，比如，涵洞能否承受暴雨带来的上游洪水的冲击？涵洞底部经受洪水冲刷的能力如何？涵洞两侧及顶部如何设计，才能经受地上的挤压力？

李清泉一一回答，说一切都经过专家反复研讨、论证过的。“我们几个公社党委委员，一直在这里盯着。保证不出现问题！”

“这是功在千秋万代的好事情！一定保质保量！要经得起时间的检验！”

“李市长，您给大家讲几句话吧？”

没想到，李市长连连摆手：“我不讲。我就来看一看。要讲，请你们刘书记。”

“市长不讲，我哪里敢？”刘书记笑着说。

李市长也笑：“我看啊，咱们都不要讲啦，等我们离开，清泉书记跟大伙传达一下就行。我这次来，是带着一个任务的，过一阵子，将有一批特殊的客人，要来我市参观学习。市里决定，你们这里作为一个点。”

“太好啦！市长，哪里来的客人？”李清泉忍不住问，“我们该做哪些准备？”

“不用特意做准备，你们这里热火朝天的场面，完全可以！至于这批客人的身份，暂时保密。不是我故意神秘兮兮，实际情况是，直到现在我也还迷糊。上级不说，咱也不能问。”

于是，李清泉不再问。但他从李市长的语气里，已经推测出，来的客人非常重要。市长说不做准备，自己当然不能一点儿功课都不做。李市长一行风尘仆仆，很快离开，李清泉目送他们走远后，立刻想到一个细节问题：看这局面，以后说不定来参观交流的队伍不少。必须要准备一个详尽的解说稿，还要配上能说普通话的讲解员，自己这一嘴土话，恐怕不上台面。

他立刻想到马超英。

不一会儿，马超英满脸是汗跑过来。李清泉直截了当安排任务：“你现在马上写一篇稿子，在大喇叭里，向全体农建大队的战士播送，李市长在县委刘书记、县政府宗县长陪同下，来到咱们工地上，视察指导工作，并看望慰问大家！”

“市长啊？”马超英眼睛顿时瞪大，“这么大领导！”随即一皱眉头，“书记，市长没讲话，我没法编啊！”

“刘书记怎么讲话的你没听过？”

马超英摇摇头，一本正经：“我听过最大的领导讲话，就是您。”

李清泉哈哈大笑：“那好，你拿个本子来，我说，你记。”

马超英一甩辫子，扭头就跑。李清泉喊住她：“先等会儿，我再把下一个任务一并安排给你。省得一扭头就忘啦。从今儿往后，你马超英，就是咱们罗庄公社专业讲解员。不管哪级领导、哪里的朋友来视察指导也好，参观学习也好，你就专门负责这事儿。找韩社长要资料，撰写一份详细解说词，我先审一遍，然后，你给我牢牢背过，用标准的普通话，把咱们罗庄，把咱们的好做法，给我介绍出去。”

“书记啊，”李清泉在那里说，马超英双手垂着，半仰着头看，等他说完，才面露难色说，“我恐怕不行啊！你别看我平时大大咧咧，可上不了大台面。再说，我这满口的罗庄话，办不了这事儿呀！”

“谁天生就行？”李清泉强忍住，才没笑出来，“你得练啊。我说你行，你就行！就你啦！”

“好吧，李书记，坚决听指挥。”马超英嘴上这么说，心里却是直打鼓。

李清泉这才悄然一笑：“超英，我给想个点子，你多去跟孙秋霞请教啊。”

“领导就是厉害！”马超英反应倒快，一伸大拇指，“我怎么把秋霞老师给忘啦。”说完，转身就跑。

“李书记，你这用人之道，不服不行！”站在一边的韩瑞强不禁连连赞叹。

“上升到用人之道，有点儿严重。说白了，就是每个人身上，都有天然的优势，只不过在哪个领域而已。术业有专攻嘛！有些人，自己就明白最擅长哪一块，而有些人自己对自己并不明白，这就需要我们去帮他们，挖掘一下，才能发挥出来。你比方说崔卫国，跟常跃进、马超英他们比较，身上就有一股子果断、干练，适合当带头人。尤其是这些年轻人，你得施加压力，逼着他们不断锤炼，这才能进步。一开始，他们可能觉得你严厉，霸道，但我相信，迟早有一天，他们就会明白，这是为他自己好。”

李市长说得特殊客人迟迟未到，锦川河工程仍不断推进。

其间，果然有几批邻县的参观学习团到来。马超英忙里偷闲，专门缠着孙秋霞，问这问那。孙秋霞呢，知无不言，言无不尽。抽出大段大段时间，陪着马超英练习。再加上不断地实践训练，马超英的讲解水平，很快大有进步。同时，写作水平也不断提高。好几篇散文、诗歌发表在市里、县里的报纸上。

多年后，马超英成为一位小有名气的作家，出版散文集、诗集好几本。

谁也没想到，一个噩耗突然降临！

那天清晨，细雨蒙蒙，快到晌午的时候，雨点密集起来。锦川河工地上的战士，并没有因为下雨而停止施工。他们冒着大雨，衣服很快紧贴在身上，仍然奋战在各自岗位上。就在那个时候，大喇叭里，突然响起哀乐！

一个震惊大家的消息传来！

伟大领袖毛主席离世！

锦川河工地上所有的农建战士，起初扭着脖子，冲着大喇叭方向，缓慢地直起腰，张大嘴巴，站在当地！一千余名战士，顿时站成一尊尊雕像！过了好久好久，突然有人哭出声来。

紧跟着，哭声连成一片，响彻锦川河两岸。

李清泉一动没动。他没有哭出声，但脸上的泪水和雨水搀合在一起。良久过后，他步履蹒跚，向广播室走去。

广播室里，马超英趴在桌子上，哭成泪人。

“李书记，他老人家，怎么会去世呢?”马超英抬起头，像是自言自语。李清泉慢慢地把话筒抓在手上，凑到嘴边，又放下来。他仰面朝天，压抑着悲痛，再次把话筒举到嘴边。

“同志们——”，说出这三个字后，李清泉觉得胸口发闷，停顿良久，才继续说：“我宣布，大家暂时停止手头工作，回到驻地，但暂时不要离开这里，等候具体通知，集体哀悼我们的伟大领袖!”他放下话筒，缓缓走出门外，抬起头，看着黑乎乎的天空。

雨突然大起来，雨点打在他的脸上，毫无知觉。

就在那时，有一个小伙子几乎是飞奔而来，远远地喊道：“李书记，李书记，韩社长吐血啦!”

“你说什么?”李清泉大声问。

“韩社长，刚才突然吐一口血，然后一下子倒在地上!”

“快，快送去医院!”

李清泉突然有一丝不祥的感觉!

他顿时想起，近一段时期，韩瑞强在他面前不断的咳嗽声。他拔腿就在泥水里深一脚浅一脚地奔跑起来。几个小伙子抬起韩瑞强，架到一台拖拉机车斗上，李清泉伸手抓着边沿，一纵身也跳上去。李清泉一伸手，把韩瑞强的脑袋靠在自己胸前：“老韩，你别吓唬我，现在咋样?”

韩瑞强的脸色惨白，雨水沿着他的脸庞流下来，但他依然挤出一丝微笑：“老伙计，你别担心，我没事儿。咱俩搭班子，还没过瘾哪，我可不愿意就这么散火。”

李清泉咬咬嘴唇，一句话也说不出来。

差不多一个小时后，在走廊里转来转去的李清泉，以及其他一帮人，终于看到李大夫从急诊室走出来。

一瞧李大夫的脸色，李清泉心里咯噔一下！

“怎么样啊？李大夫。”他迅速迎上去。李大夫悄悄拉一下他胳膊，示意到一边说。

“化验结果，得等一段时间。不过，”李大夫咬咬下嘴唇，“根据我初步检查，情况很不乐观。”

“不乐观，什么意思？”李清泉伸手抓住她的胳膊，“直说嘛！”

“可能是肺癌，晚期！”

李清泉走向病房的脚步有些沉重。

他终于看到韩瑞强。此时，那个曾经一脸微笑，步履匆匆，陪着他走过罗庄山山水水的韩瑞强，安静地躺在病床上，脸色苍白。李清泉慢慢靠近，眼前越来越模糊。站到床边儿，好久好久，他一句话也说不出来。

“老李，你别这样，其实，我自己心里有数。之所以不愿意到医院来，说实话，我就是害怕，我害怕一个结果。现在结果有了，反而踏实啦！”韩瑞强叹息一声，悄无声息地一笑，“生死有命嘛，这是定数。再说，你看我，这不还好好的，没那么快就去见马克思。”

李清泉沉默老半天。

“就是有点儿遗憾，没法跟你一起战斗啦！”

李清泉一下子站起身，扭头看窗外。他不想让韩瑞强看到他流泪。稍顿片刻，他转回身来：“兄弟，你刚才也说啦，现在不是还好好的吗？这病，没那么可怕！咱们一起想办法，战胜它，好不好？”

“好！”韩瑞强伸手指点着他，“从我认识你李清泉，你从来没失败过，至少我是没见过，我相信你！我想求你一件事儿，关于我的病情，先别告诉我老婆，你跟李大夫，包括工地上一起来的那些人，都嘱咐一下。我不想让她伤心。唉，这辈子，她跟了我，受苦太多。”

“好，我答应你。你也要答应我，配合治疗，咱们一起想办法。”

3

下一年的秋天，当龙门大队的一道沟里的果树上缀满红彤彤的苹果时，当锦川河畔的万亩粮仓上玉米撑爆开来，亮出金灿灿的粒儿来的时候，当邱大海站在地里双手举起一颗重达五斤多的改良地瓜的时候，隐藏在深山里头的一号灌渠，也传来好消息：

在崔卫国的带队下，锦川河引水工程主干渠罗庄公社段，比预计工期提前完成任务！

接下来，他们不会离开，而是继续啃另一块硬骨头：打通万米山洞！

崔卫国的脸色，看上去更加黝黑，是黑里泛亮的那种。短短数年，他由一个刚出校门口皮肤细嫩的文弱书生，变成一条黑塔样的踩着大地噔噔作响的汉子。他的手上布满老茧，肩背上，仔细瞧会发现紧绷着的皮肤上一块又一块擦伤晒伤痕迹。

那期间，崔卫国基本没离开过工地，孙秋霞每一次去看他，都是笑着到来，独自默默眼含泪水离去。她心疼崔卫国。她清楚崔卫国受过多少苦多少难。当然她也最明白，崔卫国的内心，如何一步步变得更强大。

“等主干渠工程结束，你就嫁给我好不好？”

“这算是求婚啊？”

“当然不算，到时候，我得正式一点儿。”

“我不需要什么仪式。我要求不高，只要你能有时间多陪陪我就行。”

两个人说这些话的时候，是个彩霞满天的黄昏。他们坐在一个小山头上，孙秋霞偎依在崔卫国胸前。孙秋霞的头上，插着一朵崔卫国刚刚采下的山花。两个有抱负、有理想的年轻人，彼此的心意在此刻相通，语言反而是多余的。

主干渠胜利竣工后的短暂休整期，崔卫国和孙秋霞步入婚姻殿堂。

他们举办了一场简单而又仓促的婚礼。四里八方的乡亲们，纷纷赶来贺喜。作为证婚人，李清泉在婚礼上给两位新人表达祝福。崔卫国和孙秋霞，二人肩并肩站在一起，脸上洋溢着的，都是对彼此的爱意，对生活的坚定，还有对未来的憧憬。

喝完喜酒后，李清泉没有回家，而是直接骑着自行车，前往医院。

韩瑞强一天比一天消瘦，脸上几无血色。李清泉每次到来，心情便更加沉重。

“老韩，崔卫国和孙秋霞，结婚啦!”

“可惜，我没法到现场喝杯喜酒。”韩瑞强苍白的脸上浮起一丝微笑。

“我给你带喜糖来啦!”李清泉掏出一包糖，放在一侧的桌子上，剥开一颗，塞进韩瑞强的嘴里。肖玉莲擦擦眼角的泪，走出屋子。尽管，一开始李清泉他们对她隐瞒了韩瑞强的病情，但没过多久，她就全明白啦。

“唉!”李清泉看一眼肖玉莲的背影，叹口气，“老韩啊，你不知道我有多内疚。你这病，是我给你累的。我应该及早就发现，早催你到医院来。”

“说什么呀老李？你还记得我跟你说过，我是家族遗传病吗？支气管炎？我父亲，我的大爷，都没活过我这个年龄。相比之下，我已经知足啦。现在医疗条件这么好，我可没经受太多痛苦。我父亲走的时候，我是亲眼看着的，就躺在老家的那盘土炕上，没有药，也买不起药，没法止疼，那份罪受的哟，真叫人看在眼里，疼在心上。”

李清泉摆摆手，制止他说下去：“老韩，你千万别灰心丧气，咱们想办法，一定会有好办法的！”

韩瑞强悄声一笑，不做回答。

李清泉站起身，转了一圈儿，他想继续给韩瑞强打气，却不知道该说什么。尽管，他已经为韩瑞强想过各种办法，甚至民间偏方。但他心里也清楚，韩瑞强的病症，并没有为此而减轻。一想到这，李清泉就有一种强烈的沮丧感和挫败感，他从来没有这样束手无策过。

这年秋季，李市长说的那批客人到来。

刚接到通知的时候，李清泉没觉得跟以往有什么不同。那两年，前来参观和取经的各级领导或者兄弟区县、公社的同仁，已来过好几拨。对此，李清泉也已经慢慢习惯。但这一次，随着县委刘书记悄悄到来，让李清泉顿时觉得事情非小。刘书记是在下午快下班的时候赶过来的，李清泉陪着，就他俩人，在食堂简单吃了顿饭。本来，李清泉想喊几个党委委员来陪同，刘书记摆手说不必。俩人边吃边聊，直到那时，刘书记也还没做暗示或强调，让李清泉以为，这就是刘书记百忙中到此一住。

“这次来的客人，有些不一样。”刘书记像是有意无意说起来，“你们要做一切准备！简单说就四个字儿，外松，内紧！”

李清泉的警惕心，顿时被激起！他恍然顿悟！

“是高层领导，对吧？”

刘书记笑眯眯的：“你别问我，问我，我也不知道。我得到的信息就是，这是一次非常重要的政治任务！确保不出现任何意外！确保！”

“懂啦！”李清泉稍皱眉头，随即点点头。从上次李市长的话，到这次刘书记专门而来，李清泉顿时意识到，这次接待任务，非同小可！

“我们已经抽调精干力量，全力以赴做好安全保卫工作。”

“好！”刘书记嘿的一笑，“我就喜欢你这一点。”

接下来，刘书记又做了几条强调，让李清泉感觉不可思议：“现场不要拉针对客人的任何宣传横幅、欢迎标语，也不用敲锣打鼓欢迎，你们只管干活，跟平日里一样，展现出咱们火热的劳动场景，展示咱们战天斗地的精神就行！到现场的任何参观者，不做现场讲话。任何现场人员，除了讲解员和你这个引导员，不能跟客人进行主动交流。他们很有可能，一句话也不问，如果有人问话，一定要按照方针政策，策略回答。”

李清泉皱着眉头，抓抓后脑勺。

等这批客人出现在工地上，李清泉一边面带微笑，跑在前头做向导，一边冷眼观察，顿时感觉，不一样！的确不一样。

客人到现场后，有不知是省里的还是市里的专门引导人员，反正，李清泉一个也不认识。市委书记、市长一直作陪，但走在队伍后面。前面打头介绍的，只有李清泉跟马超英。李清泉是引导员，做穿插介绍，马超英用不算很标准但已经很熟练的地方普通话，做重点讲解——解说词李清泉昨天晚上又仔细看一遍，确保没什么不合适内容。而且，没有人介绍任何一位客人的身份。自始至终，七八个客人，果然都一言不发，一句话不问。

这几位客人，穿着上并没有与众不同，但李清泉曾跟几个人不断对视，在对方的眼神里，他捕捉到不一样的内容。那绝对是见惯大场面的一种信息，有的眼神里，透着一股子凌厉之气。

围拢在这群人身后的，是十几个看上去就身手不凡的小伙子，神色冷峻，一举一动间，透露出极高的警惕性。

对于现场安全问题，李清泉根本不担心。武装部长和派出所所长都穿着便衣，混杂在群众队伍里。整个工地外围，看上去是散着干活的社员，其实，是精挑细选的民兵，几乎在工地四周撒了一圈儿。李清泉很清楚，现场的自己人身上，光带枪的就有好多。他只是好奇，暗暗嘀咕：这来者，到底是哪路神仙？

直到送走客人，依然满头雾水。

“总算圆满完成任务啦！”刘书记长舒一口气。

“书记，我还是忍不住好奇啊，这都哪里来的客人呀？对我们的接待，满意不满意啊？”李清泉看看身边，悄声问。

刘书记压低声音：“现在，我可以告诉你啦。这些人，来头可真是不小！里面有好几个，都是黄埔军校毕业的。”

“我的个天！”李清泉抓抓头皮，“战犯啊？”

“对，还不是一般的战犯！都是在战场上指挥作战的大人物！”刘书记悄然而乐，“这就是一次现场教育课。”

“刘书记，”李清泉有点忐忑不安，“您说句实落话，我们今天这场面，领导们会不会满意？”

“你问我，我问谁去？但我个人觉得，从头到尾，没毛病！不管咋说，社员们干劲十足！都写在脸上，发自内心，一眼就能看得出来。就是没人来，也这个干法嘛！”刘书记拍拍李清泉的肩膀，“咱们不会给领导们丢脸的。我猜呀，这些人，目睹这种场面，恐怕都在想同一个问题，就是，他们当时在战场上为什么会失败？你瞧啊李书记，咱们给他们上了一堂生动的现实教育课。讲课的，就是咱们罗庄的广大人民群众！群众，是一切事业的基础，我们有坚强的后盾和基石，这是坚不可摧的！”

没过多久，李清泉获悉一个更加惊人的消息：那一拨看似貌不惊人的客人里面，还有一位赫赫有名的人物——杜聿明！

获悉这个消息时，李清泉正在市里的一家宾馆加夜班，为次日全市农村工作会议一个典型发言材料，绞尽脑汁做着修改。

作为一面旗帜，一个典型，市里对李清泉的这个经验介绍非常重视，专门抽调两位调研人员陪同他润色材料。

“我操！”李清泉一听杜聿明这个名字，眼睛顿时瞪大！忍不住这句乡间口头禅就冒出来，惹得两位笔杆子对视一眼，哈哈大笑。

无疑，第二天李清泉的典型发言，取得巨大成功！

整地改土，兴修水利工程，大力发展五小工业，每一项内容，都立足于罗庄实际，同时又具有大胆的开拓性，所有与会代表都感觉震撼，感觉鼓舞，感觉这就是标准的一面旗帜！

接下来，市里的记者一批批赶往罗庄。每一个记者每次来，都似乎是要在李清泉身上解开一个密码，紧追他不放，不放过任何细节。每一次李清泉都要告诉他们自己不是核心，不是重点，核心是广大社员群众，是农建大队战士，是韩瑞强、王树义、李大庄、马长林、崔卫国等等一大批呕心沥血的基层干部，他们身上才有挖掘不尽的故事。

这一切，直接催生出几年后全省号召学习罗庄典型经验！

悲歌一曲

1

那天清晨，吃完早饭，崔力娇和马超英紧挨着坐在一堆柴草上，看着初升的太阳，勾画美好未来。马超英的脸上红扑扑的，这个总是激情四射的姑娘，对未来充满期待。

“我要开拖拉机！我一定要开上咱们第一批自主生产的拖拉机！我一定要做罗庄历史上第一批女拖拉机手！”

马超英张嘴就是一串排比句。与她性格形成对比的崔力娇，却永远是一副说话不紧不慢的样子：“哎哟，我还没见过女人开拖拉机是啥样子呢。”

马超英站起身，低头看着崔力娇：“那才叫飒爽英姿！毛主席说过，不爱红装爱武装！咱上不了战场，可以参加火热的生产劳动呀！想想看，那么个庞然大物，方向盘就在你手上，叫它向左，两手一扭，它就向左，多神气啊！”

崔力娇格格而笑："好吧，你厉害！我可没这么大志向。女人嘛，到了年龄，就是结婚，生孩子，伺候公公婆婆，伺候男人，不都是这样吗?"

"不对，"马超英给她纠正，"现在是新社会，你这是旧观念，旧思想，女人也能撑起半边天的。"

"唉!"崔力娇叹息一声，顺手折一根草棒，塞到嘴边，"有时候，我真羡慕你，你敢想敢做，你还自由恋爱。"

马超英眼珠儿一转："对啦，你从来没跟我说你的男朋友，是不是现在还没有?"

崔力娇沉默不语。

"你跟我说说嘛，"

马超英好奇心顿时被激起来，从崔力娇的神色上，她猜测这背后有内容。崔力娇仍是不语，但脸上写满沉重，似乎转眼之间就要落泪。

"好吧，好吧，你不愿意说，我也不问啦。"马超英赶紧摆摆手。

"也没什么呀，我爹和我娘给我订过一门娃娃亲。"崔力娇低声说，"山那边一个村的，论起来，我俩还是拐弯抹角的表兄妹。"

"啥？娃娃亲?"

马超英先是一愣，然后哈哈大笑起来。崔力娇气得站起来："你笑什么啊？有什么好笑的?"

马超英憋住笑："什么时代啦还讲这个?"

"都是大人们之间的事儿嘛，我爹跟他爹，那时候在一起干活，喝酒，成了好朋友，就把这事儿定下了。"

"你俩见过面儿吗?"马超英依然好奇。

"见是当然见过的，小时候经常在一起玩嘛!"崔力娇有点儿不好意思。

"那你喜欢那个人不?"

“说不上喜欢，感觉他就是一个表哥。”崔力娇一咬嘴唇，“对啦，马超英，我跟你说这些，你可不许对别人讲。前些日子，他家托媒人来提亲啦，我爹倒是问我啥意思，我犹豫一阵子，说暂时还没考虑。为这事儿，我爹还熊我一顿。”

“你放心，我不跟别人说，”马超英嘴上这么说着，一边警告自己，一定管好自己的嘴巴，崔力娇是自己的好朋友，可不能乱说。“可我还是想打听一下，有没有男孩子对你好，你也很喜欢他？”

崔力娇点点头，没吭声。

“这不就结啦！”马超英一挥手，“恋爱自由嘛。”

崔力娇皱起眉头：“你说得倒简单。”

“老崔，你要是相信我，这事儿我去找你爹谈。”

“别别别，”崔力娇连连摆手，“我自己的事儿，自己解决。”

清晨的这个小插曲，让马超英整个上午都心情很好。实际上，这女孩子每天的心情也都差不多。只是，关于崔力娇的这个信息，让她多一份别样的激动，这里面还夹杂着想撮合她好事、想做调解员的念头。好朋友遇到难题，不是应该义不容辞替她解决的吗？马超英甚至想好一堆如何去说服崔力娇父母的话。然而，到午后，马超英的这份激动或者兴奋，转眼间沉入低谷！

许多年过去后，她一想起那天清晨，那天午后，还是忍不住泪流满面。

事情是突然发生的！

午饭后的一段时间，照例是要放炮的。放炮员会以哨音，呼喊声，以及手上的旗子动作，来向所有人提出警告。那个时刻，按照以往经验，崔力娇和马超英是处在一个相对安全的距离之外。她俩在炮声响起之前，还说说笑笑好一段时间。炮声响起之前，马超英还建议：“咱们到那棵树后面躲躲去。”

崔力娇笑着伸手一指前方：“你瞧，前面都还有人，咱在这里已经够安全啦。”

马超英站起身，刚扭过身子，轰隆隆的炮声响起！她不由自主捂一下耳朵，弯下腰，看着远处放炮的地点。

就在那时，突然听到崔力娇一声大叫！马超英转眼看去，顿时目瞪口呆！只见崔力娇躺在那里，头上有一个血孔！

“来人哪！赶紧来人哪！”

马超英呆愣数秒，双手抖动着，突然高声叫喊起来！那一会儿，她甚至听不到自己的声音，也听不到四面八方跑过来的人们的脚步声。她的脑子里一片空白！当人们把崔力娇扶上担架，奔跑起来的时候，她还站在那里，呆愣愣的！直到有人喊她：“超英啊，你怎么啦，你没事儿吧？”

“我没事儿！”她这才回过神来，扭头跟着人群跑。

李清泉当时正在公社办公室，闻听此消息，立刻起身跑出门口，蹬上自行车就往医院赶。当他赶到那里时，在走廊里看到的是一群神情沮丧的社员。他们或蹲着，或盘腿坐在地上。马超英也坐在走廊里，脸上满是泪水。一见到李清泉，马超英站起身来，迎过来。

“李书记，崔力娇，她不行啦！”

李清泉嘴里呼哧呼哧直喘，呆呆地看着走廊尽头。突然，捂着肚子，慢慢地蹲下身子。

悼念大会是在第三天召开的。就在锦川河工地上。崔力娇的父亲和两个哥哥来到现场，她母亲因为悲伤过度，一下子躺倒在炕上，这一天还挂着吊瓶。李清泉看到崔力娇父亲后，弯下腰，给他深深地鞠一躬，然后，眼含泪水，紧紧抓住老人的手：“老哥，对不起！我没照顾好孩子。”

老人的手哆嗦着，嘴唇也哆嗦着，一句话也说不出来。

站在话筒前，李清泉良久未动。他看看四周，看着一张张悲伤的脸，似乎不知道如何开口。此时他的内心，依然满是歉疚，一声“对不起”，相对于一个鲜活的生命，相对于崔力娇家人的悲痛，显得微不足道。可是，除了对不起，还能说什么呢？他的目光略过人群，看向远处。

锦川河在静静流淌，一道地下涵洞已经在不远处赫然在目！马上就要看到一期工程胜利竣工场景。

可那个可爱的小姑娘，她再也看不到这个场景啦。

就在那时候，人群里响起第一个哭声，那是邱月娥！自从崔力娇出事之后，邱月娥的泪水就似乎没停止。这个平日里大大咧咧的女人，这个跟崔力娇曾朝夕相处的女人，在任何场合下都压抑不住她的悲伤。

多好的一个闺女啊？邱月娥曾多次半开玩笑半当真地问崔力娇：“给我当干闺女吧？”崔力娇以柔柔的声音回答她：“哎哟哟，你才多大年龄啊，我都喊你邱姐邱姐的，叫干妈，不是把你喊老啦？”

邱月娥的哭声一起，马超英再也忍不住，索性放声痛哭起来。紧跟着，女人们的哭声此起彼伏。

李清泉站在那里，望着远处，一动不动。

好半天后，他才开口：“我知道，这个时刻，无论说什么，都不能表达我李清泉，以及我们罗庄整个党委班子的歉意。我们无法面对力娇的家人！工地上出了这么大的事故，我难辞其咎，我承担一切责任。”他转向崔力娇的父亲，“老人家，你有什么要求，尽管提出来。”

崔力娇的父亲看上去稍稍平静了点儿，但还是没开口。

“说实话，力娇这孩子，我打心眼里喜欢，有理想，有抱负。她出这种事儿，我这心里头，跟刀割过一样。刚才，我想了好久，实在张不开口，实在不知道该说些什么？但作为看着这个孩子不断成长的一个叔叔，我想说，尽管咱们很悲伤，很心疼，但力娇这孩子身上不屈不挠的精神，我要说出来。你们好多人可能不知道，到农建大队来，是她自己主动提出来的！她要来这里，来到火热的劳动现场，来治理锦川河！可见，这孩子思想多么高尚，心胸多么开阔！她知道，农建大队要做的事情，是利在子孙万代的好事儿。所以，她放弃在学校当老师的舒适工作，来刨地、挖土、推小车子！甘愿为此，奉献自己的青春，热血！所以，她是咱们罗庄青年人的优秀代表！不仅咱们罗庄人要向她学习，而且我们要把她当作甘于奉献、勇于牺牲的一面旗帜，推向全县、全市，乃至全省！”

悼念会即将结束的时候，崔力娇的父亲突然提出，要跟大伙儿说几句话。

这出乎李清泉意外！

因为担心老人悲伤，他们并没打算让崔力娇的家人在这种场合下说话。

在场的人们突然一片寂静！好多人甚至担心，在这个时候，崔力娇的家属因为悲伤，情绪失控，会提出超出常规让人难以接受的要求。可话说回来，在悲伤、激动的情况下，哪怕提出再不合常理的要求，哪怕说出再过分的话，不也是人之常情吗？

“我是个农民，在地里刨食，刨了一辈子。说不出啥大道理，可我不是个糊涂人。”

老人一开口，现场好多人慢慢张大嘴巴，呆愣在那里。

“公社的领导们，对俺家力娇已经很照顾，让她到公社，跟着你们大伙儿当测量员，后来又到学校里，当了老师，说实话，对我们这个家来说，能去当老师，已经是烧高香求来的好事儿。俺孩子没福，没等到过上好日子。可有些事儿，我看在眼里，记在心里头，我知道，俺孩子这些年来，心里头高兴着呢，回到家，脸上老是带着笑，说明啥呢？说明你们大伙儿，都对俺闺女好啊！”

老人声音哽咽，稍稍停顿，接下来，他说出一番大家更没有想到的话。

“人没啦，再怎么心疼，她也没啦！但活着的人，总得活下去呀！今天，她娘躺在炕上，来不了。我把俩儿子带来啦。李书记，你留下一个也行，俩都留下，也没问题，叫他们也到农建大队来吧，也尽一份力。我，我就这点儿要求。”

现场顿时一片寂静。

2

“老韩啊，这阵子，一想起小崔那孩子，我就觉着胸口发闷。”李清泉看着稍远处的锦川河，看着那在炽光灯下忙碌着的人们，像是自言自语。

韩瑞强坐在他身边，已经好半天不语。

几天前，韩瑞强极力要求出院，回家慢慢治疗。肖玉莲实在拗不过，拉出李清泉来做挡箭牌：“要是清泉书记让你回家，你就回去。”李清泉闻听此讯，急匆匆赶到医院，也劝不住。李清泉没办法，去咨询李大夫。

“李书记，实话跟您说，老韩这病住在这医院，跟回家调养，没多少实质区别。”李大夫脸色沉重，扭头看着别处，“作为医生，这是最叫人难受的时候，因为束手无策。到目前为止，别说国内，就是全世界，也没有什么好办法。这就叫绝症！”

于是，韩瑞强回到家里。

自此，李清泉每次回家，都先到韩瑞强家转一圈儿。韩瑞强回家之后，开始服用中药调理。有一段时间，他甚至坚持着，在院子里打一阵子太极拳。每次听到这样的好消息，李清泉就希望会出现奇迹。说不定，韩瑞强吉人天相，能渡过难关。这天傍晚，李清泉又一次去的时候，韩瑞强突然提议：

“李书记，我想去锦川河工地上瞧瞧。”

“去那里干啥?”李清泉一愣!

“我也不能老是憋在家里，这些日子，我是真想到工地上看看，那里都发生什么变化。”

李清泉转念一想，去转一转也没什么不妥，散散心嘛。

于是，李清泉骑着自行车，带着韩瑞强，向锦川河工地走去。李清泉一边骑着自行车走，一边不由得心生哀叹！韩瑞强坐在后面，倒像是没增添多少重量。那段距离其实并没有多么远，但李清泉觉得这条路很漫长。有一段时间，俩人都没说话。

但李清泉在脑子里，把第一次见到韩瑞强后的所有画面，都梳理一遍。

一个公社书记，一个公社社长，就这样，缓慢地行走在罗庄的大路上。

离工地还有一段距离时，韩瑞强要李清泉停下：“不到跟前去啦，咱俩就在这里看一眼就成。”李清泉能理解他的心思，到那里，就会面对一张张熟悉的面孔，就得面对一道道关切的目光。于是，俩人在路边的一座小山头上坐下来。

此刻，李清泉提到崔力娇，韩瑞强也是一声感叹。

“孩子年纪太小啦，所以，更让人心疼。”

“老韩你说，我们有些事情，是不是值得反思一下?”

“你指什么?”

“我跟你说一件事儿。这件事，也憋在我心里好几年啦，我在管庄的时候，曾经差一点酿成一件大冤案！我们听信传言，说是有位同志是反革命！老韩你知道的，就这几个字，那时候是要掉脑袋的！宁可信其有，不可信其无。所以，对那位同志，采取控制措施。但后来的发展完全出乎我们意料：那同志是被冤枉的！当年，他曾担任游击队政委，是真真正正出生入死、浴血奋战过的！绝对是立场坚定的共产党员！只不过，因为得罪人，才遭人举报。好在，后来所有材料整齐，还了这位同志的清白。如果我们没有及时停止错误，后果不堪设想！”

“你这种心情，我完全理解。此前孙为政书记，魏海峰，当然还包括你，曾经遭受过的不公正对待，不也是如此吗？现在，很多事情，返回头去看，真是让人不寒而栗！太多的人值得反思啦！这就是时代！但起码一条，李书记你记着，我们所有的出发点和立足点，是为老百姓过上好日子。仅这一点，内心就应该坦然。我们生活在这样一个时代，作为一名党员，一个主政一方的差不多是最基层的官员，能直接为老百姓做点儿实打实的事情，也就够啦！”

“像咱们这样的人，算是官员吗？”李清泉轻轻一笑，扭头看着韩瑞强。

后者倒是没笑：“你刚才的反思，已经证明，咱们在基层百姓眼里，处于什么样的位置。是的，搁在古时候，咱们恐怕连七品芝麻官儿都算不上。但是，农村人不这么看，因为更高一层的官跟他们没直接关系，而我们，毫不客气说，有时候或者就像你刚才说的那个特定背景下，是掌握生杀大权的。换个说法，是决定人命运的。那你说，算不算官员？”

“老韩，说句掏心窝子的，在你眼里，我李清泉是个啥样的人？”

这一次，韩瑞强笑起来：“要我做一下整体评价吗？首先，你是个为底层百姓着想的人。”

李清泉一摆手：“拉倒吧，少整这些虚的。”

“你这人，做事有决断，干脆利索，直冲要害。这既是优点，有些时候，也是不足。因为同一件事情，尽管出发点是好的，目的是好的，但不同的处理方式，给人形成的印象，是不一样的。每一个人的思想认识不同，看问题不在一条线上。所以，不要要求每一个人都理解你。”

“我是不是有时候太霸道了？”

“是，我不否认这一点。”韩瑞强看着李清泉，“但我觉着，你没必要，为此做改变。人的脾气性格，本来就是天生。再一个你主政一方，不这样子，根本不行。”

“我很庆幸，遇到你老韩啊，我知道，很多事情上，我头脑不冷静，火气一上来，控不住，是你在一次又一次控制我的情绪。”

“我可没有那种能力。这也是你的优点，那就是发过火之后，会做反思，发火的时候就事论事。错就是错，对就是对，赏罚分明。还有，就像你对崔卫国的评价一样，你是帅才，善于用人，善于挖掘不同人的才能。”

“又开始戴高帽。”

“谁身上没缺点？”韩瑞强貌似转移开话题，“还有哪一代人，有咱们这一二十年的经历？人在这样的年代下，要说完全没缺点，完全不犯错误，那不成圣人啦？”

“我发现，老韩你对历史，对人的看法，比我强！”

“知道为什么吗老李？因为，我这一生，快走完啦！”

李清泉迅速扭头：“少说这种鬼话！”

韩瑞强惨淡一笑：“我知道，你老李舍不得我走。在一起没待够嘛！我也没和你处够，还想着跟你多喝几年酒呐。说来也怪，你来罗庄仅仅这几年，老书记孙为政可是在这里差不多半辈子，可在我心里，孙书记就是长辈，就是领导。而你呢，你像个大哥。有时候，还是个任性的大哥。”

李清泉眼睛一热，在夜里，看不到他眼圈发红，但他眼里已有泪水。他一句话也说不出来。

“老李，我唯一要给你的建议，是保重身体。你的胃不好，也该去好好看一看。身体是革命的本钱，这话是真对！别老是饥一顿饱一顿，凑凑合合又一顿，把身体整好，才更有利于工作。”

李清泉还是说不出话。

“看到眼前这场景，我觉得心里也踏实啦！咱们勾画的蓝图，基本上按部就班，一点一点完成，我韩瑞强是干不了啦，你老李，在接下来干事的时候，要记着，这里头，也有替我干的一份。”

李清泉感觉越来越悲伤。

他突然意识到，跟这个老伙计，很有可能，是最后一次敞开心扉说说话啦。

“还有一件事儿，就是青莲寺里的那个周老师，虽然说，我跟他毫无亲戚上的牵扯，我俩偶然结识以后，却成为很投脾气的朋友。那个人，之前受过很多磨难，但是思想境界很高，我有很多观点，是来自于他。这人，跟中学里的崔校长一样，都是郁郁不得志的文化人。以前有些话我不敢说，现在好啦，而且就咱俩，我就直说。这周老师是真的看破红尘，看透人生。看现在的大环境，以及咱们罗庄这个发展劲头，不出几年，会有大的气象。要是公社有了钱，你可要记着那个地方，还有那个人。”

“这你放心，我记着。”

“另外，我想求你一件事。”

“你个老韩，刚才还拿我当兄弟。”

“我死了之后——”

韩瑞强话还没说完，李清泉腾一下站起来：“姓韩的，你不要再说这种丧气话！”

“老李，”韩瑞强非常镇静，“我的病到哪一步，我很清楚。你听我把话说完，真到那时候，我想埋在青莲寺旁边儿。我知道，我进不了烈士祠。但我可以离他们不远，也抽空跟他们交流下，对不对？再一个，就是能在锦川河边儿上，靠着这条母亲河，看着我们曾经亲手治理的地上粮仓，那样我会很欣慰。”

李清泉脸上的泪水已经流淌下来。他站在那里，看着锦川河工地上的灯光，良久不语。

一个星期后，韩瑞强因为又一次吐血、昏迷，被送进医院紧急抢救。

次日凌晨离世。

李清泉参加了追悼会。整个过程中，他一句话都没说，也没有掉眼泪。直到回到家里，他才一下子躺倒在床上，号啕大哭！

天快黑的时候，有两个人走进他家的小院子，一个是王树义，一个是邱大海。俩人把他叫起来，走出小院，来到前面的办公区，直接走进韩瑞强办公室。那里还等着马长林、李世聪、魏海峰三个人，屋子中央摆一张小桌子，上面有几样小菜。

那个夜晚，这几个人喝得酩酊大醉。

回 家

①

一天清晨，李清泉被一个声响弄醒。睁开眼睛后，望着天花板，好半天后才意识到，刚才是做了一个梦。在梦里，他跟韩瑞强正在工地上汗流浃背。他在后头推泰山车，韩瑞强在前面拉车。身边儿，是一张张熟悉的脸孔，马长林，李世聪，魏海峰，崔卫国，对啦，还有那个“疯丫头”马超英。

李清泉起身，坐在床上片刻。

就在那时，老伴儿张秀玲走进来，身穿一身宽松的练功服，手上抓着一柄锻炼用的木质短剑。

“早餐在桌子上，你自己先吃吧。”

“你去吧，我吃完就直接上班去啦！”李清泉一边穿衣裳，一边顺口回答。

“你去哪儿?”老伴儿扭回身子。

李清泉一愣，眨巴好一阵子眼睛，忍不住嘿地一声笑起来。是啊，你去哪儿？上班去？到哪里去上班？你都退下来快半个月啦！现在，你是彻底的闲人一个啦！

“夫人，我这频道，还是没调过来。”李清泉微笑，“刚才做梦，还梦到韩瑞强呢。”

“依我说，你也跟着我去练练剑，打打太极拳也行。”老伴儿一指阳台，“实在不愿意活动你就种种花，养养鸟。”

“行啦行啦，”李清泉一摆手，“赶紧练你的去，我有事儿做。”老伴儿刚要走，却又被李清泉喊住，“你别出去啦，咱俩一块吃饭，吃完饭，我带你旅游去。”

“旅游？”老伴儿走回来，笑滋滋的，“李清泉，这辈子，我头一回听你说，要带老婆去旅游，这是哪根筋不对？——咱上哪旅游？”

“你先别问，打个电话给晓强，叫他先开车来送咱们。”李清泉已经穿好衣服。

张秀玲嘟囔道：“你是退休啦，可孩子还上班呢，哪有时间拉着你去旅游？”

“我不耽误他上班，送到那里再回来也不晚。”

老伴儿果然去找手机。那会儿，李清泉洗漱完毕，已经坐到餐桌旁。老伴儿坐下后，又问：“咱去哪里？”

“很快你就知道啦。”李清泉故意卖关子。实际上，没一会儿，她就知道啦。俩人下楼，儿子李晓强早就等在楼下，就站在车旁，正狼吞虎咽吃一个煎饼果子。他跟哥哥李晓刚性格有点儿不同，话多一点儿。一见面，就开他爸的玩笑。

“李主任，我可是在睡梦中被您的指令惊醒的，一听说您老人家要出行，脸都没敢洗，赶紧跑过来，就怕耽误领导宝贵的时间。”

李清泉是在县人大主任位上退下来的。多年以来，晓强经常以李主任相称。

“哪来那么多废话呀你？”李清泉一皱眉头。

“您说吧，都退下来啦，在家消停消停行不行？”上车后，晓强依然说个不止。“动不动就发号施令。我跟你说啊李主任，老同志，就要有老同志的素质，咱尽量别去给人添麻烦。上一回，你去龙门，到人家皮革厂，倒背着手，跟个大领导视察一样，还给人家小王总出谋划策。”

“我难道不是大领导？我堂堂一个县人大主任，到他一个小破厂子里，不叫视察叫什么？再者说，就是他爹王树义，见到我也得恭恭敬敬。”

“咦，”晓强扭过脸，这一回，没喊李主任，“爸，您退下来啦，不是人大主任啦。再说，人家那可不叫小破厂，那是龙门制衣有限公司。”

“想当年，还是咱七里寺的老把式，你的一个老爷爷，手把手地教他们怎么做熟皮加工。”李清泉不由得一声感慨。

老伴儿在一边插话：“你动不动还是想当年，那些老皇历，都翻过去多久啦。”

“对啦！”出了小区门口，晓强突然问，“李主任今天去哪儿？”

“罗庄，青莲寺。”

“晓强，你调回头，把我送回去。”张秀玲一听就急，“一大早的，你爸说带我去旅游，我还欢天喜地的，没想到他还是要回罗庄。要不你停车，我现在就下去，我还不如去公园练剑。”

晓强哈哈大笑，扭头请示李清泉：“李主任，您意下如何？”

“李主任”赶紧说：“夫人啊，青莲寺现在很有看头，崔卫国筹措资金，重新整修，已经焕然一新啦！你一定得去看看，绝对不虚此行。”

老伴儿哼一声。

“爸，我还得提醒您，你不能嘴里老是崔卫国崔卫国的，崔叔叔都当市长啦。”

“我管他称呼什么，还用你来教我？”

半个小时后，晓强把车停在青莲寺门口。他没下车，放下老两口，直接赶回县里上班。车上已经说好，下午下班后再来接。等俩人下车，张秀玲抬头一瞧，觉得李清泉所言不虚。青莲寺，的确焕然一新。罗庄中学早已经迁入新址，学校旧址的位置，现在已经全部划入青莲寺景区。此时的青莲寺，已经成为远近知名的旅游景点。镇上专门设置一个景区服务中心。此时，他们来得尚早，大门还没开放。

李清泉一挥手：“咱先到处溜达溜达。”

说是溜达，其实顺腿就到韩瑞强的墓地旁。

老伴儿知道他心思，不多说话，陪着他在旁边一块石板上坐下来。李清泉几乎每次回到罗庄，都要来坐一会儿。有时候，独自嘟囔几句，有时候则一声不吭，就在旁边儿抽支烟，静静地坐一会儿。因为密密麻麻的树林阻挡，坐在那里，远远望去，只是隐隐约约能看到去往崔家的那座大桥。至于邱家旁边儿那座桥，是看不到的。

“兄弟，我又来啦！”李清泉扭头看看韩瑞强的墓地。

张秀玲沉默着，也顺着他的目光看。

“唉！”李清泉叹口气，跟她说，“你说，这个老韩，是不是比我还傻？”

老伴儿知道他啥意思，答道：“你要按现在人的观念标准看，那时候每个人可不都傻，都是一根筋，铺着身子死命地干。”

“咦，你不简单，”李清泉夸她一句，“看问题很深刻哩！”

“行啦，你还好意思说，你李清泉的老婆，到现在还是住在城里的一个农民，一分钱退休金都没有，你还堂堂人大主任呢。你看看人家，甭管大小的官儿，哪一个的老婆像我这样？你倒好，不光不给我办，还横拦着竖挡着的，依我说，我跟了你，就是倒霉。”

“你看你看，刚夸你两句。”李清泉呵呵一笑，伸手一指，“老韩可在这里呢，别让他笑话。”

张秀玲顿时扭过头去：“唉，老韩要是在，说不定悄悄地瞒着你，就给我转了。”

俩人半天没吭声。过了好一会儿，才起了身，向青莲寺大门口走去。到跟前，李清泉快走几步，要去买票。

张秀玲欲言又止，悄然一笑。

李清泉对里面卖票的小姑娘说：“买两张票！”

里面的小姑娘抬头一瞧，抿嘴笑了：“李大爷呀，您不用买票！”

“啥意思？”李清泉笑，“你认识我呀？”

此时，还没有别的游客，小姑娘已经站起来，快步跑出来。“不光我认识您，这景区所有人都认识。您不认识我，可我爹你肯定认识呀，我爹是魏海峰。”

“你是那个，小曼儿，对不对？”李清泉哈哈大笑。

小姑娘也笑，比画一下：“就是我呀，您在这里的时候，我才这么高呢。”一看小姑娘就聪明伶俐，她一转身，就抱着张秀玲的胳膊，“来，大姨，我领你们进去。”

“那不行，不管谁来，都得买票！”李清泉说得一本正经，“你这售票员不能以权谋私啊。”

小姑娘一转身，又抓上李清泉的胳膊：“大爷，这可不是我不负责，恰恰相反，我按规章制度办事儿。我们服务中心就这么规定的。您是咱罗庄的大功臣，罗庄所有旅游景点，对您，对阿姨，都是开放的，全部都免费。您要不信，我给您拿红头文件。”

站在文昌阁顶，极目远眺，锦川河两岸的风光以及整个罗庄镇，尽收眼底。

“清泉书记，你瞧当年的锦川河工程。”当年那位身形憔悴的周老师，此时神清气爽，倒像是生生地来个逆生长。李清泉刚才一见到他，心里还稍稍一愣，心说，看来，这青莲寺还真是清修的好地方。李清泉眯起眼睛，顺着他的手指看去，不由得心底发出一声感慨。但他没有吭声。周老师也不作声。

三个人，就那么沉默着，看着远处。

李清泉的内心，已经激流涌动。站在这个位置，可以清楚地看到锦川河地下灌渠的出口。此时，水流不大，看上去那个出口甚是宽阔。那道大坝上，已经修成一条宽阔的柏油马路，通往邱家、竹西等几个村。路上车流不断。

就在那一瞬，李清泉眼前出现马超英的影子。

在那条公路上，一排拖拉机、收割机一字排开。坐在最前面一辆十二马力拖拉机上的，正是马超英。她如愿以偿，不但开上拖拉机，还成为这支娘子军的排头兵。当年，还是李清泉拍的板，组建起一支女拖拉机手队伍。起初有些人对女人开拖拉机颇有异议，觉得像是笑话。女人嘛，就是在男人背后，照顾家里，下地，做饭，生孩子。哪有昂首挺胸，抓着方向盘开拖拉机的？甚至，有人在背后暗暗议论，觉得李清泉整这一出，就是为了造个轰动效应。

当罗庄制造出第一台拖拉机的时候，农业机械化试点工程，也正要进行阶段性验收。

“女人怎么啦？女人能顶半边天嘛！”李清泉斩钉截铁，“咱罗庄自主生产的第一台拖拉机，就让马超英开。”

由马超英，李清泉一转念，想起那次李世聪急得满头大汗的场景来。

市里、县里的领导，就要来锦川河现场观摩。不仅对罗庄机械化自主生产能力进行一次验收，而且也对锦川河庞大工程来一次现场观摩。地点就在邱家大桥往里的那片地里。

头一天晚上，当李清泉和李世聪、马长林他们几个，正在研究讨论的时候，突然，一个小伙子急匆匆跑进会议室说，收割机闹情绪，不工作啦！李世聪脸色大变，唰一下站起身，扭头就往外跑！李清泉眨巴一下眼睛，神情严肃，扭头对另外几个说：“去看看，别关键时候掉链子。”

到现场一瞧，果然，在一块麦地里做演示训练的收割机，滚轮不工作。李清泉他们到的时候，李世聪满头满脸的汗，都把头发打湿贴在头皮上。李清泉一边焦急，一边又觉得心疼他。为这次现场观摩会，李世聪他们好多天没白没黑，加班加点。几个技术专家，都围在那台收割机旁边儿，商讨对策。

好在，直到后半夜，故障总算排除！

“清泉书记，我当时真是想，要是弄不利索，当众出丑，还不如给我把刀子，自我了断。”后来，李世聪对李清泉说。

那次现场观摩会，盛况空前，非常成功。现场的收割机很给力，而且，当马超英打头，一群女拖拉机手，开着车头蒙着红绸的拖拉机，从邱家村方向开过来的时候，现场顿时沸腾起来！

这主意，还是邱大海出的。就是要这效果，不要把拖拉机摆在现场，先躲到邱家那场院里，等到解说员解说至此，才一字排开，开进现场！嚯，一队娘子军，英姿飒爽！按后来的词儿说，这就叫新闻焦点。一摆溜的拖拉机，也甚是壮观。由此，掀起一个高潮。

事实证明，效果极佳。

现场的欢呼声响彻锦川河！

2

此刻，李清泉面带微笑，轻轻摇头。那的确是一个激情燃烧的时代！那时候的人呀，多么简单，多么纯粹啊！每个人脸上的笑，完全发自内心，完全天然，不掺杂任何成分，一如锦川河上空清新的气息，饱含泥土芬芳，饱含麦粒儿的馨香。

“清泉书记，您在罗庄，写下光辉灿烂的一笔呀！”周老师由衷地感慨一声，“你瞧，多少年过去啦，锦川河上这几座桥，仍然固若金汤啊！再看那边儿，远处那个小山头，那就是万米山洞的出口，现在成为教育基地和旅游景点啦。我亲眼看见过，好多人站在那个洞口，连连摇头感叹。在那样的年代，能拿下那么大的工程，不可思议！”

“周老师，这一笔，可不是我写下的，是农建大队，是广大社员同志，是全体罗庄的人民啊！”

李清泉脑子里的画面一转，顿时记起那个上午，崔卫国跑进他办公室的情景。小伙子上身穿一件红背心，下身裤腿挽到脚腕子上，一只脚上黄胶鞋甚至裂开一个口子。

崔卫国满头大汗。

“李书记，打通啦！万米山洞！打通啦！”

当川河水库的水流淌进罗庄大地那一瞬，万米山洞开口处的人群，发出一声欢呼！

那个声音，在接下来的岁月里，李清泉曾经反复回放，反复品咂。

人们拥到跟前，竟然纷纷捧起尚不算十分清澈的水，喝到嘴里去！

“瑞强社长，还有力娇那个女孩子，他们要是能看到今天这个场景，他们也该欣慰啦！”周老师感慨一声，伸手一指，“你瞧，他们两个，一个在河东，一个在河西。作为锦川河的孩子，他们没有离开母亲。”

“能看到的，能看到的。”李清泉像是自言自语。

他已是老泪纵横！

就在那个时候，文昌阁下面，突然跑过来一个人，还在老远，李清泉一眼就认出来，是邱大海！

邱大海虽说是在跑，但步子显然已经很慢，而且从李清泉的视角看，居然已经满头白发！邱大海大老远，就仰起头，冲他们摆手！李清泉心内顿时一暖。

等邱大海到文昌阁下时，竟然弯下腰，喘息不止。

李清泉赶紧喊：“大海，你别上来啦！我们下去。”

一见李清泉，邱大海快步迎上来：“老书记啊，你咋不提前打个电话呀？每次来，都像是鬼子进村儿。这回，要不是魏海峰电话打得及时，我现在都在火车上啦！”

“又去哪里？到东北去提拖拉机啊？”

“唉，往事不堪回首！”邱大海一摆手，嘿嘿直笑，“那一壶，咱就不提啦。我得去接受最高领导的最高指示，我那小孙子，指定要我去接送上幼儿园！”

几个人哈哈大笑起来。

说笑一阵，几个人一起走进周老师的住处。一进屋，四下一瞅，李清泉脱口而出：“你这屋里，也太简单啦。”

屋子里，只是寻常陈设而已。看起来，倒像是当年老书记孙为政用过，李清泉又传承下来的那间办公室。但此时，与那时的条件，几乎翻天覆地，服务中心的几间办公室里头都粉刷一新，一些现代化办公用品配置齐全。可周老师这间屋子，躲在个角落里，清净倒是清净，看上去却实在是有点儿寒酸、清冷。

“这样很好。他们要给我买些东西，我不要！”周老师一摆手，“有片瓦遮身，有粗茶淡饭充饥，对我来说，已经足够。”

几个人正说着话，又见魏海峰急匆匆走进来。

彼此一阵寒暄后，魏海峰发出邀请：“老书记，既然这次逮住您啦，一定到山庄去看看，比起你上次来，现在可以说，发生天翻地覆的变化！”

魏海峰的山庄，就在邱家南边儿的翠微山上，山的名字，还是李清泉起的，因为此前就是一个荒山头。往南翻过一座山，就是龙门村。当年，农建大队打通龙门通往野狼窝的道路后，沿着山谷，蔓延前行，农建大队的战士们又奋战两年，修通一条通往公社的近路。正逢家庭联产承包责任制，分田到户，这条路，为两侧几个村子的村民提供极大便利。当时，还是一条崎岖不平的土路。此刻，当魏海峰驾驶着轿车奔驰在上面时，已是宽阔平整的柏油路。

“老书记，你瞧见那片薰衣草没有？那是大海的杰作。”行走一段，魏海峰指指旁边儿，“他把新疆伊犁的薰衣草，给整到这里来啦！”

坐在一边儿的邱大海连连摆手：“跟魏总相比，我这就是小打小闹。”

“你还小打小闹？”魏海峰扭头说，“大海准备做大文章，制造薰衣草精油，公司快建成投产啦！”

“精油是啥东西？”张秀玲忍不住问。

“嫂子，这么说吧，就是你们女同志用的护肤品。大海，等产品出来，一定先叫嫂子用一用。保证嫂子一年比一年年轻。”

“没问题!”邱大海一本正经，“我亲自把化妆品给嫂子背上楼去，然后，我手把手地教嫂子，怎么往脸上抹。”

“你个邱大海，你就不怕老书记打你?”魏海峰哈哈大笑。

张秀玲也笑起来：“你个大海，头发都全白了，脾性倒一点儿都没改。”

再向前行驶一段路，左侧出现一条小道，车子拐进去，不一会儿开始爬坡。很快，一道古色古香的大门楼出现在眼前。门楼前，有个小广场，魏海峰停下车子，几个人下车，极目远眺。此处，比青莲寺的文昌阁海拔更高，尤其正前方，就是万米山洞出口。站在此地，可以饱览罗庄镇整个城镇的景色，可以看到三条灌渠像三条巨龙盘旋在罗庄大地上，还可以看到自上而下逐渐开阔的锦川河。

随后，魏海峰开车穿过大门楼，进入山庄。

这一座荒山，是魏海峰无意中发现的。有一次，他登上此山，回身远望，顿时被眼前景色迷住。当即就作出决定，投入大笔资金，整治这座山头。那时，连他老婆都说他傻。可几年过后，一个光秃秃的山头，出现一片片石榴园、蟠桃园、樱桃园等水果园，以及一块块谷子、大豆等农作物时，所有人都对魏海峰的长远眼光无比赞叹。尤其当年那些农建大队的队友，一批批来参观过后，都流连忘返。

因为，只有他们才清楚，站在山顶，能俯视自己曾经战斗过的许多地方，能看到当年自己留下的足迹。

“老书记，咱们那个年代，只要多打粮食，能吃饱肚子就行。现在不同啦，吃的方面，开始讲究啦，要绿色产品，不打农药，不加化肥，纯天然，无污染。连吃蔬菜，都专门挑那种带虫口的，有虫子咬过，说明没农药啊!现在，山庄里的产品，已经打进省城各大超市。每年，我还划出一片区域，搞采摘节。现如今的年轻人，小孩子，就喜欢这个。”

“唉！时代不同啦！”李清泉感慨，“当年，土地就是老百姓的命根子。分田单干的那阵子，老百姓对种地，那真是跟绣花一样。可现在呢，年轻人纷纷进城，不愿意种地啦。所以，大面积的土地流转，建山庄，建民宿。唉，那谁来种地？粮食怎么办？”

“你说你这操心的命。”张秀玲说。

魏海峰一笑：“老书记说得很对，就是咱们这年纪的，对山上有感情，对土地有感情！”

转一圈儿，魏海峰把车开到山庄停车场。

“接下来，请老书记品尝海峰山庄的纯天然产品。嫂子，您放心，今天咱们吃的，都是山庄自己生产的，猪是自己养的，鸡是自己养的，蛋是自己下的。”

所有人哈哈大笑。

“海峰啊，你让我想起当年咱们去参观龙门，王树义夸他的龙门豆腐，就是这么夸的。”李清泉一边说，一边走到门口。

没想到，不等他推门，两扇木门自己缓缓打开。

李清泉顿时愣在那里！

门内两侧，各有一排人，以立正的姿势，整整齐齐地站在那里。李清泉正发呆的时候，突然，听到有人喊一声：“一，二，三，开始！”

所有人开始大声吼叫！

“农建战士一声吼，大地也要抖三抖！”

“干到腊月二十九，吃完包子再下手！”

“农建战士无冬天，地冻三尺照样干！”

“纵有千难和万险，定把锦川变良田！”

李清泉嘴唇稍稍抖动，面带微笑，慢慢走近，挨个看过去。

那是一张张熟悉的面孔，全是当年的农建战士！他们脸上布满皱纹，他们的头发都已灰白，但每一个人的脸上，都洋溢着开心的笑。

几年后，为了留住那一段历史，在时任副市长崔卫国的牵头下，在邱大海、魏海峰、王树义等一帮农建人的具体张罗下，一本《农建风云》编撰出版，里面收录的，都是当年农建战士的回忆录。同时，还有一张张当年的珍贵照片。

“那一张张脸孔，镌刻着一段历史。”在马超英的回忆录里，有这样一段话。

此刻，李清泉再也忍不住，两行热泪滚滚而下！

就在那时，他听到所有人一起大声叫喊起来：“欢迎老书记回家!”